海東清夷
海道・海盜系列❷
曾昭榕 著

目次

讓小說帶我們回去思想有意義的往事

翁佳音

昭榕老師的「海道．海盜」小說系列，上一本《紫氣東來》寫十七世紀初顏思齊，這一本更往前推溯十六世紀風起雲湧的亞洲海域故事。書中角色除佛朗機（葡萄牙）人外，還有汪直（五峰）、葉宗滿、葉麻、李光頭、許棟、胡宗憲，甚至是《本草綱目》作者李時珍，他們可都是大明皇朝有文獻可證的大人物。

書中文字駕馭、情節安排以及本事，我讓賢不多說，總覺得應寫幾字來聲應昭榕老師的精彩新作。本書她採取重返中國傳統章回體裁，職場退休後的我倍覺別具意義，心癢想動筆已不可避免。我歷史學訓練與大多數研究者一樣，主要來自近現代歐美與日本史學，但年紀漸大後漸漸體認漢語古典文獻更值得重看，畢竟這是東亞人自己的紀錄。尤其我研究近代初期東亞歷史，發覺運用外文文獻探討歷史的論者，多對漢籍文獻解讀不那麼上手，導致近代初期的東亞海洋史論述，多是吹西風，西洋味重，頂多來個鄭芝龍、成功父子縱橫相抗，眾多海上英雄人物在學術的再生產過程中匿名、瘖啞化。

所以當朋友告訴我她的《紫氣東來》出刊時，我早已備辦心思要先睹這本《海東清夷》，且願意寫推薦，與她一起誘導讀者再思考過去。她花費相當心思蒐集、閱讀古今相關資料，又文思巧妙編織成美好此書，令人佩服，這是我想先說的。其次，書中主軸似乎有十六世紀波瀾萬丈，之後人物歸隱，海東呈現另外潮平、寧靜的傾向。但也許讀者免不了會問書中所寫是事實嗎？還是人名為真，事實是假的？

講究實證主義的我，對「歷史事實 fact」本身，一直默認可分成「發生過的 Gechichte」以及「心理認知的 Romance/History」兩種，但不希望這兩種「真」互相干擾與阻礙。多年前，我老友、海洋文學家東年送我他的小說《給福爾摩莎寫信》，我曾從實證主義立場回應：當年荷蘭東印度公司走基督新教路線，對天主教徒忌憚，且公司有信件檢查制度，如此，書中主角還能光天化日寫信給祖國的修女？但我只略提，深怕老友若斤斤計較忌憚與信件檢查的「真」，哪有辦法寫出感人與具「真」時代意義的書信體好小說？何況我還是對學術歷史知識不敢打包票，「歷史」本來就是有意外與例外，不要拘泥於學術界所定義的真假。

《海東清夷》的結局，昭榕老師安排這些著名人物失意或失憶離開傷心之地，率船航往南方日升之地的新國度台灣/大灣（現在學術界又改成「大員」），在荷蘭東印度公司還未經營、招來普羅無名大眾開墾之前，他們已在這裡東山再起。習慣現代學術研究成果的讀者或許不同意她這樣安排，我卻聲應她，當年西洋人在東亞、東南亞遇到的人物，很多人已隱約可證不屬低下階層。至少，一般人認定為外國人的本書要角「（火者）亞三」，歷史研究多少已證明他是海外有力華裔，引領荷蘭人來台的洋名 Capitain、Impo、Hambuang 等華人，一樣不是阿貓阿狗尋常百姓家，海洋英雄並非只有國訂版的鄭芝龍、鄭成功。昭榕老師正在用文學小說在我們眼前開展浩瀚的有意義往事，我當然樂於推薦啊。

◎本文作者翁佳音，中央研究院台灣史研究所兼任研究員，政治大學、台灣師範大學台灣史研究所兼任教授。研究專長為十六至十八世紀台灣史、東亞史，史學理論、歷史民俗學，著有《近代初期台灣的海與事》、《荷蘭時代：台灣史研究的連續性問題》、《大台北古地圖考釋》，以及《解碼台灣史》、《吃的台灣史》、《大灣大員福爾摩沙》（合著）等書。

開啟歷史小說的海洋視野

履彊

筆者有幸擔任幾屆「全球華文文學星雲獎」長篇歷史小說的評審委員，欣見原本自高陽之後趨於沉寂的歷史小說，在星雲大師創立的「公益星雲大師教育基金會」鼓勵下，已重新成為現代文學最蓊鬱的風景。而在歷屆作品中，題材的多樣性自不待言，其時空背景則不限中外古今，或為儒、釋、道或為文史哲，乃至國共內戰、抗戰禦侮，也有異國反抗殖民統治、跨國企業剝削勞工，乃至台灣本土反抗威權統治悲情者，林林總總，顯然，歷史小說已經不再框限於狹義的歷史框架。廣義地說，凡古往今來只要是過去發生的故事，均可歸類為「歷史小說」，而大多數的小說文本，不論是朝代興衰的爭戰或宗教文化的演替，主角或為高官名仕，或為士農工商或高僧大德或江湖俠客，發生的故事率皆以廣袤的大地為載台，小說家的歷史視野亦皆黃土地城鄉或大漠的風景，極少數能夠望向黃土地以外的藍色水域。

就題材與時空背景而言，《海東清夷：海道．海盜系列 2》卻是在眾多參選作品中，少數甚至是唯一，由陸地邁向海洋，由明朝中國連結日本九州諸島，人物除明嘉靖年間，不甘受科舉制度拘限，一心要闖越朝廷海禁，開啟海上貿易的汪直，及其部眾葉宗滿和明朝官員朱紈、胡宗憲等人，還包括來自西班牙傳教士與葡萄牙航海家（或稱海盜）的歷史小說；不僅開啟了以大陸山野荒漠為歷史場景的新視野，其有關海域探測、海象變幻、漁民與倭寇競合、明朝典章與江浙文化，乃至西方精鍊貴金屬的技術、日本幕府時代王陽明心學如何興起等，皆仔細考證化用於小說情節中，琳琅滿目，令人目不暇給。

《海東清夷：海道・海盜系列2》，以明嘉靖年間朝廷嚴令海禁，民間有志之士汪直等會眾寧冒大不韙，由江浙沿海東向日本「開海」的艱難歷程為故事文本，是一本既不失「文化中國」底蘊，又兼及面向海洋，在波濤洶湧海浪滾滾中為「海洋中國」開疆闢土的歷史小說。

作者曾昭榕從浩瀚明史文獻中，抽絲剝繭，以小說家的敏銳嗅覺，聞到海水的鹹味，看到躍然紙上字裡行間，海洋子民內受朝廷殺伐，外則不顧安危冒死在巨浪風颱中拚搏，復與葡萄牙、西班牙、日本海上勢力合縱連橫，爬梳出既本土又國際的動人故事，加諸作者文史涵養與寫作技巧、戲劇張力佳，文筆流暢，使這本書更豐富可讀。

值得一提的是，本文寫作視野寬廣，宏觀而博遠，令研習戰略有年的筆者，以為本書作者應是一位具海洋專業知識的海洋作家，及至知道作者曾昭榕是出身中文系所的作家，不免驚嘆她對海象、漁人、船舶造型、功能，以及鯨鯊魚類等海洋生態，乃至閩浙海域、舟山群島至日本九州、五島列島，地理知識與朝代風物、史料，皆下工夫蒐集考證，看似信手拈來，實用心經營，活用於相關情節中。微觀而不鑿痕跡，自然而然，足見作者曾昭榕的用心，實值肯定。

本文以明嘉靖海商汪直為主角，其愛、恨、情、仇，迂迴轉折，前後呼應，尤其汪直棄科舉而就海商，不得已「出海為寇」，並被推舉為「徽王」，卻嚴令不可侵奪百姓財物，並宣示只要朝廷願意開海即歸順大明，護衛海疆，以示不忘浙江安徽故里根本的鄉土宗親之情。於是來自徽州的汪直部眾便在今之日本長崎縣西部群島、南部五島列島的久賀島建立水寨，構建千艘船艦，並將附近三十六島民、海外佛郎機人和出海的大明漁民納編訓練，成為不被大明海禁所允許，卻自詡為大明子民的「倭寇」基地。

汪直在成為海商之前，參加科舉榜上無名，為救受梅毒之疾的幽蘭夫人，與同鄉葉宗滿原欲至雙嶼尋找佛郎機教士的藥品，卻陰錯陽差地投效許棟商行，並捲入商行家族的惡鬥，乃至徐海劫富濟貧，青樓女子馬翹娘的見義勇為，萍水相逢的恩義，海商許棟家族兄弟鬩牆，許棟與西人沙勿略的競合，及至朱紈派兵剿滅海商「倭亂」，許棟臨終前委以汪直率「金蟾」船隊航向日本關西，航行途中遇大翅鯨，驚濤駭浪，卻是大明海商的首航之旅。小說中，佛郎機人亞三，也扮演開啟大明王朝邁向海洋的關鍵角色，他由廣州入京，見到年少的正德皇帝朱厚照，帶領小皇帝從寧波出海南巡認識海洋，沒想到卻在船上遇跨鯊而落海，因此遭朝廷重臣嫉恨，在正德皇帝下詔罪己駕崩之際，趕緊變裝逃離，逃亡海上又遇汪直，異國友誼同赴犯難，充滿戲劇張力。

而故事的焦點，就在於汪直與有同窗之誼的浙江巡撫朱紈的私誼，因「海禁」而至交惡的描述。朱紈奉朝廷之令在浙江嚴格執行海禁，聚集海商「倭寇」的重地雙嶼島、福建沿海乃成為其「剿寇」的重兵之地，凡違反海禁者不論出身，皆格殺刑戮，卻也因此得罪當朝輔事，而被御史以逾越專擅之名彈劾獲罪，加上嘉靖帝昏庸多疑，內閣派系分歧，重臣妒才貪腐，乃革其職而以軟禁待罪，並遭蒐出一封他「私通」海寇，即給同窗汪直的信件，坐實罪證，只得自殺以表清白。而汪直顧念舊誼，仍託人照顧朱紈家小，這些細節，或為作者塑造汪直忠義性格的「畫龍點睛」，令人會心。

小說〈楔子〉即以主人翁汪直在法場與監刑侍御周道的對白，作為文本章節的伏筆，倒敘汪直由以參加科舉為志業的儒生，轉變為海上梟雄「徽王」，與日本倭寇、葡萄牙商人、教士的殺伐、衝突與合作，雖已縱橫四海，卻仍不改報效朝廷初心，以至遭遇朝廷命官私、偏、欺、疑，致而喪命的過程；而結尾將汪直部將葉宗滿落水失憶，獲今之台灣的「大員」漁民相救，他回到故鄉的水寨，與故人相遇，並在汪直靈前上香後，率領舊部「青龍七部」，在太初鴻濛的清晨，數艘船自瀝港出發，告別官民爭戰，讓「徽王」汪直遭到官府擊傷的傷心地，由汪汝賢領船前進，航向黎明之所今之台灣的「大員」，為本書畫下舉重若輕的休止符，但也為作者下一部小說留下無限的想像空間。

這是一部開啟歷史小說海洋新視野的傑出作品，我們期待曾昭榕為自己也為讀者，在海洋歷史小說的題材開疆闢土，寫出更豐華的故事佳構！

◎本文作者履彊，為著名詩人、小說家，曾任中華文化總會祕書長，現任新故鄉論壇執行長。著有詩集《少年軍人的戀情》、散文集《讓愛自由》、小說集《老楊和他的女人》、《共和國之夢》等。曾獲國軍文藝金像獎、聯合報小說獎、時報文學獎、吳濁流文學獎等。

望向海的方向

書寫《海道：紫氣東來》，是出於對我自己中文人生涯的回顧，只因在學生時期便想要嘗試書寫一部具有傳統章回風格的作品，以此來回應數年來學院體制內師長嚴謹的訓練，然而操作後卻發現傳統文學中探詢海的題材卻是如此稀缺，中文人熟稔梅蘭竹菊松柏牡丹等象徵，也能對蒼龍白虎鳳凰蝙蝠等祥瑞信手拈來，然而在諸多文學典故中，幾乎很難找到海洋的象徵，甚至是以海洋為主軸觀點的論述，古典文人彷彿都將目光放在良辰美景奈何天的小小庭院，一點兒也不願將目光，望向海的方向。

也是因此，在我續書寫《海東清夷》進入了另一種更深刻的耙羅剔掘。聶璜《海錯圖》中記錄的那些怪異的、神妙的、雄偉的、不屈的海物逐漸與我心中的人物貼合，化鶴的鰨魚成了求仁得仁的淨海王形象，而識時務者為俊傑的胡宗憲便恍若是「鯆」魚的代言人了。

然而在撰寫之外，更重要的是我逐漸剝離「陸地史觀」的桎梏，大異傳統「避海如仇」的視角。海浪構築的世界裡，找出被陸地上專制王朝隱匿、以偏概全的論述，脫離了儒者的一元視角，那是歷史的重構：忠貞者未必忠誠，而奸臣也未必姦佞。另外書中有些角色雖是虛構現實確有所本，汪直之父汪衛青衣才人乃是致敬《金雲翹傳》作者青心才人，火者向元則是致敬整理《兩種海道針經》（《順風相送》和《指南正法》）的學者向達。

寫作過程中曾經鼓起勇氣詢問了歷史小說名家陳耀昌醫生幾個問題，那握住手對後輩鼓勵的溫度與熱情至今不忘，之後並熱心地提供我許多重要的資料與論述，此外還感謝吾師陳益源教授贈與我的《王翠翹故事研究》，翠翹與徐海的故事也提供了我豐沛靈感，遂將其中一段錦繡文字裁剪為書中百衲被。

曾昭榕

1 楔子

嘉靖三十八年十二月甲午，晴日、無風。

坐在小轎之中，雖然看不見外頭景致，但透過簾兒縫隙多少能感受到外頭竟是晴空萬里、烈日當空的良辰吉時，而不是竇娥蒙冤的六月飛霜，當然，人之將死，這一切都已不重要，天行有常，不為堯存，不為桀亡。

法場周遭早已人聲鼎沸，然而更多的是手持槍械的官軍，神色肅殺立於四方，唯恐今日之事有變。只見人犯從容下轎，手腳未曾綁縛鐵鍊，臉色更不似一般死囚面容枯槁、神色委頓。

法場中央，開紅差的劊子手早已等待數個時辰，手舉一把三尺精光大鋼刀架在肩頭。

桌案前站立著是一名鼠鬚、四十開外的男子，官袍繡有白鶴補子，他正是負責監刑的侍御周道，取出一份案牘朗聲道：「歙縣百姓汪直，身蒙國恩，不思報效朝廷，為國效命，始以射利之心，違明禁而下海，繼忘中華之義，入番國以為奸。勾引倭寇，比年攻劫，海宇震動，東南繹騷。上有干乎國策，下遺毒於生靈。惡貫滔天，神人共怒……」

此刻他突然仰天長嘯，彷彿眼淚都要流出，見此，周道的眉眼籠上了一層寒霜道：「汪直，你背華勾夷，還不認罪。」

汪直卻昂首道：「吾守衛兩浙百姓，有何罪？不過恭喜周侍御您了，殺了我，你可以扳倒胡宗憲總督，登上更高的職位。」

「汪直，你如此想，忒把周某給瞧得小了，我目的只有一個，上為國除賊靖難，下為我師朱中丞報仇。」

「朱中丞？朱紈，你是朱紈門生？」

「沒錯，自我洪武太祖以來頒布海上禁令，但你們這些唯利是圖者，卻視海上禁令為無物，與倭人勾結，進犯大明，殘害沿海多少無辜百姓，我師朱中丞乃進士出身，為了保疆衛土，出動水軍斬殺海寇，卻遭你們暗中收買御史彈劾罪狀，使他蒙冤而死，我讀聖賢之書所學何事？自從恩師蒙冤後，我日日夜夜思索，便是如何為他報仇！」

見周道說得如此咬牙切齒，汪直卻是冷笑道：「你們這些儒學之士，視我們如賊如寇，難道你們所做所為，與我們相比，又高明多少，正如我在〈自明疏〉中所言：我麾下水軍以身為長城，守護兩浙百姓安危，卻從不自命清高，反倒是你們這些腐儒，平時束手談心性，臨危也只能一死報君王。」

「住口，死到臨頭，還要嘴硬。」周道氣得渾身發抖道。

他昂然而立，嘆了一口氣道：「死我一人足已，只是苦了兩浙百姓。」

「不勞你費心，胡宗憲大人底下已備集百萬海軍，以戚繼光、俞大猷兩人為將，定要將所有倭寇給屠戮殆盡。」

本以為此語可以將汪直給震懾得肝膽俱碎，不料他卻只是幽幽地看向遠方，看來自己殫精竭慮，只希望開放海禁，為此不惜以身犯險返回寧波，但最終仍只能以頭顱，成為官府的投名狀。

仰天長笑一聲，接過絕命酒，這是熟悉的紹興酒滋味，熱辣辣的，飲了幾口後重重摔於地，以雷霆之聲道：「我在東海某處一島藏有巨大寶藏，若想要取得這無盡藏，便請各路英雄投向海道，破除海禁桎梏吧！」

此刻人群開始躁動，眾人皆知淨海王富可敵國，更盛傳海外有一白銀礦脈，儘管法場周匝有重兵守護，但一時之間百姓聞之無不癲狂躁動，以潮水之姿湧去，守衛將士威怒喝斥，卻遏止不住這陣勢。

就在此時，東西南北城門處，各有數道彈子以流星之姿直衝雲霄，隨即放出千百道五色火光，伴隨著尖銳的海笛[1]聲響，人群裡頭有人大喊：「有人亂射火銃，殺人啦！快逃。」幾乎就是同時，人群中一黑臉漢子凌厲跳起，右臉下頷至頸脖處刺了腳踩火焰的海馬，他手中甩動的武器碩大如斧鉞，卻旋轉飛快如意，像是輕巧的稻草，以驚人的膂力，瞬間砸碎一名士兵的腦袋。

「來人呀！快，快……保護本官……」只見周道雙手抱著官帽，慌忙不迭道。

連續的炮擊聲傳來，依稀是定海關外的海船，正轟擊著這他曾守護過的城門，然而此刻卻又恍若闃寂無聲，只有青蔥指尖剔透出珠圓玉潤的聲響，一曲〈陶佛奴〉，煙霧繚繞間，愁予那淡到幾乎透明的身影，挪動著嬝嬝裊裊的腰肢向他走來，那眼兒還是那樣靈動，就像他最初見到的模樣。

1 又稱小嗩吶，為以蘆葦或麥稈製作簧片的雙簧管樂器，音色嘹亮。

2 半生舉業無尋處　鷓鴣山深見愁予

放榜的消息傳來，但汪家卻一點喜悅也沒有，任憑報喜的人跑遍了整個村落，卻始終沒有靠近汪家大門，直至漏斷殘陽，暮色沉沉地籠罩著古宅大院，這日，就這樣結束了。

與此同時，汪家兩位高堂的心亦下沉至不起波瀾的古井深處。

「爹、娘，該歇憩了！」汪直將油燈點燃，搖曳的火光暫時驅散了宅院幽暗，卻驅不散兩位長輩臉上那鬼魅似的陰影。

「直兒，是你呀！」汪衛緩緩道。

爹娘一左一右各自端坐在紫檀雕花椅上，枯瘦身子如同隆冬枝椏，父親道：「看來還是沒有中舉，唉！十年寒窗，最終仍是泡影！」

他試圖說些什麼，卻又不知該如何開口，最終只能勉強道：「有時盡了心力卻時不我與，這種狀況也是有的。」

但父親卻彷彿聞所未聞，只是再度喃喃道：「十年寒窗，終是泡影……」

「咱們家的，地理風水不好。」此時，一旁的母親道：「改明兒我去寺裡添個香，問問廟裡的師父！可有什麼解決之法……」

「但朱家那個孩子居然上了……唉！為什麼是他，不是咱們的……」

娘親起身踏步後卻一個踉蹌，或許是坐太久了，雙腳麻木而不自知，汪直趕緊向前攙扶，手指都是死人般的冰冷。

「你瞧，天色已暗，但我們還未上香呢！走吧！直兒，煩請你點燈，一塊去祠堂為祖先上香吧！」

汪家的幾代先祖原來也曾中過舉的，年幼時娘親便講述歷代先祖事蹟，還不時以此砥礪他，奈何父親與祖父兩代卻困於科場，終身白丁。

在童稚記憶中，最常出現的是獨坐在豆大燭光下，那日夜不息苦讀的背影，不時吟哦著之乎者也類的斷句，有時吟哦久了，逐漸黯淡的火光、與不時自窗櫺吹入的冷風，那琅琅書音聽起來，竟像無盡的呻吟聲般那樣淒惻起來。

每至鄉試之年，家人便會陷入一陣惶惑不安，這樣氛圍下，連不過五尺之童的汪直也能未能倖免，日日夜夜說話都得輕聲細語不說，而每到放榜之日又是死寂的沉默，與幾乎低不可聞的啜泣聲響，這樣低迷的情景往往要數日後，才會被一陣重新吟哦聲響取代。

或許是端坐太久了，娘親的姿勢僵硬如門上畫像，穿越庭院來到祠堂，中央張貼著一幅錦繡，緋袍玉帶，補服為織錦喜鵲，只是隨著長年煙薰火染，下段衣袍顏色黯沉到幾乎與牆壁一致。

將几案前的油燈燈芯給點亮，他聽見母親和父親下跪，喃喃道：「曾祖太常公在上，孫兒不力，年逾知命之年卻仍未考取功名，愧對列祖列宗……」一面說，兩老一面以衣袖揾著雙眼拭淚，不時發出陣陣嗚咽，高一聲低一聲地。

據娘親所說，這是汪家三代前的祖宗，宣德年間擔任過太常寺卿，也因此，才將他的真容寫真於祠堂中，好讓子孫瞻仰膜拜。

「直兒，你還年輕，看來此後的科場之事，也只能交託與你了。」再向祖先叩了三次首後，父親起身，對他道。

「沒錯，直兒，目前你已經熟背論孟四書，而爹也已經將制藝的謀篇布局教授給你，你放心，日後你爹他還是會與你一同參加科考，只是這擔子就得交付到你身上了，畢竟你不過束髮之年便通過縣試，成了縣府頭名秀才，望你早日光耀門楣。」

燈芯搖晃下，祖先的臉容似乎震了一下，當然，或許只是火光搖曳的錯覺。

他回道：「是的，爹、娘。」

但汪直根本不想進入科場，自他有記憶以來，所見幾乎都是父親背影，從體型強健的中年，化為兩鬢星星、佝僂的老人，因為長年苦讀而終日在家，因此，一家之計都是靠母親的針黹和幾畝薄田饘粥餬口，而三年一輪迴的科考，父親總是捻鬚苦讀，甚至是母親臨盆之際，父親都無法在一旁陪伴。

猶記得母親奮力地將父親給推出門外的光景，隨著接下來哀號淒厲的陣痛恍若凌遲酷刑，忘了經歷幾個時辰，鮮血猝不及防地自母親的下體崩流而出，將草薦給硬生生地染出鮮紅，他驚恐地跑出屋外找人幫忙。

那日，因為長期操勞而營養不良的母親，小產下一名女嬰，而數月後的放榜，父親仍是名落孫山的消息，記得知曉結果時，父親痛苦地跪在後院中的土地上呼天搶地、撕心裂肺地吼著，而母親卻是乾嚎著，連半滴眼淚也沒有。

那日父親用幾塊家中堪稱完整的棉布，將瘦小的屍骨包裹起來，走到半山腰上的祖墳，尋了一塊空地，將未出生的妹妹埋入塵土，此後父親仍未放棄金榜題名的夢想，但是隨著落榜消息次第傳來，卻是未曾嚎啕大哭了。

雖然時過境遷，但那幾日那股絕望、死水一般的氣息，就像饑荒裡觀音土的滋味，至今想起，仍苦澀得讓他難以吞嚥。

「雖然未降誕於這世間，但沒有個名字，卻似無主孤魂般，無處憑依也無人祭祀，我想，還是為你妹妹取個名字吧！不如，就叫她愁予吧！」

父親一面說，一面拿起枯枝在地面上寫下：汪愁予三個字。

辛棄疾〈菩薩蠻〉裡的：**江晚正愁予，山深聞鷓鴣**。

父親以前就酷愛詩詞雜學，幾十年來為了專心一志地科考，雜書是一律不敢看了，若是有時擺在桌上，便會引來娘親一頓訓斥。娘親從小就教他讀聖賢書，所學何事？唯有光宗耀祖、為朝廷效命才是正經事，因此科考舉業的四書五經務必要滾瓜爛熟於心，因為這是聖賢所言、顛撲不破的真理。

「你妹妹要是還活著，大概也十來歲了吧！」放榜數日後，父親帶著汪直來到後山的祖墳，當鋤完草、打掃完畢後，父親撫摸著墳前的碑石，不勝唏噓道。

「這幾日，我常常想著，若是那日我沒有執意科考，沒有離開你們母子，一切，是否會有不同！」汪衛嘆息道。

「事情既然都已經過了，爹也別再提了吧！」這樣的念頭，汪直也不是沒想過，但他敏感地選擇不言。

隨父親拾級而下，荒煙蔓草間，他突然聽聞一陣陣鷓鴣聲般憂傷的聲響，轉頭卻杳無人煙，炙熱的午後一絲風也無，沉默的空氣壓得人有些暈眩，就在此時，爹一聲：「啊！不好。」

「怎麼了，爹？」

只見汪衛將提籃上的布巾掀起，仔仔細細地數了一番道：「少了一顆鴨蛋。」

「真的嗎？」聞言汪直不禁吞了一下口水道，平日他幫忙母親打掃雞籠鴨舍，最期待的便是這些家禽能多下幾顆蛋，好讓盤飧除了稀粥鹹菜外，能多點滋味。

「沒錯！」汪衛又重新數了一次道：「這次要祭奠你妹妹，正巧家裡的母鴨生了幾顆蛋，加上咱們家幾畝薄田收了田租，我想說便帶點臘肉、鴨蛋來祭拜，給你妹妹打打牙祭，今晚回程便可拿麻油煎鴨蛋，正巧秋日將至，最宜滋補身子，但方才數了數，卻只有四顆，莫非是方才拜拜時忘了收起來了！只怕這個時候，已經讓野狗給銜走了！唉！好生可惜。」

見爹跺腳、惋惜的模樣，汪直道：「不要緊的，爹，你先回去，我跑回去看看，說不準鴨蛋還在呢！」

「你路上可要小心呀！別匆匆忙忙，仔細摔了跤！」

耳邊還傳來爹的叮嚀，汪直飛快地在雜草叢生的上坡奔跑，不過一炷香，便跑回半山腰上的墳頭前，只見荒蓁斷梗間有黃色影子微微顫動，莫不要是野狗吧！他撿起石頭朝前丟去。

「疼！」不是野狗，竟是一個人，一個小姑娘！

「你沒事吧！叫什麼名字呢？」汪直有些驚訝，只見這小姑娘約莫金釵之年，細細瀏海覆蓋在鴨蛋般的額頭前，一雙眼睛烏溜烏溜的，杏黃色的衣裳卻有不少補丁，臉上沾著些許塵土。

「我叫愁予。」

心裡頭不禁一驚，怎麼會有如此巧合之事呢？汪直將這少女從頭至腳看了一遍，只見她鵝蛋臉兒，鬢如鴉臉如霞，頭上垂著雙鬟，綁著紅色的絲繩兒，身子才到他的肩胛。

見她身後有影子，料想應當不是鬼魅妖狐之類的吧！但他忍不住好奇問一句：「你姓什麼？該不會是姓汪吧！」

「汪？不是！我姓王，大哥哥，你呢？」

「我姓汪。」汪直道，汪去掉水便是王，感覺冥冥中卻有巧合，他好奇道：「愁予姑娘，你怎麼會一個人在此呢？你爹娘呢？」

「我沒有爹娘，只有奶奶相依為命，聽奶奶說，她一日下山拜媽祖時聽到有嬰兒啼哭聲，那就是我，因此撿了回去後撫養長大。」

汪直有些疑惑，難道是妹妹死後一息尚存，後來又在媽祖顯靈之下活了下來嗎？有段時日，夜半時他常常想起妹妹的容貌，見到年齡相近的姑娘，常常想著妹妹要是長大，是否也是如此模樣呢？

看著她嘴角的油膩，他些微猜到道：「方才我放在這裡的鴨蛋，是你吃掉的吧！」

見狀，愁予一臉驚恐地將雙手放在後頭道：「我沒有！」

「不要緊，我只是……」

但愁予卻嚇得眼淚撲簌簌落下，直接下跪道：「大爺，對不起，我不敢了，我真的不敢了！」

汪直趕緊拉起她道：「不要緊的，真的，沒關係，你……怎麼會跑到這裡呢？」

「餓……有吃的……」

她似乎話都說不全，不知是因為長期營養不良、還是因為年齡幼小的關係，但方才拉她時，感覺到那一身瘦骨，和衣袖中可見的傷痕，幾乎可以猜到，這姑娘應當不時跑來此尋找祭祀後的祭品果腹，有時可能也會遭到毒打。

「你奶奶叫什麼名字呢？」

愁予抬頭思索了半晌道：「我也說不上來，奶奶就是奶奶，奶奶喜歡花，因此以花為名……」

「你家住哪兒呢？」

她指著西北方的坡地。

「那大哥哥陪你回去，可好？」

她點點頭。

雖然只是大致看了一眼，但汪直立即看出，這是一個窮困得嚇人的村落，多數平房都是以瓦石構築，上頭鋪以茅草，有些屋頂已經掀開裸露出屋椽，但觸目卻未見人煙。

「你家在哪兒呢？」

指尖指向碎石坡上一棟半傾頹的小屋，此時卻見兩名狀似猥瑣的中年禿頭男子，自屋內走出來，一見到那兩人，愁予不自覺躲藏到汪直身後。

「儒生汪直，見過幽蘭夫人！」推開微掩的柴扉，竹榻上一名頭髮半白的女子悠悠轉來，雖徐娘半老，但眉眼間可見風韻，衣著樸素中卻可見一股清輝高雅的氣質，而屋宇間陳設雖簡陋，卻乾淨雅致。

她的神情有些驚訝，或許是這個村落已經太久都未曾有人來了，她緩緩起身，愁予見狀趕緊上前攙扶。

「寒舍簡陋，無茶可奉君子，唯有……以水代酒，還請勿怪。」

「請勿多禮，晚輩不請自來，並非客人，夫人自然不需招待在下，只因見愁予姑娘孤身一人，因此送她回家，唐突莫怪。」

她臉色看起來略帶病容，披垂長髮，欹靠在床邊道：「多謝你了，對了，我的名字，是愁予告訴你的嗎？」

「嗯！不是，晚輩見壁上懸掛的一只檀木琵琶，琴板上刻有芝蘭，一旁以紅字篆刻題：『幽蘭泣露』書，料想應是典出李義山的『幽蘭泣露新香死』，因此晚輩斗膽猜測夫人的名諱。」

她眼神如玉，似乎陷入悠遠的過往，道：「哪是什麼芝蘭呢？不過是一株衰朽之蘭罷了！只是不知多少年，我已鮮少與人談詩論詞、吟風弄月了，今日得遇君子，也是平生有幸。」

「晚輩不過是窮酸秀才，夫人過獎了！」

她輕淺一笑，對愁予道：「你去外頭取水來，好讓客人喝茶！」

待愁予拖著裙子離開後，她才對汪直道：「我是個什麼樣的女子，操何業維生，你，應該清楚吧！」

汪直道：「略知一二。」看著方才那兩人怪異的臉色，加上幽蘭高雅的舉止，他多少能猜測道，應當是一名久經風月場所、閱歷豐富的老妓。

幽蘭倒是毫不遮掩，淡淡道：「那也是幾十年前的事情吧！那時在勾欄之中，我一曲琵琶也是能換取數不清纏頭的，只是年老色衰，往事如煙塵，如今，也只能窩居在此，操持賤業聊以維生。」

從外貌來看，幽蘭雖然年近五十，但五官處秀麗小巧，可以想見紅顏時應當是有過人的傾城之貌，只是如此容顏，為何卻淪落至此，不禁令人納悶，汪直不太願意探人隱私，只問道：「敢問愁予姑娘，是您的親生孫女嗎？」

她搖搖頭道：「不是，我孤身一人，一日遇見有村漢鬼鬼祟祟，我隱藏在後頭咳了幾聲，那人見狀嚇跑了，他似乎是想要溺死女嬰，見此情此景我想應當是冥冥中自有安排，也就收養了這個孩子，只是咱們這竿塘村地處沿海，不時便飽受倭寇騷擾，即使求助官兵，也只會勒令我們遷村而已，但，若是遷村有活路，還有誰會留在這兒呢？咱們這個村子，留下的都是些老弱殘窮過苦日子，一天算一天的人！愁予這孩子跟著我，倒是受了不少苦！」

「我感覺愁予是個聰明的姑娘，若能多讀點書，想來是好的，若是夫人允許，晚輩有個不情之請。」

「請說。」

「晚輩想來教愁予姑娘識字，讀些詩詞。」雖然自小便在母親的嚴格教導下學習四書五經，但不由得說，汪直對這些聖賢經典、八股文一類……可說是一點好感也無，或許他骨子裡藏有爹爹的那股雜學旁收的喜好。

她的眼神有些訝異，問道：「為什麼？」

「緣分吧！就像夫人喜愛愁予姑娘的陪伴一樣，晚輩第一眼見到愁予，也莫名地生出一股親近之情。」

「是嗎？愁予這孩子聰明伶俐，只是此地人煙稀少，鮮少人陪伴，長此以往，恐怕埋沒了她，若真有人願意教其粗識之無，對她自然是好的，只是我們家徒四壁，無法盡束脩之儀！還請公子見諒。」

「晚輩無欲無求，只憑一腔熱血，請夫人放心。」

「那就有勞公子了！」幽蘭盈盈起身，對汪直便是一拜，汪直趕緊回禮道：「對了，晚輩還有一個不情之請，我見夫人蕙質蘭心，應當也是能書善字之人，我有一名朋友正巧需要有人替他抄寫經書，若蒙夫人不棄，是否可以幫忙？若事成，自當以銀兩酬謝。」

幽蘭道：「公子說話何必如此拐彎抹角，我猜得出來，你是不希望我操賤業維生吧！因此才拐這個彎，想要接濟於我。」

「果然，瞞不過夫人的眼目。」汪直道，自從看到方才那兩人的神情，汪直可以猜測，那應當是幽蘭的恩客吧！她年老色衰，又無其他謀生技能，以出賣肉體維生，實屬無奈，但這畢竟非長久之計，況且在這樣的環境下，對愁予也會有不好的影響。

注視了汪直半晌後，幽蘭道：「既然如此，那我就恭敬不如從命了，不過你放心，我沒有讓那些人，對愁予做猥褻不堪的事情！」

「晚輩清楚，那今日便告辭了。」汪直一揖道。

3 素手纖纖弄白浪　冷月清暉別舊友

「迢迢牽牛星，皎皎河漢女，纖纖擢素手，札札……」愁予垂著雙鬟，以略帶稚氣的語調念出詩句，起初因為自小便要幫忙勞作，總感覺那雙手僵硬且如礁岩般粗糙，但汪直仍舊很有耐心地教她握筆，直到她巍巍顫顫地擒著筆管寫下自己的名字：愁予二字後，感覺那張不知世事的臉蛋出現了一絲的光亮，之後汪直便開始教她認字，閒暇時也會朗誦唐詩宋詞。

「札札弄機杼。」汪直答。

她的神色有些懊惱，道：「直哥哥，真是對不住，你教了我許久，我卻還是記不起來……」

「不妨事的，你尚未完全通曉詩意，記不清楚也是難免，這牽牛星與織女星乃是天上的兩大星宿，中間隔著一條銀漢，也就是銀河，便是織女的巧手剔透而出的絲線。」

愁予開心地點了點頭道：「我曉得天上有個織女星，之前七夕時奶奶有說過這個故事，織女是天帝最小的女兒，卻愛上了人間那放牛的男子，遭人拆散，日日夜夜只能隔著銀河淚眼相望。直哥哥，我聽說天上織女巧手織出來的錦緞可是又柔又綿密，如同河畔初生的柔荑，是嗎？」

「沒錯，再半個多月，便是七夕乞巧節了，到時你晚上別太早睡，拿個凳子坐在屋外坐看牛郎織女星。」

愁予抬頭思索了半晌又道：「直哥哥，你說，這天上織女織出的絲線，做成的衣裳應當是非常美麗吧！我有時候見著過年時貼在牆上的版畫，上頭的女子都粉雕玉琢的，裝扮甚是美麗，不知道好看的衣裳真穿在身上，是什麼感覺呢？」感覺愁予的眼神帶著一股淡淡的企盼，能穿上好看的衣裳，應當是她內心的期盼吧！只是愁予家徒四壁，望著這連溫飽都成問題的屋舍，汪直也只能安慰道：「這可說不準，哪一天要是小愁予長大了，嫁了一戶好人家，日日便是綾羅綢緞不用愁了。」

但愁予卻恍若未聞，思索了半晌，低頭吞了口口水道：「直哥哥，我告訴你一個祕密，你可不許告訴別人。」

「好，直哥哥答應你，咱們打勾勾。」

愁予自懷中取出一塊潔白的絲帕道：「直哥哥，你摸摸，這是不是就像你說的，天女織就出來的絲線一樣，潤滑如凝脂呢！」

「你怎麼會有這個東西呢？」汪直一驚，這是上等的絲綢，上頭還以細緻的絲線穿針引線出一幅湘繡牡丹，這樣珍貴的事物，汪直也只是略有耳聞，愁予怎麼會有呢？

愁予的眼神有些害怕道：「這是很貴重的東西吧！我果然還是不能隨便……」

「除了這個帕子，你還有撿到其他的東西嗎？」

見愁予微微地點頭，汪直道：「在哪裡呢？讓我看看。」

來到屋後，愁予搬開數個瓦甕，自其中一個看似醃醬菜、不起眼的陶甕中取出一串絲線，夕陽迤邐潑灑而來，每一束銀絲都像是以日光搓捻而成的，汪直的眼神瞬間敏銳了起來，先將這束絲仔仔細細地翻看幾次，才道：「你可知，這是什麼？」

愁予搖搖頭道：「我不知道，但這樣漂亮的東西，料想應當價值不菲，雖然在海邊四下無人，但我害怕，只抽了一束，便快速離去了，直哥哥，這是海龍王的寶藏嗎？我要是偷走了，會不會遭懲罰呢？」

汪直疑惑問道：「海邊，是在哪兒發現的？你先別擔心，這不是龍宮的寶藏，至於是什麼，你先帶我去看看。」

海岬之上，下方是千萬道的碎浪激起如雪的浪花，居高臨下可見沿岸磊磊亂石間夾雜了幾許木箱子，有些木箱已經拆解，露出裡頭的貨品。

「直哥哥，我就是在這裡發現那些東西的，想知道裡頭還有什麼嗎？我馬上替你取來！」

「不可，這樣太危險了。」汪直關心道。

「不打緊的，這裡的路並不難走，沿著礁石慢慢走下去，很安全的，更何況就快要漲潮了，要是漲潮，我擔心箱子就要被浪濤捲走了。」

「不可，要是漲潮，不就更危險了。」

「別擔心，直哥哥，我很會泅水的，我曾經在水中泅水近一炷香的時間，在水裡還可以張開眼睛。」話說完，不待汪直阻止，愁予立刻脫下了外罩的棉衣，將貼身的襦裳捲起，露出春筍一般的小腿，又將頭髮挽起在腦後。

汪直原先還有些擔心，但見愁予手腳伶俐，一瞬間便走入礁石之中，隱沒於浪濤之間，「愁予，你沒事吧！」他喊道，白浪如水中只見她漆黑的後腦時浮時沉，一張秀麗的容顏宛若珍珠般，在日光下閃著動人的色澤，突然一陣浪濤湧入，汪直大喊：「小心！」

「直哥哥！你不會泅水，怎麼下來了！」愁予疑惑道。

汪直皺眉道：「我在上頭見不著你，所以才擔心！」這沿岸的礁石觸腳濕滑，難以行走，方下來不到一刻，汪直便數次踉蹌欲倒，但見愁予卻如走平地，忍不住叫他好生氣悶。

愁予輕淺一笑道：「直哥哥，你別擔心，我說過我很會泅水的，你莫要動，我再往前一些些，放心，很快！」

「這……你小心呀！」這也算是各有擅長吧！忍不住自嘲：平日自認腹有詩書，但說到底還是個肩不能挑，手不能提的讀書人，堂堂七尺男兒，此刻竟不如一個自小生活在海邊的姑娘！

浪花再度湧來，雪白的碎沫如同千億片碎裂的鏡子，他一時見不著愁予的身影，糟了！再怎麼樣她還只是一個小女孩，他怎麼讓她陷入如此危險！他不顧一切往前走去，腳步一個打滑，鹹鹹苦苦的海水頓時湧入喉頭鼻尖，想深吸一口氣卻只灌入一大口海水！

此刻他聽見一陣嬌俏的聲響道：「直哥哥！你別用鼻子吸氣，吸了水只會更難受，你先用嘴吐氣，休息一下我再教你如何閉氣，日後你真要落了水，也不至於如此狼狽了！」

只見愁予伸著一隻蓮藕般細嫩的手臂，手上捧著半開的箱子，自縫隙中拉扯一物事，日光撒潑下恰似天女指尖剔透出的銀河。

「愁予，這些貨品漂流來此，已經過了多久呢？」

「我也不甚清楚，這海岬處向來人煙稀少，我原本只是想尋一些魚蟹充飢，便看到海上漂流著這些箱子，我見這東西有的生得好看，便取了上來，直哥哥，這是什麼？」

「這是生絲，是綢緞的原料。」汪直道。

「是很貴重的東西嗎？」

「以這樣一箱所換取的白銀，足以夠你們生活一年之資！」

愁予的神情有些驚訝道：「真的，那，如果真有這樣多的白銀，是不是能找到一個好大夫，好來醫治奶奶的病呢！」

「奶奶生病了？她怎麼了？」

愁予憂傷道：「前一陣子奶奶便經常發燒，我找了些不甚花錢的藥草煎給她服用，但半個月前，奶奶身上竟然起了大小不一的紅疹，到現在，不少疹子生了紅瘡，每每如廁時，都會發出一陣疼痛的哀號，後來奶奶怕我擔心，就不喊了，但我知道奶奶是在忍耐，我好害怕，卻又沒有銀子，不知該如何找大夫！」

「難怪！這半個月你奶奶若是見我，總是隔著簾帳，應該是她不願他人見著自己滿身膿瘡的模樣吧！但這究竟是什麼病，竟會生出紅疹膿瘡？」

「直哥哥！你說，奶奶的病真能治好嗎？我自幼和她相依為命，她是我在世上唯一的親人了！」愁予道。

汪直道：「愁予，你的心情我明白，但依我看來，這幾箱絲綢上有紅色的印記，應當是某個商行的貨品，我們若是隨意取走，我擔心反而會有麻煩，你先答應我，今日所見之事，千萬不要告訴任何人，我保證一定替你設法，籌措銀子讓你請大夫為奶奶治病。」

「好的，直哥哥！我相信你，咱們打勾勾。」愁予伸出葇荑似的指頭道。

在愁予的幫忙下，這大小不一的木箱便一一運至岩岸上，汪直先找了一個岩洞，仔細檢查無積水後，便將箱子一一放入，又在外頭覆蓋了雜草與石塊，確認安全無誤後才離去。

此刻夜幕漸次低垂，這是汪直第一次在無盡的大海邊，望著逐漸落下的夕陽，橘紅色的夕陽巨大如同轉動的車轂，一半落入海面上融化萬片金波，就在此時，他看見了遠方小小三角的黑影，以弓箭的姿態飄盪著，那是一艘帆船，沐浴在金輝之下，海水接天、細浪如鱗的景色不禁令他駐足神往，「直哥哥！怎麼了嗎？」愁予來到他身邊，輕聲道。

「沒事！咱們走吧！」一轉頭，只見愁予額上濕潤的青絲凝結成一綹綹的模樣，淡色金光下，凝脂的臉頰、雪藕似的肌膚，汪直不禁轉頭，不敢看下去。

經過朱家瓦房，只見原本寒傖的幾間草屋間，梁上竟包裹著紅綠彩綢，屋簷亦懸掛著數十個紅燈籠連綿不絕，如此興旺又繁盛的燈火，幾乎有種要將屋舍給焚燒殆盡的錯覺。

門口道賀之人不絕於途，幾乎所有人都穿上了羅紈抑或彩緞，彷彿自身也成了那火焰的一部分，蜂擁而入那豔色屋宇內，打從三日前，報馬闖將這闃寂無人的庭院裡報喜時，左鄰右舍、叔伯親戚便如潮水般紛至沓來，他也是知道的，一舉成名天下知，舉業可是大事，但不知怎麼，此刻他的內心卻十分淡然，沒有任何的不甘抑或嫉妒、哪怕是一點怨天尤人的哀嘆也沒有，只是淡然地看著眼前雜沓的車馬，喧囂的女樂，直到感覺腳略微痠麻了，正要轉身離去之際，突然，有人喊了他一聲：「來的可是五峰兄？」

一轉頭，果然，那門口喚住他的人，正是朱紈。

只見他周圍尚圍繞著密不通風的人群與他不斷攀談，興許是猜到他要走了，朱紈推開人群逕自朝他走來。

「子純兄，恭喜你高中了！」

晚風一陣吹來，朱紈瘦得像是一則苦吟的險句，饒是中了舉，那副詰屈聱牙的面容終於帶了點掩抑不住的喜氣，他們相知十年，對於他的性子，汪直是再熟悉也不過了。

一見汪直他便道：「五峰兄莫要出此言，在我心中，我的才學並不如你，此刻能中舉，實屬僥倖。」

「說什麼話呢！你平日裡寫的時文可都是字字珠璣，業師周夫子也是讚譽有加的，今日你一舉成名，不負十年寒窗苦讀，說實話，我真是替你開心！」

「你說的這是什麼話呢？他人不知我就算了，難道連五峰兄也不知我！」朱紈神色冷然道。

朱紈這個脾氣，汪直再清楚不過了，他向來是個油鹽不進的性子，周夫子開設的私塾內約莫收了數十個蒙童，只消三兩銀子的束脩，便可在此受業一年的論孟，再來是學庸，只是這些子弟多半愚頑，真正能受業至時文撰寫，寥寥無幾，而這些弟子中，朱紈大概是最窮困的吧！自小便與寡母零丁孤苦、相依為命，即使是半日粒米未進，抑或是隆冬的雪日穿著破棉襖，卻依舊能把孝經一字不漏地默背出來！

「這幾日科考完畢，卻來了這麼多鬧騰騰的烏鴉，弄得我反倒是心煩意亂，沒心思好好讀聖賢書了，其實吾輩讀書人最重要的是熟讀儒家經典，有幸得蒙聖恩，一門心思就該上報朝廷，下濟蒼生，然而世人卻多趨炎附勢之徒，視舉業為登雲梯，你瞧，這幾天來攀交情的、送田產的、託身為奴的委實令我厭煩不已，要不是看在同鄉之誼，真想一股腦把這些人給轟出去。」

「子純兄，依我所見倒也不必如此，你若真感到厭煩，不如將禮物璧還，也是可的。」

「我也是這樣想，只是這些人見我不收禮，卻以為我在故作推託，因此將禮物贈與了我族中長老，為此我一早回祠堂，邀請各房家長子弟前來，嚴令其不得替我收禮，鬧騰了這一陣，總希望能清靜個幾日。」

嘆了一口氣後，朱紈又道：「老實說，若論起文章舉業，我真的遠遠不如你，我一直認為，會先我一步中舉的，絕對是你。」這話是出自肺腑之言，汪直明確感受得到，更何況朱紈從來都不是有半句虛言之人，他感覺自己應當要說些什麼，卻又感覺有些不大適宜。

「五峰兄，一時的科考失利望你莫要放棄，我會在前方的路途等待你，你博覽群書，相信以你之力，假以時日絕非池中物，必定可以魚躍龍門，成為國之棟梁的，到時你我同朝為官，相互奧援，同心協力，上報天子，下濟蒼生，這是吾輩讀書人之使命。」

原來朱紈是擔心自己科考失利因而灰心喪志，因此來找自己，拉拉雜雜地說了一大段話，就是希望自己能重整旗鼓，但不知怎麼，汪直的心理竟一點頹唐的念頭也沒有，不，該怎麼說呢？一開始他自然是有些灰心喪志的，畢竟也是讀了三、五年的書，但這樣的想法很快就煙消雲散了，尤其正巧他決定前往雙嶼，此刻腦袋裡想的都是出海的念頭，竟讓他忘了那磚頭似的聖賢書。

但眼見朱紈眼神如此熱切，自己若是說此後無意舉業，以朱紈這樣一條筋的性格，絕不會輕易讓自己離去，因此便道：「子純兄，一年半後便是鄉試年了，這幾日我也在思索組個文會，拉攏徐銓這幾位文友一同切磋，況且讀書舉業也是我爹娘的期望，我定會好好努力，期望有一日也能與你一樣，一展長才。」

「那真是太好了。」感覺朱紈那矍鑠的眼神豁然綻開了光芒道：「當今天下太平，但沿海不時有倭寇侵擾，使千萬黎庶飽受侵擾，就像我父朱澄，因受到其從子，也是擔任細川氏朝貢貿易副使朱縞的牽連，捲入細川氏與大內氏勘合貿易紛爭，可恨的大內氏使節因與細川氏不睦，身為正使的謙道宗設竟然焚毀嘉賓堂，燒毀細川氏船隻，自紹興至寧波一帶大肆焚燒擄掠，荼毒百姓，最後大內氏奪船出海[2]，朝廷探查此氏後認定我爹朱澄與擔任貿易副使的朱縞收受賄賂，因此判處死罪，自那日起，我們就成了罪人之家，而苟活下來的我與娘親二人，則受盡親族冷眼，無人願與我們孤兒寡母扯上半點干係，漢奸走狗一詞，更是如冷箭一般不時射來，我常常想著有一日若能登龍門，必定要用盡全力，上報君恩，下清倭患，除了兼濟蒼生外，最重要便是要為我爹洗刷倭寇汙名。五峰兄，與你同學數年，你的聰明才智一直遠遠在我之上，這點，我是再清楚不過的，夫子有言：『無友不如己者』。我盼望你有朝一日也能同朝為官，共同為朝廷效力。」

此刻遠方海岸的漁火一陣陣閃爍，望著橘色燈火忽明忽滅，雖然內心仍有所猶疑，但汪直還是道：「多謝子純兄的看重，我必定會全力以赴，因為這也是家父、家母之心願。」

2 明．薛俊《日本國考略．朝貢篇》：「（宗設）等大肆焚掠，所過地方，莫不騷動，藉使不蚤為之計，寧波幾為所屠矣。此役僧宗設在寧波奪船出海，還劫走所俘虜的明軍指揮使袁璡。」

就在此時，有使者上前遞上帖子道：「老爺您好，我家主人是餘姚謝家的二當家謝朗，與寧波府推官張德熹連袂拜訪，半個時辰便到。」

聞言，朱紈與汪直臉色都不禁一震，這餘姚謝家可是縉紳世家，在餘姚一地擁有數百頃的田產，種植水稻、蠶桑……一族之內尚有數人於朝中為官，因此謝朗雖是布衣之姿，但連本地縣令對其都敬畏三分，而張德熹本人更不消說，簪纓世家三代為官，加之經商為業，族中張珠更是徽商領袖，見此，汪直便道：「既然如此，子純兄，我便先告辭了。」

4 老夫子捻鬚寫話本　白郎君浪裡鬥鮫鯊

方回到家，只見桌案上擺了幾本線裝書，隨手取來一看，卻是話本一流的雜書，見了署名，汪直忍不住問道：「這青衣才人是誰？」

他爹隨即一把將汪直手中的線裝書搶來，東張西望確定四下無人後，才低聲道：「這是爹現在正在寫話本小說，我前日寫了一部傳奇〈玉簪記〉，賣給本地的戲班子，換了幾兩銀子，不然，我怎麼去買雞買米讓你們母子倆過些好日子呢？後來，醉仙樓的說書柳駝子聽聞此事，便央我寫話本與他，我想咱們家世代簪纓，若這事傳了出去，枉為書香世家，有何面目做人？便取了個名號叫青衣才人。」

汪直翻了幾下，見卷頭詩寫得卻是唾玉咳珠、文采斐然，便問道：「爹寫的是什麼故事呢？」

「這話本我也還在琢磨，這次，我想寫一個才子佳人的愛情故事，只是，才子如何文采風流、佳人又是多麼閉月羞花，兩人之間該如何相會又離別，還沒有想完全。」

「才子佳人？」汪直微一皺眉，他向來不喜才子佳人一類俗套，這類故實開頭總是一位才子平日如何端莊守禮，卻對素昧平生的閨中小姐傾慕，突然違抗父母之命、媒妁之言，結局也脫不開金榜題名，一夫二婦團圓。

一看他神色，父親便知他心意道：「你心中所想我也明白，這才子佳人的確是熟套了，但這樣的故事方能招攬客人，話本要真都是那些聖賢傳說、忠孝人倫節義，包管客人全跑了，要知道醉仙樓斜對角新開了間寶月樓，店主便是餘姚謝家，那寶月樓燈火熒煌，且自雙嶼島走私了數十箱水陸珍饌，桌上料理全是遠方的逸品，引得多少饕客食指大動，為此，醉仙樓也延攬了湘菜大廚，並要找幾個回目新奇、不落俗套的故事，方能一較高下。」

「這樣好了，雙嶼那裡不是有許多南來北往的商人嗎？聽同窗徐銓說他們那兒有缺個文書，不如，我陪他去應徵吧！一方面可為家裡掙些銀子，另一方面，也可聽些各地的奇聞軼事，回來供爹寫故事。」

「這……不好吧！你娘那邊！」娘親出身書香世家，對商人向來相當鄙薄，她常說士農工商，而商為四民之末，原本太祖年間嚴禁商人衣帛乘馬，但承平日久百姓卻開始習翫懈怠，尤其沿海奸民無視禁令公然出海走私。因此無論如何，娘親是不可能同意讓他從商的。

「聽說雙嶼那兒還有平日見不著的佛郎機與倭人，爹，你想想，你不是一直想見見那貌如羅剎的佛郎機人嗎？聽說他們自鬼市而來，而鬼市又可通陰陽，多的是飛天之魚、噴火海馬、興風作浪的蛟龍……你就讓兒子去瞧瞧吧！保證回來這精采的故事三日三夜都說不完呢！」

見父親的表情有些鬆動，他趕緊道：「孩兒此去只是開開眼界，絕對不會從商，更不會通倭的。」徽州此地種田維生不易，早有些鄉人見從商有利可圖，販鹽維生，或去福建月港、舟山雙嶼做那走私生意。

「這，好吧！我就跟娘說你要和徐銓去買些善本書，順道拜那兒的天受宮，祈求科考順利好了，你自己可要萬事小心，對了，我寫話本這事，你可千萬……」

「別告訴娘是吧！放心，我知道的。」望著父親這樣侷促不安，彷彿做錯事情的神情，相較於之前焚膏繼晷、苦讀四書五經的委頓，他感覺構思話本的爹，神情比起捻鬚苦讀下的倉皇麻木，還來得快樂許多。

「幽蘭夫人、愁予，我來了，你猜直哥哥今日給你帶了什麼好東西呢？」汪直一手提著竹籃，背上背著布袋，另一手提著瓷罐道。

愁予睜著大眼睛，近日由於幽蘭纏綿病榻，寸步不離地照顧奶奶，已近一日未食粒米，此刻聽到汪直的呼喊，不自覺大口口水吞嚥而下。

「我帶了一斗米，一些雞蛋，還有這個，你看這是什麼？」汪直打開瓷罐道。

只見罐內此物深黑，一股酒糟之氣撲鼻而來，愁予搖搖頭。

汪直夾了一口與她嚐，愁予不由得道：「這是什麼？極鹹，入口即化但卻脂膏味美，還帶著淡淡的酒香。」

「我打一謎給你猜猜：『本是潛鱗，無端兒變作飛禽，雖不免受人剝削，脂膏盡，只他這瘦骨嶙峋，也自具飛舞精神。』」

愁予搖搖頭。

「哈！直哥哥真是糊塗了，你應該是不識此魚吧！不要緊，直哥哥告訴你，此魚名鰳魚，最適合剖開做鯗，而這是我娘做的三鮑鰳鯗[3]，你放入蒸籠打個雞蛋蒸熟後，配上白飯，那可是人間好滋味呢！另外，這鰳鯗還有一樣有趣，我給你看。」

汪直從懷中取出一物道：「你瞧，這是什麼？」

只見汪直手上立著一只冰肌玉骨的白鶴，頭角崢嶸，熠熠清輝。

「好厲害，直哥哥，這是你做的？」

3　剖開後晾乾醃製的魚被稱為鯗，而鰳魚鯗乃是其中最常見，只醃一次被稱單鮑鰳魚，再抹鹽醃一次是二鮑鰳魚，再抹鹽醃製則被稱為三鮑鰳魚，味道極鹹，寧波人稱之壓飯榔頭。

「沒錯，這是鰲鶴，也是我方才打啞謎的謎底，只消把鰳魚的骨頭留下，這魚也神奇，魚的頭骨每一部分都有天然的孔洞，可以直接插入，小時候我最擅長做這個了，只消把我娘製作的鰳鯗吃完，不到一炷香的時間，我就能拼出一只鯗鶴來，因我不能日日陪在你身邊，就做了一隻與你為戲。」

愁予珍惜地取來，尋了一處甕牖通風處以絲繩懸掛，只見白鶴竟恍若有了靈性般開始旋繞，愁予取了米至後頭的火灶煮食，趁著此時空檔，汪直朗聲道：「聽說夫人近日身體抱恙，晚輩特來問候。」

雖然隔著帷幄，但汪直多少還是能感受到，一股死亡般的氣息，充斥在屋宇之內，一入屋內，雖然地板和四周都仔細地擦拭過了，但那膿血的氣味仍如蚊蠅般不過是隱匿於陰暗處，待一個不留神之際便嗡嗡飛來，揮之不去。

愁予說了，幽蘭夫人這幾日病情更是加重，身上生的紅疹轉為膿皰，這幾日她忙得夜晚也沒闔過眼。只覺帷幄之人如剪影，有聲音道：「是汪公子嗎？老身綿惙之極，未能迎接，請勿見怪。」

「莫要這樣說，人都難免有個病痛折磨，相信過不久，夫人玉體便可安康了！」

此刻又是一陣咳嗽，汪直連忙自一旁的茶几拿起略帶破損的陶碗，斟了七分茶湯遞去，淡黃色簾縫間伸出細瘦的手臂，略為鬆弛的皮膚上竟是斑斑點點的膿瘡傷口，汪直不禁一驚。

「嚇著你了吧！之前有些過往的恩客，還想來找我，但一見我這副模樣，便驚嚇得魂飛魄散，害怕得逃跑了！」或許是察覺汪直的眼神，幽蘭緩緩道。

她的語氣平淡，但卻多少仍感受到一股淒涼的韻味，汪直可以想像，她必定是極為珍愛自己容顏的，卻會得了如此疾病，內心折磨，可想而知。

「但我又怎麼怪得了旁人呢！前幾日趁著有體力時，請愁予為我將銅鏡取來，卻看見自己滿是痘瘡的臉孔，骯髒齷齪，連我自己都不忍久視，我想，這應當是報應吧！因我以娼為業，才會淪落至此。」

汪直道：「夫人不要這樣說，請給晚輩旬日的時間，必會盡全力籌措醫藥費，好救治夫人。」

「公子你年輕，應當不知道世界上，仍有許多為了生存，逼不得已得當為的齷齪事吧！那還是多久前的事情呢？那時的我，比愁予這時還要幼小吧！很早就被賣入了錢姓老爺家裡，那老爺是待我極好，還教我讀書、識字、詩詞歌賦，但老爺對我的寵愛卻使我遭遇了他人的冷眼，待他過世後，那些恨極我的姬妾便迫不及待地將我賣入勾欄之中，待我成人後，為了生計，逼不得已也買了不少女孩，但我從未逼迫她們接客，只是她們全都清清楚楚理解自己的命運，沒辦法，她們來自貧窮農家，若非一出生遭遇溺死的命運，恐怕長大也是得被賣為娼為奴，才可使家裡免於凍餒。當中有些女子，就是得這樣的病死了，那眼神絕望的模樣，我至今仍記得真真切切，那時我一面害怕，一面卻祈求自己千萬不要得到這樣的病，可笑的是最終還是淪落到此，或許，這就是那些女孩對我的怨念吧！一切都是報應。」

汪直沉默不語，不知怎麼，他耳畔傳來母親說的話：餓死事小，失節事大。但此刻他卻無法說出類似的話語，他隱隱感覺到不安，餓死豈是小事呢！他無論什麼都說不出口，但自己搜索肚腸內所有的聖賢經書，卻想不出任何隻字片語來勸慰她。

「夫人，晚輩不才，但也曾聽過泰州學派的學者所言：『吃飯穿衣，即是人倫物理。』在晚輩的理解：活著才是人生第一等大事。只要能活著，不論生存貧賤抑或富貴，總是有希望的。」

幽蘭聽了沉默了半晌，方才道：「公子所言，實在令老身茅塞頓開，公子此去雙嶼，請務必小心，我這一生受盡苦楚，若能就此解脫，回復清淨無垢之身，對我而言，不啻是大幸。」

「我要去雙嶼，您是聽誰說的呢！」汪直顧左右而言之道。

「前日我見愁予神色古怪，我對她道，任何事情一定得讓我知曉，她方才吞吞吐吐道出絲綢一事，我一見這些貨品上的印信與番號，便知曉了，這上頭的印信畫有雲紋和松樹，乃是活躍於雙嶼的巨富許棟的資產，是也不是！」

汪直心想，幽蘭夫人年輕時必定見多識廣，看來此事不好瞞她，便將幾日前所見說了一遍。

幽蘭聽完便道：「公子的顧慮是正確的，許棟在徽州一帶權勢極大，與官府和當地縉紳都關係密切，丟了貨物絕不會就此罷休，必定會派遣底下耳目明查暗訪，若是我們私下買賣，被抓獲反而有禍事，親自將貨品送回去，以他平素為人必有酬謝，才是明智之舉。」

今日一早，汪直便往湖頭渡走去，原來朝廷施行片板不許下水，但這浙江十里沿海盡是天然岩岸，雖然設立了衛所與巡檢司，但多數官軍不習風浪，此地漁民也暗中養成一套對策來，就在外海處的湖頭渡，因此處有深灣可供隱藏，因此凡是此地人前往雙嶼，便都由湖頭渡出海。

沿著岩岸行走了半里路，只見眼前突出一海岬，正是漲潮階段，深灣處犬牙交錯，數十艘平底沙船隱於其間，上頭多覆蓋著草蓆木板遮蔽，數十間屋舍外牆抹上白灰粉飾，空地處立起竹竿曬著破落漁網。

遠遠的只見一名七尺莽漢不斷地追趕前方一灰衣人，那人不住地喊救命，卻仍是挨了好幾下拳頭，雖身子忍不住發抖，卻依舊喊道：「算我晦氣，來你家送了幾次藥什麼銀子都沒拿到，居然還要挨你拳頭，你給我等著，我定要報官，要官府來主持個公道。」

「胡說，我不是給了你一擔方捕撈上的鯔魚嗎？」

「我呸！那鯔魚是吃臭泥巴的，我才不要，你若送我鰣魚還值錢，那鯔魚算什麼東西呢！鬼才吃這貨……」

「你說什麼？」只見那莽漢掄起袖子又要揍人，汪直趕緊上前道：「阿滿，是我，好久不見了。」

「這莫不是汪直大哥嗎？好久不見了，可想煞小弟了，哥哥你先等等，這廝好生可惡，說好一擔鯔魚換十帖方劑醫我爹的病，事後卻反悔，等我先料理了這廝，再來和哥哥吃酒敘舊。」

眼前這名漢子名葉宗滿，當初汪直前往廣東做生意，因為不習風浪，便尋了幾名在地的漁人一同前往，因考量這販鹽可是一本萬利的好生意，便取了資本找數人一同出發，而葉宗滿便是其一，阿滿自小打魚為業，生得身型壯碩、但皮膚卻如鹽般雪白，水下功夫了得，能於水下閉氣一炷香，只是天性脾氣火爆，一言不合便掄拳揍人，算來算去，團夥中也只服汪直一人。

「胡說，那契約上明明白白寫著一擔鰣魚，你這鰛魚如此賤價，一擔鰛魚換一帖方劑還有可能，若要換十帖，可是作夢。」只見那郎中從懷中取出契約，汪直取來一看所言不虛。

「混帳，這是欺我不識字嗎？」

「大夫，但依我看，你這契約上卻有塗改的筆墨，若要送官府，恐怕一時也難以釐清，不然這樣好了，你既然取了一擔鰛魚，就留下五帖方劑吧！」接著又上前低聲道：「若還不足，我這裡還有一些碎銀，也可取去，權做您身上的醫藥費。」

那郎中臉上雖還有些忿恨，但興許是有些懼怕阿滿那凶神惡煞的氣息，猶豫了半晌，一把將銀子搶來，又將方劑丟向地上道：「好，算我倒楣，下次說什麼也不來了。」

汪直將方劑拾起，拍去上頭塵土道：「阿滿，許久不見了，你可是哪裡不舒服，為何要這藥包呢？」

「說來話長，哥哥先進我那草屋裡坐吧！」

一走入屋內，汪直便聞到一股腐臭的氣息，原本這裡是漁村，但這氣味卻不似腥味，接著又是一陣的呻吟，此刻阿滿才道：「數年前我爹信了餘姚謝家，為謝氏走私生絲至雙嶼，不料遭到官軍埋伏，幾十個被擒獲的漁民都殺頭了，還好我爹精於潛水，但一腳卻遭箭矢所傷，無法再下水，近日舊瘡復發潰爛發炎，幾乎要見骨了。我胡亂取了些草藥為他敷上卻無任何療效，因此我只得去找大夫，不料城裡的大夫嫌此處偏遠，說什麼都不願來此，好容易找到一個郎中卻是這副德行，哼！說來我就氣不過，我後來才知道，原來告發我爹和那群同伴的，不是別人，竟是餘姚謝家，因謝家和官府有勾結，既要走私，又要讓官府對上頭有交代，因此走私完畢後特意抓了幾名替死鬼，好讓寧波海道得以上報朝廷功績，藉以領取賞銀，應付朝廷海禁政策，這些做官之人就會凌辱我們，根本沒將我們漁民當成人看！」說完又一口口水啐在地面。

「原來如此。」汪直心下猶疑，這群弟兄中水性最好的就屬阿滿了，但此刻阿滿的父親卻是有恙在身，看來是不宜陪自己一趟了。

「對了，哥哥不是說要回去參加舉業，怎麼又要去雙嶼呢？」

「說來話長……」汪直將拾獲生絲之事約略說了，阿滿聽後道：「這也太巧了，雙嶼上最有名的大商人便是許棟了，也是徽州歙縣人，這許家共四兄弟：松棟楠梓，許棟是許氏牙行的老二，自從大哥過世後就成了大當家，前幾年前往福建泉州與月港，結識佛郎機人[4]，應當與咱們去廣東販鹽是差不多的時節吧！佛郎機人藉由牙行購買生絲，再賣出蘇木、黑川，許棟再將這些貨品轉手內地，因有利可圖，遂不顧海禁之令，私造數百艘吃水百斛的戎克船，以雙嶼作為交易中心。雙嶼深藏於舟山群島之內，不易被游兵發現，加以岸邊礁岩遍布，水深海廣，可容納吃水一丈深的戎克船入港，不過十年便已人口稠密，島上定居近千名海商，菸葉、六陳、麻皮各色牙行算來有近百間，還有數百間佛郎機人所蓋的天主堂、醫院和慈善堂，此外尚有天妃廟、天妃宮數十間，那繁榮的景象，可一點兒也不輸給杭州城呢！哥哥咱們要是還一起做生意，說不定也和那許棟一樣，獲利十倍了。」

「你說的我也知曉，但別的不提，光這官府畢竟施行海禁，稍一不慎便是牢獄之災，你與我都是有家室之人，如今我只想暗中去雙嶼一趟，好送還生絲。」

「哥哥要去雙嶼原本也不難，只是聽說有兩名海盜從福建大牢裡逃脫，因此最近官府查緝得緊。」

一聽此言，汪直好奇道：「卻不知逃獄之人是誰？那福建的監牢應當守衛森嚴才是，竟然有辦法逃脫而出。」

「聽說正是許四[5]與李貴。」

「這許四與許棟可有關係？」

「據我所知，這許四正是許棟之弟。」

汪直皺眉道：「那就難怪了，許家在雙嶼勢力雄厚，想必一定是有外人接應。」

「我也這樣覺得，聽說那李貴又名李光頭，生性凶殘，海上殺人越貨習以為常，那日臨走之際，將追捕的數十名官軍打得非死即傷，一路上劫持了縣府裡的主簿逃逸後，才一出海就割下頭顱殺人棄屍，為此閩地下了命令定要緝凶歸案，但眾官軍見李光頭凶殘，哪敢靠近？不過虛應故事應付官府，而許四的老巢就在雙嶼，這也是近日咱們這郭巨千戶所差遣游兵巡防之因。」

就在此時聽聞房內一陣咳嗽聲響，接著傳來一陣呻吟，阿滿趕緊入內，見狀汪直也起身，正想準備離去，不料此刻阿滿又走出道：「大哥，你是不是想要去雙嶼一趟？我跟你一塊去吧！」

「我來此地的確是想拜託你這事，但你爹不是無人照料嗎？」

阿滿道：「我原本也是有這層顧慮，但方才我爹聽了我倆對話後，便要我拿此物去雙嶼賣個好價錢。」接

4 此處的佛郎機人為葡萄牙人，作為大航海時代最早來到中國的歐洲人，在明朝官方說法中，與西班牙人都被稱為佛郎機。原本葡萄牙人在正德六年（一五一一年）占領滿剌加（麻六甲）後，八年（一五一三年）首次來到明國Tamao島（即香港屯門東部海灣），希望可以與明國開通貿易，但在前往北京晉見明武宗朱厚照時，廣東一帶的葡萄牙人開始作亂，正巧朱厚照溺死，由嘉靖即位，嘉靖即刻下令驅逐葡萄牙人，廣東海道副使汪鋐在屯門一代打敗葡萄牙人，葡萄牙人被迫北上到閩、浙沿海私下貿易，也是在此時得到許氏兄弟的接應，在舟山群島的六橫島建立Liampo（寧波）港城，也就是雙嶼港。

5 原文越獄者為許棟與李貴，但為了情節所需，此處改為許四與李貴，參見王濤《明清海盜（海商）的興衰：基於全球經濟發展的視角》。

著展開一物，外頭裹著一層赭紅色的皮革，上頭花紋如珍珠大小相續。

「這魚皮取自珠皮魟後背中央之皮，可為劍鞘、鞍韉，粗厚堅韌，上頭珍珠般眼紋顆顆分明，乃鮫皮[6]之上品，在我明國看來稀鬆平常，但在倭人眼中卻是大大珍品，我爹便要我去雙嶼，可幫我選個合適的賣家賣了，大哥三日後寅時咱們湖頭渡見，若是順風，此處離雙嶼不過一站[7]的距離，兩個時辰以內必可到達。」

6 古代稱魟魚為鮫。

7 「站」是航程單位，約合三十公里，明朝領航員估計船隻於一又四分之一更的時間，能航行五分之四站的距離。

5 汙泥魚中金滿腹　熙熙水國遇許棟

方雞啼四更，遠方天色尚魚肚白，小徑上行走的身影拖得極細長，兩人皆是同一裝扮儒冠常服，背上背的書箱高出了一個腦袋。

見四下無人，徐銓忍不住轉頭對汪直道：「你說，咱們做這走私生意，會不會被查獲。」

「碧溪[8]你儘管放心，依我的法子，是絕對不會被查獲的。」汪直信誓旦旦道，這徐銓與自己打小相識，都在同一間私塾裡當蒙童，祖上也曾經中過舉的，但這徐銓腦子卻極不靈光，默書連論孟一章都背不全也罷了，寫字也是烏焉成馬別字連連，自小便挨了不少塾師的板子，全靠汪直為他做小抄解圍，所幸家中還有幾個銀錢和田產，家人尋了個遠親後捐納了進了國子監為監生。

「你可知有艘戎克船淹沒的事情嗎？幾日後，我真在岸邊尋獲數十箱生絲。」

「莫非是被海中鯤鮒所啃食？」

「有道理，北冥有魚，其名為鯤，鯤再怎麼大，一鍋也燉不下……」

徐銓險些沒把方才喝的茶噴出來，這汪直就愛說笑，和他爹一樣一貫雜學旁收，無怪乎舉業無望，但自己一樣是個科舉制度的考渣，也沒資格說這話就是了。

「我說你幹嘛不要咱們兩人將貨給分掉，不然繳納官府也好，偏偏要自己攬這個苦差。」

「這不成。」上頭的箱子和每一束生絲間都蓋有方方正正的印記，三朵雲紋中央一株松樹，這是屬於許棟商行的印記，若是自己私下找人賣了，許棟追查貨物流向，一旦追到自己身上，麻煩可不小，但若是拿去官府，因為是走私貨品，料想得不到什麼賞銀，最多沒入府庫，這樣白做的生意他可不幹。

「聽說佛郎機人各個都是青面獠牙、眼睛比燈籠還大，刀槍不入，茹毛飲血，你不害怕！」

「我瞧，你還挺適合去和我爹一塊寫話本的，想像力可真是牛鬼蛇神，保證話本會大賣！」

「別別別……我要去寫話本，我爹還不把我這不肖子逐出家門……」

汪直忍不住嘆了一口氣，混跡勾欄寫話本故事，果然是有辱門風，但與之相比，自己私自經商，可愧對列祖列宗至極了，但不這樣，要如何賺錢呢！於是他道：「你莫忘了幾年前，咱們兩人一同前往廣東販賣私鹽嗎？那時可是賺了一筆不少的銀子呢！這次我又找了當年一同經商的阿滿一同前往，我想，此次若能送還生絲，多少會獲得一些賞銀，只要有了銀子，全家人也不用日日吃稀粥，有口乾飯可吃了！」

一聽見吃，徐銓瞬間精神了起來，重新抖擻道：「這可是真的？為了捐納成為監生，我們家借了一堆高利貸，本想收了田租後可以順利繳納，誰曉得這幾年收成之差，連自己都快吃不飽了，雖然顏子簞食瓢飲，但饘粥的苦日子委實吃不消，只是，只是咱們這樣算走私，萬一被官府發現……」

「你怕什麼，我就是怕被官府發現，才將生絲藏在書箱之下，上頭還放著數本四書集注，碰上巡查，就說是要去進香求取功名，我倆好歹都是諸生，官兵多半不會為難我們的，你忘了那時就是這樣販賣私鹽，掩人耳目的嗎？」

8 徐銓，字惟學，號碧溪。

「說得有理，算你聰明，我在雙嶼有一個姪兒：徐海，他自幼爹娘早逝，因此幼年便送去寺廟裡當個沙彌，法號普淨，數月前我收到他的書信，上頭寫道他人在雙嶼，想想多年不見，內心對他倒也挺掛念的，趁此趟去看看他近況也好。」

侵曉，葉宗滿身著蓑衣笠帽，自礁石間駛來一艘草撇船，方入船艙內，阿滿便問道：「兩位可吃了早膳了嗎？」

「早上出門前食了碗核仁山楂粥。」汪直道。

「粥能補氣，卻容易消化，沒多久就餓了，我這正好有昨夜現捕的鯔魚，你盡可將魚腹剖開，取出裡頭的卵黃食用。」

「太好了，只是不知道這卵黃要如何食用呢？」

「我之前捕魚時，正巧碰上一些閩地漁人，他們抓取這鯔魚，將卵黃取出以鹽醃漬後曬乾，放在火炭上烘烤，這滋味可勝過海味山珍，那些附庸風雅的世家大族愛吃鱘魚，瞧不起這等吃汙泥的鯔魚，不識貨真可恨，此下雖然未用鹽巴醃漬，但直接燒烤卻也是佳餚美味，等我將船駛入海流後，不須操舟船便會順風前行，到時我再來殺魚去骨與哥哥。」

自腰間取來一柄烏黑柴刀，磨了幾下，曲身自魚簍間揀選一番，取了一尾頭圓色黑、一臂長的鯔魚，先在手上掂了掂重量，雙腳微蹲如新月，一個吸氣，刀刃以劈柴的姿態對半剖開，只見魚身瞬間整齊地一分為二，自魚腹中取來一寸酪色如凝脂白玉，又攫出一對金黃瀲灩之物，將兩物放入一旁的碗碟內，餘下的鯔魚丟入海中。

「好刀工。」見狀汪直忍不住嘆道，雖說君子遠庖廚，因此至今汪直也不曾靠近過火灶，更遑論前往魚市肉鋪這些血腥臊垢之所了，但見到如此洗鍊的刀工，仍舊忍不住讚嘆。

「那不算什麼，我的刀工都是和我爹學的，要是在平地，他手持魚刀，不到一炷香的時間，便將魚身刮鱗去骨，剁成細末的魚膾，那才是真本事。」

此時，阿滿又瞬間剖開另四尾魚身，一樣將內臟之物取來後，接著便將剩餘之物擲入海中央。

「要食用的不是魚身嗎？」汪直已將數堆炭火聚攏，正一手拿著扇子搧火，讓網架置於其上，見阿滿將魚身果斷捨棄，因此問道。

「我們管那叫魚殼，要是在岸上，做成魚膾或是醃漬曬乾後也是鮮美，只是眼下咱們要去雙嶼，而鯔魚捕撈後可不能保存如此之久，那保鮮的冰我也買不起，索性就好好享用魚子即可。」

接著將碗碟之物以海水沖洗後道：「這黃脂乃鯔魚之子，此刻正是魚汛，這魚子烤熟後味如乾酪豐腴味美，另外這魚肚白之物乃是魚鰾，風味雖不若魚子，但加些許麻油卻也甘醇，叫人齒頰留香，來！拿去。」

「這……不用了，我吃飽了……」徐銓向來害怕魚腥味，從方才阿滿殺魚剖魚時，便躲得遠遠的，顯然是唯恐沾染上任何一點血腥味，還不住地對著汪直使眼色，但汪直卻恍若未聞，逕自蹲坐在葉宗滿面前，兩人不時翻面，食頓，一陣陣混合焦香的甜味綢繆而來。

徐銓嘴上說不要，一雙眼睛卻誠實地不斷瞟去，汪直嘗了一口大喝道：「好吃，真乃人間第一味，此物比鰣魚那勞什子強太多了！若以此物配上一壺女兒紅，可是大大的人間快意。」

「依我看，這魚子再如何味美，如何比得上鰣魚呢！這鰣魚可是冰肌玉骨，出水即死呀……」話音未完，便讓汪直給塞了一口魚子，炙燒後澄色滿口的膏腴塞在口裡，瞬間忙著吃，連說話也顧不上了。

此刻葉宗滿突然起身，自船舷間取來一柄純鋼打造的魚叉，雙目圓睜如金魚，盯著水底瞧。

「怎麼了？」汪直問到。

「此處淺海多鮫鯊，我方才自水底下看見一個影子，不知是何種鮫鯊，若是能獵隻鋸鰩、又或能獵隻珠皮魟，少不得可換取數兩白銀。」話方說完深吸一口氣，轉瞬便跳入水中，於浪淘間如一道道雪白的錦緞，不斷湧動。

「這……都已經過了近一炷香的時間，這會不會出人命呀！怎麼都人沒起來呢！」自從阿滿跳入海中後，徐銓沒少將烏魚子往嘴裡送，眼看魚子也要吃盡，卻不見阿滿上來，忍不住在船舷邊眺望。

一道皎白身姿破浪而出，一尾扁平寬大之物凌空飛來，狀為三角，兩旁胸鰭卻如波浪般擺動，日光瀲灩下，背部呈現珍珠色，後頭卻曳著黑且細長的尾勾，此刻阿滿冒出水面道：「太好了，竟然讓我碰上這樣大尾的珠皮魟，快去將船艙裡的漁網取來，我要以魚叉驅趕這珠皮魟，兩位聽我號令，記得腰間使力，將漁網往外頭揮灑。」

汪直依言取來大網，先是撒了幾次，卻都未能完整撒出去，一半在海上一半落在船緣，阿滿一旁乾著急道：「不對不對，腰間使力，用力……你，快一起動手……」

徐銓趕緊奔到一旁抓住漁網，此刻阿滿又潛入水中，只見海水翻騰起伏，不時可見阿滿的頭顱竄出竄入，但這珠皮魟卻恍若生了雙翅的蝙蝠在船身周匝游竄，兩人怎麼甩網就是撲空。阿滿深吸一口氣又鑽入水底，兩人都不習波濤，站立久了顯然腦袋發暈，只見鱗浪千層漸次翻騰襲來，眼前逐漸白花花視茫茫的一片，突然一道黑影以迅即的姿態破浪而出，汪直趕緊一撒。

「好！中了。」只見漁網中一物激烈扭動著，看來絕對是逮著這條大魚了，兩人趕緊收網，然而，正當將網拉近船邊時，卻聽見裡頭發出一聲叫喊：「你們做什麼？快放我出去。」

此刻阿滿也游出水面，一躍上船卻是面色鐵青。

怎麼回事？捕著的不是大魚嗎？怎麼會是個人呢！

只見這人在漁網內不斷掙扎，道：「你們好生無禮，我在這裡泅水，你們卻不分青紅皂白胡亂綁縛一通，還不快將我放開。」

這人身形略顯嬌小，一雙眼睛卻魚眼似地渾圓，膚色黝黑，頭髮濕淋淋地黏在額間。

「好，你等等，我們馬上就將你放開。」

「等等，就是這廝，方才我在追捕珠皮魟時，卻讓你給阻撓了，就差那麼一點，你得賠給我。」

「放你的屁，我向鐵柱潛伏於水底多時，就是為了等待魟魚靠近，這魟魚尾端有毒刺，極其凶猛不易靠近，我隱於深水礁岩便要打算趁其不備以魚叉獵捕，卻不知哪來的蠢人來個翻江倒海，害我到手的魟魚就這樣游走了，快賠給我。」這人的脾氣顯然也不好，只見兩人正劍拔弩張，突然向鐵柱一個沉入水底，如泥牛入海，幾個瞬間突然自遠處冒出頭來，嘻笑道：「老子不跟你們玩了，後會無期。」

「該死，竟然將我的漁網給割破了，快回來，賠我漁網。」阿滿怒道，但鐵柱卻矯若游龍，蹤影全無，只留下空蕩蕩的漁網，垂掛在兩人手上。

舟山群島間大小島嶼星羅棋布[9]，若沒有此地人為導引，往往會迷途不辨方位，而位於南端的雙嶼隔著杭州灣與寧波遙遙相對，突兀於波浪間，島上有六座山脈以龍爪的姿態橫亙八方六合，月牙形的港灣內停放近百

9 現今學界認為雙嶼便是現代的六橫島，在明代屬郭巨千戶所，故葡萄牙人稱之Isles de Liampo（寧波島）或Syongicam（雙嶼港），由六橫、懸山、蝦峙一百零五個海島組成。

艘卸下風帆的船舶，船舷邊早已架起了梯架，碼頭邊上蜂聚近百傭工，麻利裝卸箱篋。

「舟山群島含雙嶼在內尚有三處港口，橫港出海的乃是北洋針路，可通琉球朝鮮日本，岑港則是取道漳州月港與泉州惠安，再接往南洋的爪哇；瀝港則是西洋針路，可航向安南、占城、大城王國[10]、遠至印度，每處港口都設有市集，兩位不妨看看，說不定看到什麼奇貨可居低買高賣。」阿滿道。

「也好，只是我還得先找許老闆一趟。」

「既然如此，我就先去市集賣這魚皮碰碰運氣了，我聽聞這許家毗鄰天妃廟，哥哥先行，先在此別過了。」阿滿道。

沿著天妃廟一路直行約百步之遙，便到許家院落，敲幾下門環，有小廝上前應門，汪直遞上拜帖後，不過半晌，門房便請兩人入內，進了一進宅院，待坐定後已有奴僕呈上兩杯黑茶，方才在日頭下走了幾刻鐘，徐銓此刻已經熱得腳底生煙，立即坐下仰頭一喝。

「這什麼勞什子?苦不堪言!」徐銓狼狽道。

「這是主人自佛郎機人那裡買來的果實，磨碎飲用後有提神的效果!」接著又呈上兩盤瓜果，一盤赤色一盤碧綠色，卻都是前所未聞。

「這是番木瓜與番石榴，亦番土所產。」

徐銓搖搖手，一副敬而遠之的模樣，汪直卻毫不介意取來吃了一口道:「好吃!」

一大束雪白山茶安插在青花天球瓶中，小几上懸掛著一只玉磬，左手處懸掛著一個長長的卷軸，人浪如山中，有數艘船破浪前進，前方一尾黑跨騰躍而起，如漂浮於海平面之上的島嶼，數名倭人正手持蘗槍投擲獵捕，上方有硫色五座小島如佛祖五指山般，聳立於濃烈靛藍色波濤間。

「那是『平戶島圖』，乃倭國錦繪，以木板彩色印刷製成。雙嶼此地在成祖年間，原是三寶太監鄭和出航的港口，而日本朝貢使節團亦是自五島列島[11]取道來此，再北上晉見朝廷，可惜，自從朝貢使節斷絕以來，我大明與日本的海道便就此斷絕，而這如五峰山的五島列島也不知所終。真可惜，這數十年我年年自雙嶼出海，販賣茶葉生絲卻也只能至琉球，白白讓琉球轉手倭國，賺去差額。」

他聽見身後有人，轉頭，此人身著絳色圓領袍，左手大拇指上戴著一只玉扳指，手腕處懸掛著一串蘇木製一〇八顆念珠，年約不惑，中等身材，臥蠶眉、棗紅面皮，雙目細長。

「您可是許棟許老闆？」汪直拉著徐銓對著來人便是一揖。

「我是，就是你們兩人將生絲送來的嗎？」

「沒錯。」汪直自腳邊取來一只木箱，一打開，只見裡頭擺放著數十股扭成麻花形狀的生絲，顏色銀白若珍珠。

汪直道：「這樣的生絲，我尚有十斤，因見存放生絲的箱子上有松紋印記，這正是許氏商行的標誌，因此我特地送來此完璧歸趙。」

「這生絲你是何處取得呢？」許棟拿了一束生絲，先是在鼻尖嗅了一番，接著又將一股麻花拉開，走至外頭日光處，一條細線拉扯而出，對著日光仔細端詳了幾分。

「前些日子我有一個善於水性的朋友，在濱海懸崖處見到了數箱漂浮的生絲，有些箱子已然破裂，有些尚還保存完整。便將此物蒐集，送還與您。」

---

10 Ayutthaya，今泰國。

11 乃今日本九州西五島列島。五島列島（日語：五島列島／ごとうれっとう Gotō rettō）為日本長崎縣西部的群島。以南部的福江島、久賀島、奈留島、若松島、中通島五個島嶼為中心，共計有一百四十個島嶼，面積六九六．七平方公里。

「真的嗎？但很可惜，雖然上面的花紋乍看真的是松型圖紋，但並不屬於我的商行，不相信你看。」許棟自左側一張黑檀桌上取來一張棉紙，上頭有鮮明的朱色紅印，遞與他道：「這是我們許氏商行的標誌，中央為五雲松，而下方則是鑲嵌藍白色的浪濤，以彩色印版套色印刷而成，防水不褪，是我們商行不傳之密，但你手上的這束生絲上頭的標誌卻只有三雲松，且油墨色澤已然被海水給浸濕褪色，顯然非我們商行所有，這是其一，再來……」

許棟走至左側的木桁架上，取了一盆青花松竹梅壓紋罐，上頭養著一株穠麗的牡丹，灼灼桃紅且枝繁葉茂，放在兩人跟前道：「另外，我們牙行所收購的生絲都是來自於烏青鎮的輯里絲，質地堅韌且手感絲滑如脂肪，雙股扭絞成一股，且長度可達一丈以上，色澤純白極易染色，你瞧，我手上這盆牡丹纏花，便是以輯里絲為原料，先以滿刺加的蘇木[12]浸染[13]，上色鮮豔如血，而葉子亦是用染成松綠色的蠶絲纏繞而成，色澤明亮栩栩如生，這便是我們牙行所販賣的生絲，但你看，你與我這生絲色澤淡黃，且粗細勻度不均，我方才在日光仔細辨認過了，這是綢絲，質地較粗用於織綾，若是以此染色，蘇木的色料無法完全浸染，且勻度不均，無法製作纏花，若是織為紗緞，手感會略為粗糙，不若輯里絲細滑。」

汪直取來自己箱中的生絲，與許棟捧來的牡丹纏花比對了一番，果然不論面料觸感、色料光鮮與絲之細膩度，都涇渭分明，待比較完畢後，他道：「多謝許老闆指教，汪直不才，沒有鑑定生絲的眼光，叨擾您了。」

「莫要這樣說，你不是商人，對貨品不熟悉，也是人情之常。」

「那敢問許老闆，據你所知，在雙嶼中有什麼牙行會使用這樣的紋飾為商標呢！」

「雙嶼此地牙行眾多，為了彼此區隔避免混淆，皆會各自製作牙行紋飾為區別：有船舶、玳瑁、海鰌……但就我記憶所及，沒有與我們牙行相近的圖樣。」

「是嗎？」汪直想，看來真找不著這貨品之主了，接著該如何是好呢？

「其實你也可以報官處理，勝過白跑一趟。」

「素聞許棟老闆為人信義，生意通四海，既然這生絲不是許老闆之物，我想我還是先權且保管，若許老闆打探出何人丟失了貨品，可請他來找我，晚輩汪直，字五峰，歙縣人士。」

「歙縣，那你與我也是同鄉了，今日有幸得見同鄉子弟，也是一件樂事，不如你等等留下吧！我招待廚子準備幾道菜，開一罈紹興酒，咱們聊一聊。」

「不必了，汪直無端叨擾，已經心懷愧疚了，等等就告辭了，還有一事，素聞許老闆見多識廣，有一事求教，我身邊有一位朋友染上了廣州潰瘍，我聽說佛郎機人可治，因此想請問許老闆，知道何人可治療此病？」

「這廣州潰瘍乃花柳病的一種，看來你這位朋友也是狎妓風流之人呀！」

「非也，她是一名老妓，以色事人，身不由己。」汪直坦蕩道。

許棟收起說笑的神色道：「此地聖母堂有數名佛郎機教士，你不妨前往那兒問問，說不定會有治療的法門。」

「這說也奇怪，生絲不是許棟的，究竟是誰的呢？」一出門，徐銓便忍不住咕噥道。

「這我也不知道，只是……」汪直皺眉道。

「只是什麼？你快說呀！別吊人胃口了。」

汪直轉頭，此刻離了許棟宅院已有一箭之遙，汪直看了看前後無人便道：「我總覺得方才許棟的神色有些

12 即今麻六甲，此刻已經是葡萄人的殖民地。

13 蘇木為一種上佳的紅色染料，與靛藍、槐黃等植物，搭配使用，配上鐵鋁銅鉛不同媒染劑的作用，可產生酒紅、棗紅、絳紅、黃、紫、褐、綠的色澤，明朝因為紡織業的盛行，也增加了對蘇木此一染料的需求。

古怪，他看向我箱子裡的生絲時，那神情顯然是知曉什麼的，卻又不明說……」

「這是為何？」

「這我也不甚清楚，他究竟是在隱瞞、還是想要探查出更多背後的什麼呢？但我總有種預感，或許再過一、兩天，那生絲的主人便會出現了。」

6 剔魚骨金刀海市　烏龜山白虹見血

步至漁牙[14]，只見數十間寮屋成列[15]，早有幾十名漁民手捧漁獲立於外頭叫賣，吆喝聲不絕於耳。各種未曾見過的怪魚，有身形細長如蛇，有渾身扁平如碟雙眼卻在同一側的、也有頭如丫鬟綁著雙髻的……各色海魚平放於地面，空氣裡飄蕩著濃烈的腥臊氣味，有些寮屋外尚備有滾燙的湯水隨時準備料理，只見幾人身形壯碩，手擒著馬頭刀，有些刀背處鑲嵌數道銅環，隨著一陣陣刀刃揮舞出金聲玉振的節奏，其中一名男子虎腰猿臂，兩手臂上分別刺有海鰌刺青，只見他馬步微蹲，氣沉丹田，隨著刀刃揮舞，一條細長魚身、口吻上有針尖之魚便已剝鱗去骨。

「都說這君子遠庖廚，但依我看，這庖廚之中方大有學問，之前讀莊子庖丁解牛總覺浮誇，今日來此，方才知莊叟誠不欺我。」汪直道。

「你說的莊子那是什麼？我說都是鄉試年了，還看什麼雜書？」徐銓忍不住挖苦道。

14 舊時為漁人、漁販買賣雙方說合交易、從中取得佣金的商行。

15 寮屋，指非法占地而建的臨時居所，其建築通常相當簡陋，大多以鐵皮及木板等搭建而成。

就在此時，突然有人喊道：「叔叔，你可是叔叔？」

一轉頭，只見方才那名上身刺青的男子走來，身形壯碩，神色如火，對著徐銓就是一揖，徐銓起先還呆了半晌，方才一拍腦袋道：「你不就是我那姪兒海兒嗎？我記得你之前不是在杭州虎跑寺落髮為僧，半月前收到你的信，提及你人在雙嶼，我還打算等等便去找你，不料在此處相見，這麼多年未見，你過得可好？」

「一言難盡，叔叔，咱們先找個地方吃酒說話方便些，我所住的寮屋離此不遠，不妨來小坐。」

「這當然好，咱們去。」

「這位是……」

「這是我的好友汪直，你喊他汪叔叔吧！」徐銓道。

兩人隨著徐海朝一列寮屋中的第三間走去，此處並不大，地面上堆滿了各式叉戟、漁網，方才徐海背了一簍魚回來，倒入水缸內，自裡頭取了一條活魚後，便開始開膛剖肚、割肉去骨，速度之快，令人咋舌。

「這不知是什麼魚？」望著水缸內數十條細長如繩的長魚，口吻長如針尖，汪直伸手欲觸，卻見魚身凌厲一躍自水缸內墜出，仍於地上扭動如蛇、不斷跳躍，此魚細長嘴內卻布滿細小尖牙，不遜於狼牙棒。

「小心點，這針良魚性情凶惡，又如同飛蛾有撲燈之習性，漁人若是夜間點燈，可能會引來針良魚自水面竄出而遭到扎傷，更有甚者，會被插瞎眼睛。」

此刻灶爐上的鍋釜已然沸騰，徐海趁勢丟入切成段的針良魚，又丟了數團麵，不一會兒的功夫，一碗香氣四溢的魚麵便已端來，他又取了一壺紹興，斟與兩人。

「叔叔，我自小蒙你照料，也許多年未見了，今日我敬你一杯，感謝你在當日我爹爹過世後，贈我銀子助我爹安葬入殮的恩情，來，乾。」

「你，你別這樣說，海兒，你爹就是我大哥，咱們是一家人呀！只是我當時也阮囊羞澀，無力資助你和你娘親，不然，何需要你出家為僧呢！這麼多年我心底也很掛念著你，對了，海兒，你不是原來在普陀寺出家嗎？」

「這說來就生氣，我原本的確是在虎跑寺，過那晨鐘暮鼓的枯淡生活，但數年前一群道士跑來，將本寺的僧眾給驅趕走，原來是因為當今天子崇信道教，因此道士們便目無王法，隨意占山為王，我當時不憤，夜晚返回寺廟時，本想取了點銀子就走，但正巧被一小道童看見，他大吼大叫驚起數人，我便連殺數人，翻牆逃走，當時月黑風高，加以我臉上沾了不少血跡，也活該他們惡事做太多，誤以為是什麼魑魅魍魎前來報仇，匆匆搬遷離去，但我也不願再回去過那和尚生活，便在港口處打魚，安身立命，咱們這裡漁獲多，有時吃不完，還可與海上倭人交易。」

「你都與倭人交易什麼？針良魚嗎？」汪直問。

徐海望向汪直，眼神還有些猶疑，徐銓拍著他肩膀道：「你儘管放心，這位汪直就像我大哥一樣的人物，你有什麼跟他說不要客氣，是自己人。」

徐海方才道：「交易的東西可多了，要知道，這倭人極為喜愛咱們明國的貨品，從日常鐵鍋乃至鐵針、紅線、藥材……在我們明國常見的東西在倭人眼中可是奇貨可居，雙嶼近日流入了一筆倭銀，據說是日本一處叫石見山的地方發現了大量銀礦，雖然倭銀純度不佳，未經精煉，但是相對而言仍是可以獲取白銀的好買賣，要知道我打魚這麼久，還沒見過幾次真金白銀呢！」

「倭人也會交易生絲嗎？」汪直問道。

「那是自然。」徐海先走向外頭，只見門外無人，方返回壓低聲量道：「不要說倭人，生絲也是佛郎機人來此交易的重要貨品，別說上等輯里絲，就算次等綢絲，也可賣得相當價錢。雙嶼此地最大的商行許氏牙行便是獨占生絲貿易，他人雖想分杯羹，無奈缺乏貨源。」

「倘若有貨源，你可有方法交易？」汪直問道。

「汪叔叔的意思是？」

汪直將拾獲生絲，又去許氏商行之事約略說了一遍，徐海道：「這事倒也古怪，倒不知生絲目前在何處？」

「我將貨品存放於旅店處，你若想看，咱們一同前往。」

「好，我正巧認識幾名佛郎機人，急需明國的生絲，我之前便想做這生意，只是苦無貨源和資本，此次正是天賜良機，這些生絲就算不是上等貨色，也可賣出，我與叔叔先確認貨品，不知可否先與我一些權做樣品，方便談生意。」

「那生絲是否要搬到你這寮屋內？」

「不好，這裡人多嘴雜，難保不會遭他人覬覦，我平日捕針良魚處，常常會將船隻停在一處海灣，那海灣可見對頭就是雙嶼的烏龜山，山上有一處天妃廟，咱們就將貨品藏在那附近的海灣，好掩人耳目。」

「甚好，事成後咱們五五分帳。」

一陣猛烈的敲門響，一大早的究竟是誰呀？不要擾人清夢呀！徐銓原本翻了身想要繼續睡，無奈敲門聲卻似索魂般不依不饒，他只得起身，披了長衫正要開門，然而未到門扉瞬間遭兩扇門撞開，三名壯漢湧入將他壓制於地，徐銓待要掙扎卻無奈雙拳難敵四手，整個臉貼著地面動彈不得，正要求救之際，卻見汪直也被雙手反折，綁縛壓於牆面。

「請問我們犯了什麼法？竟要把我和我的朋友抓起。」汪直道。

「就是你們兩個侵吞了我的生絲的？說，我一共有十箱生絲，但日前卻遭賊人侵吞不知所終，還好老天有眼，讓我查到你們兩人帶著貨品在雙嶼招搖過市，速速將貨品交來，爺兒興許還能饒你們一命。」

「許老闆，這就是你的不對了，我們一開始是好心幫你送回生絲，那時你親口所說：這生絲不屬於你們牙行的，這人說話要算話，為何此時又來襲擊我兄弟二人，如此出爾反爾，有何面目在江湖間行走呢！」徐銓怒道。

但此刻汪直覷眼打量眼前之人，突然道：「你不是許棟，你是？許棟的兄弟？許梓？」

徐銓也抬起頭來仔細看，只見此人雖然和許棟有七分相似，但整個人較為瘦削，身子也較為頎長，尖角臉、神色陰鷙，據聞許棟還有三名兄弟，分別負責商行不同事務。

許梓冷冷道：「我購買了五十箱生絲，原本打算送到琉球買賣，卻遭到劫掠下落不明，只找回了其中四十箱，你們若是完璧歸趙，爺兒我尚可既往不究，若是執迷不悟，就算我放過你們倆，我身邊的兄弟也不會放過，李貴，你帶人將這兩人抓起，咱們慢慢審問。」

只見許梓身旁站立一名大漢，虎體狼身，臂如金剛，雙眼微凸如河豚，但頭上卻寸草不生，且後腦竟然還刺青有一隻吊睛白額大蟲，頸項一道怵目驚心的紅疤似火蛇，蔓延至眉峰處。

只見此人生的一張食肉餐魚臉，汪直突然意會道：「你莫不是越獄的海盜李光頭？」

然話音未完，已有人取來了麻布袋將兩人一套，估計還在嘴中塞了一堆物事，因為此後汪直再也聽不到任何聲響，而連帶自己，也難以將嘴中的麻布給吐出。

約莫半個時辰終於重見了天日，此刻自己身處在廢屋內，認不清是何處。他四周逡巡了一番，只見空氣裡瀰漫著一股略為腐臭、血腥的氣息，地面上黯沉的血跡還未乾，只見徐銓整個被倒吊在一旁如捕撈漁獲，自己被綁縛在一張藤椅之上，咫尺處卻見鐵鉤上懸著一副割背剮肉的枯骨，不知是鮫魚抑或海龜，頓時心中一凜，此時，突然有人扼住他的咽喉道：「此處已然離開了街市，就算叫破喉嚨也不會有人來救你們倆，要想活命，快交代出生絲的下落。」

「不知道。」方才在麻布袋，汪直已經約略將前因後果給想明白了，之前他便聽聞，由於當初大當家許松過世後，要由許松之子繼任牙行當家，抑或由其餘兄弟三人共同執掌牙行，引發了分歧，而老四許梓更是因此與現任當家許棟不睦，回想許棟見到三紋雲松那曖昧的神情，顯然是猜到了這乃許梓在暗中搞鬼，假冒商號，以次充好。

「你們可知我是誰？我乃李貴、李光頭，老子白浪間討生活，白刀進紅刀出，前些日子被官府抓了，沒幾日便殺了獄卒揚長而去，雙嶼此地官府也不會進來抓人，你們就算死在這裡，官府也不會追究。」

李光頭手持捶拊，上懸鉤刺，對著兩人便是一陣猛烈暴擊，不過半個時辰，兩人便已渾身血汙。

「我……我真的什麼都不知道呀！汪直、五峰兄，你行行好，快告訴他們餘下的生絲藏在何處吧！是那個什麼山？海龜山？蛇龜山？」徐銓寮屋內僅顧狼吞虎嚥，便忘了生絲藏匿所在。

此刻汪直卻也明白，若是自己真的交出生絲，免不了落了個殺人滅口的命運。見他不語，李光頭陰冷道：「不要緊，我有的是要人說實話的法子，往你左手邊看去，那是昨日抓獲的一隻玳瑁，要知道這玳瑁殼的花紋如琥珀絢麗，不論是製成簪子、抑或扳指，都是上等材質，但麻煩的是得趁玳瑁活著之時，將身上的十三片鱗甲盡數剝下，方會色澤鮮豔如生，因此，得將整隻玳瑁倒吊，以沸騰滾醋潑灑，鱗片方會一片片落下，眼下我正好將滾醋取來，讓你的同伴嘗一嘗這滾醋淋身的滋味……」

只見其餘人等抬來一滾燙沸醋，不斷朝徐銓靠近，他一整個扭動身軀垂死掙扎，正要潑灑的一刻，汪直大喊：「且慢，我招了，我帶你們去烏龜山找生絲。」

李光頭道：「好，另一人就留在這裡當人質，要是敢玩什麼花招，就把他剁了餵魚。」

乘上舢舨，李光頭領著趙乙張丙兩人一左一右，將汪直給夾於中心，他不時東張西望，此刻正是夕春時分，海面上澄光瀲灩，但汪直卻無心欣賞美景，他一直在思索，要如何趁機逃離？

「快說，究竟到了沒？」冷不防李光頭一把揪住他問道。

「快，快到了，你看見了嗎？往東處看過去有兩道突出的礁岩，其中一處礁岩色澤漆黑，側面如龜首，我那時就是以此為標記，再往那裡划去進入海岬，裡面會有一處天然巖穴便是。」

一入海岬，卻見眼前海岸陡峭潮水洶湧，沒有半點洞穴的影子，只見李光頭神色嚴肅，操起手上彎刀，正要朝他身上比畫，只見刀鋒幾乎自己只有一寸的距離，他趕緊道：「生絲就藏在這裡沒錯，當退潮時會出現一個洞穴，口小腹大，待漲潮時潮水將外圍淹沒，因此不易被發現，你若不信，儘管下水深潛約莫四尋之所，便可看見入口，證明我此言不虛。」

「你下水，在前頭帶路。」

「這可不成，我不會泅水，我是趁退潮時步行而入的，要是真的漲潮時分，我也不得其門而入。」

李光頭沉思了半晌，方才道：「咱們帶著這廝不會泅水，反倒受其連累，趙乙隨我下水一探究竟，至於張丙你留下，牢牢看住此人。」

待李光頭與另一人躍入水面後，汪直蹲於船舷右側，發出一陣陣呻吟聲響。

「你想幹嘛？莫要在爺兒面前裝神弄鬼。」張丙道。

「大爺您是好心人，我想要解手，求您幫我解開這繩子吧！」

「你說什麼？」

「您放心！我不會泅水，要逃也逃不到哪去。」

張丙的神色猶豫了一下，但還是道：「好，等等鬆開繩子後我就提了刀子架於你脖子上，料你也不敢裝神弄鬼。」

繩索鬆開之際，汪直突然起身一個猛撞，他原本想藉機將張丙給撞下船，然後再逃生，但船舶畢竟不比陸地，立在海波上不易平衡，他反倒失了重心，踉蹌摔入海底，整個人喝了好幾口水。

汪直的確是不會泅水。

當他落入冰冷的海水時，一時之間視線迷茫，海水刺痛了他的眼睛，但此刻命懸一線，容不得猶豫，眼皮一張一弛之際，他逐漸看清了水下的世界，只見海水婆娑，底下礁岩如山巒起伏，空隙處密生水藻草類，而魚群周匝迴游流動，他指尖一個抓取，但轉瞬間指頭大小的魚群便從掌間游走。

光線蒼茫間，只見數尾吻上細長若針尖的針良魚，靈動游來，狀似吳鉤巨闕。

汪直方才從水底探出頭，便見張丙手持彎刀，對著他便是一砍。

「膽敢戲耍老子，你不要命了。」

汪直瞬間鑽入水底，雖然自己水性不佳，但所幸此處水並不深，只見礁岩高下錯落，深者幽闃不可見，峙者聳然若小丘，他踩踏了一下躲浮於船身之下，但自己畢竟不擅長閉氣，沒多久便覺胸口滯悶，難受不已，抬頭，記得方才自己躍下水之際，只見一輪落日如鹹鴨蛋，整個海面上渲染著流沙的汁液，此刻船尾朝西而船首朝東，一尋思，他自下方敲擊船板數下，緊接著往船首游去。

張丙聽見船尾傳來動靜，提刀奔去卻不見人影，一回首，只見汪直漆黑的腦袋漂起換氣後瞬間下沉，「好呀！你膽敢耍老子。」他趕緊奔向船首，但接著汪直卻從船尾冒出了腦袋換氣呼吸，緊接著沉入水底。

此刻張丙額上瞬間冒出一堆汗，尋思李光頭和其他人下水，也過了一炷香的時間了，老大的性格他向來知曉，要是在他手上溜了這尾大魚，回頭鐵定自己遭到滾醋淋身的命運，當下沒敢放鬆，此刻又聽見船首傳來聲響，又想要來一樣的招數，自己才不會上當呢！此時他手提刀刃立於船尾之上，但折騰下來，此刻落日已有半輪淹沒於蒼茫海面之上，他提起油燈，整個身子低伏朝向水面，打算等汪直那漆黑的腦袋出來，就賞他一口子。

一陣吐氣的水泡咕嚕而上，看來這廝撐不住要起來換氣了，他一手提漁火一手握住刀刃，整個人離水面不過一寸的距離，就在此時，無數隻銀白色飛針自水底衝出，他揮舞雙手拚命驅離，一尾針良魚以彗星襲月的姿態，插入眼窩。

隨著哀號聲不斷襲來，手上彎刀與渲染的血水落入水面，汪直一把握住船舷另一手將刀撈來，一刀砍向船舶繩索綁縛處，深吸一口氣，將舢舨推走，接著雙腳開始踢動借力使力，那是日前愁予教給他泅水的法門，一出水面只見船已被潮浪給推走，待李光頭這幾人回到水面之上，見舢舨不見，必會去尋，到時便沒有多餘的時間來追捕自己了，多少能為自己爭取一點逃命時間，自己的水性遠遠不及這幾人，若是不迅速上岸，恐怕只會死得淒慘，只見眼前離岸不過一箭之遙，卻怎麼也游不過去，正當心急如焚時，卻聽見後頭傳來聲響，只見李光頭立於船頭，「那廝就在前面，快將他抓了，敢欺瞞老子，定要他嘗嘗滾醋淋身的酷刑。」

原來李光頭等人在下頭搜尋了半晌，卻不見汪直所說的入口處，當下猜到這是他脫身的計謀，果斷游回，這幾人都是風浪高手，三兩下便追回舢舨，緊接著便是追捕汪直了，這下前無路後有追兵，緊迫之際，卻見白晝間突然一陣破空雷電聲響，岸上站立著數人，容貌髮色皆是蠻種賈胡[16]，為首一人手持長棍，卻發出一陣雷

16 指葡萄牙人。

電聲響。

砰！一聲霹靂，如兔起鶻落猝不及防，李光頭手下一人瞬間落入水中，海水渲染出大片血花，汪直還弄不清來者是敵是友，但此刻別無選擇，他迅速沉下水，往岸上游去。

待清醒之際，此刻他已換上乾爽的衣裳，躺在床上，現在自己究竟在何處呢？

腦中逐漸回想，那時自己拚了命向前游去，好不容易上了岸，只覺得筋疲力竭，整個人摔落地面之際，一名赤髯虯髮的男子走向前拉了一把，現在看來，是那些人救了自己吧！

他起身，往外頭走去，此時，只見那名男子閉上雙眼，虔誠地跪坐雙手合十，而前方則是一巨大的十字架，細語低喃道：「慈愛的父呀！請您讓我找到那名女孩：蕾莉婭。」聽聞到聲響起身，只見此人髮色深褐鬈曲如浪，隆起的山根，深邃的琺瑯色眼珠，正是佛郎機人的形貌，卻說得一口字正腔圓的官話。

「活命之恩無以為報，請問此地是？」

「聖母堂。」

「為何要救我？」

「我的名字叫亞三，數年前曾經來到明國的屯門島，以使臣的身分前往北京，見到貴國的正德皇帝，我的官話就是那時學的，我們一行人約莫有三十多位海員，來此的目的是要進行貿易，不過卻被現任嘉靖帝驅逐並殺害，存活的船員便逃到雙嶼，與寧波仕紳走私貿易，然而日前我與許棟商行進行生絲採購時，本來打算以白銀五百金購買生絲四十箱，不料交易完畢後，卻發現購入的生絲以次充好，只有外層是輯里絲，內部包裹卻是綢絲。」

「你所說的貨品何處？可否讓我一看？」

隨著亞三來到了教會後方倉庫的存放處，打開箱子，只見裡頭的生絲無論泥封標誌、纏結方式與色澤觸感，都與自己之前撈取的並無二致，他本便是聰明之人，當下整個腦袋豁然通透起來，卻仍有幾件事情不明。

「這就是你們救我的原因嗎？」

「沒錯，我們的商船往來舟山群島多次，卻遭到李光頭與底下的船員劫掠，不然就是交易過程中遭到欺瞞，我需要你作為人證，若是許棟還認個理，要他們賠償損失即可，若是不認，我們不惜一戰。」

「你們要使用那種武器嗎？」

遠遠地，他看見角落處放了數十具長長的鐵管子，色澤純黑，若是不說，看起來就與竹竿鐵管無異吧！但他可是切切實實地聽見了，那發出雷電一樣的聲響。

「這你就不需要知道了。」亞三露出一臉意味深長的神情道。

「交易過程中，居中協調的人乃是許四與其手下李光頭，他們侵吞了我們幾千克魯札多的貨物，這筆損失足以使我們公司瀕臨破產，說什麼都得討回來，雖然我們佛郎機船員被貴國皇帝給驅離，但剩餘之人逃到海上，以雙、橫、烈嶼為根據地，召集了七、八十名手下，前天我們得到線報，擊毀了許四在舟山群島的水寨與寨內數艘大青、風尖船，捉了四十多名俘虜，並下了通牒，若不將原本合約上交易的生絲或等價貨品加倍賠給我們，絕不善罷干休。」

隱隱約約，汪直彷彿了解了什麼。難怪許四一行人如此緊張地想從自己手中要回這些綢絲了。

「對了，我聽聞佛郎機人有癒創木，可治療廣州潰瘍，不知此處可有癒創木？」

「當然有。」亞三道，接著伸手比出一個一的姿勢。

「一兩銀子？」汪直吞了口水道。

亞三自懷中取出一本書，他沾了口水一頁頁地翻閱，接著向他展示上頭畫著卵形的葉片與黃色的花穗，果實膨大如蒜道：「一株一百金[17]，這本書是一名耶穌會教士沙勿略[18]給我的，為了傳遞上帝的信仰，因此跟隨我們船隊來此，並找尋著東渡日本的機會，而這癒創木可是產自西印度群島，其重只須小小一片，便可沉入水中，與黃金等價。」

「汪某兩袖清風，沒有多餘的銀子。」

「不要緊，我們的船隊正要前往北大年做生意，你如果可以拿出相應的金額或是貨品，說不定我可以代為斡旋，又或者是你想要親自出海一趟，也是可以。」

「你是說真的嗎？」

「那是自然，但前提是要請你幫個忙，李光頭這行人訛詐了我們，雖然設局多次卻都功虧一簣，只因這些人十分熟悉當地地形，精明似鬼，請你幫個忙，讓那些人將貨物還給我。」

17 明代以金稱白銀，一百金即為一百兩。

18 一五四七年西班牙傳教士方濟各·沙勿略在麻六甲傳教給逃亡的日本薩摩武士彌次郎，一五四九年沙勿略與彌次郎等人來到日本，拜見了薩摩藩領主島津貴久，不久被驅逐出境。一五五〇年沙勿略乘葡萄牙船來到日本平戶，進入山口，掌握中日勘合貿易的大內義隆與豐後藩主大友義鎮允許他傳教，一五五一年沙勿略回印度果阿。一五五二年沙勿略病死在中國廣東新寧縣的上川島。

7 浪裡白條鬥李貴　汪五峰智伏許四

侵曉，李光頭手提一柄剔骨刀，緩緩地走向徐銓面前，嚇得他不住一陣哆嗦，幾乎要尿濕了褲子，但此刻雙手卻被粗繩牢牢繫縛住，怎麼也逃不了，該死，早知道就不該和那汪直來淌這渾水，眼見李光頭冷然道：「你那兄弟汪直竟然敢欺瞞於我，還害我死了兩個手下，我非殺了你以心肝祭兄弟在天之靈，你莫要怪我，要怪就怪你那好兄弟吧！」

就在此時，突然聽見一陣炸裂聲響，有手下跑來道：「大哥，汪直那廝竟然跑上門，還丟了一些炮竹之物挑釁咱們。」

「抄傢伙，跟我出去抓了這廝割肉放血下酒。」李光頭大怒道。沒想到這汪直竟然如此大膽，若不將他碎屍萬段，難解心頭之恨。

「大哥，莫要是調虎離山。」身旁的爪牙王貴取了苗刀道。

「怕什麼鳥，你們三個留守，要有其餘人進來，就一併殺了，我看他還能如何？」

只見天色蒙昧之中，一人在門口處不斷叫囂道：「直娘賊、殺千刀，俺老子汪直今日便來取你狗命了。」

「狗賊休走……」只見眼前之人白衣一晃，往海岸處跑去，接著自海岸邊縱身一躍，那李光頭卻不害怕，原來昨日他便看出汪直不過是新手，並不擅長泅水，要知道自己自七歲便下海，水中呼吸如履平地，此刻底下爪牙王貴、李勇已駕來小舟，三人一塊划水過去，這王貴正要提取火把，將水下給照個清楚之際，李光頭一拳打來怒道：「你想要害死咱們嗎？這水底下盡是針良魚，最是趨光，你莫要中了這廝的詭計，和張丙一樣被戳成了獨眼龍。」

「對不住，老大，那您說該怎麼辦呢？」王貴趕緊將火把丟入水底道。

「兩人和我下水，活捉那廝，好逼問出生絲下落。」

三人一躍而入，此刻太陽仍未升起，水底灰濛濛如大霧瀰漫般，數步之外已不相見，水中又無法發聲，這王貴正遍尋不著汪直蹤影，突然見一個黑影竄來，正要比手畫腳查看是否為同黨之際，只覺喉嚨一涼，鮮血瞬間湧出。

「小心，水裡有埋伏。」這李勇方下水便感覺有人在他底下拉了一下，踹開後方游出水面，思忖那汪直水性何時變得如此之好，還是方才是自己人扯自己後腿呢？一抬頭，卻見王貴在船上面色陰森恐怖，忍不住罵道：「你這廝居然偷懶，自個兒上船休息了，莫非是嫌水下冷嗎？小心吃老大的拳頭。」

卻見王貴整個人突然朝他撞來，原來此時的王貴早已是一具屍體，李勇還未反應過來，只見船邊一人游來刀刃一翻，瞬間見血封喉。

這李光頭於水下蒼茫四顧，不見他人蹤影，正要上岸重新吐氣之際，突然一道暗影自底部迅速湧來，有一人手提尖刀，他一個反手隔開，與那人對峙，卻見此人水中靈動如一尾銀魚，亂髮水底恣意漂揚，雙目圓睜，目眥幾裂。

他感覺氣息不足，想要上岸吐氣，但方一動那人便持尖刀游來，轉瞬間自己就得肚破腸流，趕緊與之周旋，方才招架得住，此人在水中身手了得，不在自己之下，但以呼吸來看，此人明顯氣息有餘，不似自己吐納不足，再不上岸，自己不是被水嗆死，便是窒息而死。

此刻葉宗滿也睜著魚眼大的雙瞳，凝視著這個難纏的對手，他前幾日別過汪直後，四處兜售珠皮魟，但因不識字被漁牙主人給坑騙，心情極為氣悶，聽聞那漁牙主人正是李光頭，正尋思該如何討回魚皮之際，卻遇見了汪直，他聽聞了汪直的遭遇，新仇加上舊恨，決計一起行動，先找了徐海與一些幫手，特選於天色灰濛的清晨，扮成不擅泅水汪直的模樣，待敵人懈怠後，便伺機擊破。

感覺李光頭的臉色脹紅，顯然已經氣息不足，葉宗滿見狀，一刀朝破綻揮去，不料此舉只是個虛招，那一刀下去只劃破了李光頭的左臂，一個閃身背心吃了一腳，這招借力使力，李光頭已然游出水面，阿滿追上，卻見李光頭已然上岸，踉蹌逃命。

牢房之內，幾名爪牙正在無所事事，突然一個飛踹門被撞開，還未看清便讓門板給撞得口吐鮮血，只見徐海持了一柄精光大刀，瞬間便結果了數人性命，其餘人下跪求饒，徐海刀鋒正要揮下之際，汪直趕緊喝道：「刀下留人，他們不過是手下，何苦傷人性命。」

「這些都是助紂為虐之人，平日便欺壓我們這些漁人，今日落在我手底，要你們死無葬身之地。」此刻阿滿也從外頭趕回來道。

「莫要說此言，他們不過是聽命行事罷了，更何況，眼下我們得留活口，不然，接下來之事便不好辦了。」

此地是許梓祕密購置的宅邸，外頭是整個雙嶼最熱鬧的街道，此刻正是人聲鼎沸，但就在大街之中轉過的一個尋常巷陌內，有一個暗門可供出入，裡頭腹地廣大，他就在這裡與李光頭一眾人祕密商議。

桌案上揑絲戧金盒裡，正擺放著一只雲紋松印鑑，蓋上朱印的宣紙散落一地，此刻的他顯然焦急萬分，他知曉佛郎機人絕非善茬，自己原先計畫便是瞞著商行大當家許棟私造印信，以生絲和佛郎機人交易，不料被發現以次充好，他瞞著許棟偷偷找尋生絲下落，而佛郎機人為了彌補損失，日前突擊他的水寨，倉皇逃走間船舶遭攻擊，生絲漂流海面讓汪直那廝拾獲，眼下佛郎機人已對他下了最後通牒，他心底盤算著，至少先將生絲要回再賠償給佛郎機人，並送還當初交易貨品，否則對方追討起來，自己就得吞火繩槍了。

就在此時，門房突然來報道：門板處傳來規律的三響，這是商行的暗號，以三為號。

「對方答了口令嗎？」

「是的，我問道：『身似松柏福壽如海』，他便道：『家如楠梓事業長青』。」

許梓聽聞立即隨著門房出門，他先在門邊低聲問道：「那生絲可找回來了。」

「大爺放心，生絲全找回來了。」

許梓一喜，趕緊令人開了門，卻見一名七尺大漢排闥而入，還來不及反應，面門就遭了一拳，門房與其餘手下見狀正要來救援，哪裡打得過，轉瞬間鼻青臉腫，被揍倒在地。

此刻徐銓笑嘻嘻道：「你之前將爺按壓在地上摩擦，今日要你嘗嘗臉貼地吃土的滋味，海兒，這許梓害得咱們好慘，給他一頓揍。」

「等等，阿滿的魚皮尚未取回，而要對付這廝，不在這一時。」汪直道。

「汪叔叔，你說，該怎麼辦？」

「解鈴還須繫鈴人，咱們帶著他去找那繫鈴人吧。」

庭院中，數具大山玲瓏石聳立其間，一株百年虬松纏結而來，而前方擺了一張石桌，兩人正端坐著對弈，一人看來宛若敗軍之將，卻仍力挽狂瀾，正是許棟；而另一人鬚眉銀白但山根處與顴骨都凸出如稜角，看得出是佛郎機人，雖年約六旬卻精神矍鑠，斑白的銀髮恍若白晝之下熠熠生輝的海浪一般那樣的明亮，而他們之間擺放的亦非將棋，而是以象牙製成、宛若小人的黑白棋。

「Chess！」只見佛郎機人手持黑棋，直接取來白棋道：「這皇后我暫且收下了，你學這西洋棋不過旬日，就有如此進展，也真是令我佩服，咱們說好了，要是我們倆對弈十次，你只要贏得我一次，那就算你贏，就要為我尋良工助印聖經五百本，這可不准耍賴！」

「五百本算什麼？五千本也幫你印，只是我施以捉雙[19]居然還是被你識破，不管，咱們再來……」許棟正拉著此人衣袖死活不肯放手，此時僕人上前打斷道：「老爺，真對不住，有人說要見您……」

「不見不見，我不是說過，當我在與沙勿略教士下棋時，誰都不見的嗎？」

「我本來也是請那人回去的，但老爺，那人卻取出一物，要我交與你，還說只消你一看，必定會與他一見的。」

許棟接過，只見箱子裡是一只玉扳指，臉色不自覺地凝重起來道：「你領來人入後廳一坐，我隨後便到。」

穿花拂柳來到後方的廳堂，他能感覺到，此地是許氏牙行的議事根基所在，不同初來乍到時，用來接待他的前廳充滿古玩與奇珍異寶，此處中央僅擺著一張花梨木圓桌，牆壁卻明晃晃如同雪洞外一色玩器也無，僅有西面大片雪白的牆面上，一幅長寬各兩丈高的海圖，他睜大雙眼凝視著這張海圖，彷彿要將之吞入體內，最上方繪著一只羅針，分子丑寅卯與甲乙乾坤，以細線勾勒出魚鱗般的大陸，而東北角上緣一尾鯉魚也似的國家寫著薩摩，沿著細線而下，則是塊狀的琉球國，再其下有加里林、美洛居……

海圖乃商行不傳之密，而許棟會領他來到此處，想必也是不希望兩人對話傳出吧！

「此乃航海圖，上頭記錄徽商出海行經路線，主幹道乃是東、西二海道，海商出海全賴羅針為導引，因此海道又稱針路，但我領的商行最遠也只有到琉球國，想要上達日本薩摩，卻始終未能找到合適的針路。」轉身，只見許棟負手而立，面向此圖道。

「你是汪直吧！我還記得你，這只玉扳指一共四個，乃是我兄弟松棟楠梓一人持一個，你是從何處取得的？」

初次見到許梓時，他便注意到許棟戴了一個相似的玉扳指，見許棟問話，汪直便將發生之事約略說了，聽完許棟皺眉道：「那許梓此刻在何處？」

「他和其同黨已經被我們擒獲，而我的同伴就在外頭待命，許老闆如若同意，我便請他領一只轎子去接四老闆過來，放心，我們兄弟很善待他，絕不為難於他。」

約過了半個時辰，一頂軟轎已然抬至廳外，徐海立於一旁，正要將裡頭人給拉扯出，汪直率先向前，一手拉住帷幕，只見許梓嘴上蒙著布條，兩手綁縛於一處，身子還不住哆嗦，直到汪直將其攙扶而出，取下布條繩索之物，方才大大地喘氣，見此狀，許棟趕緊向前攙扶，不料許梓卻一個揮手，直接甩開。

「莫要假惺惺了，見我這副模樣，你一定比誰都開心吧！」許梓餘怒未消道。

許棟的神情有些複雜，但他仍道：「父親不是說了，我們松棟楠梓四兄弟，不論生死禍福都要緊密與共，但為何卻幹出這等大不韙之事，還不隨我去許家祠堂下跪，在先祖前懺悔認錯。」

「你不過是父親與夷人所生的賤種，憑什麼在這裡大言不慚。」許梓突然冷笑了一下。

19 捉雙：fork，意指透過移動棋子，可以同時攻擊兩個目標，進攻效率高，使敵人難以首尾相顧。

「你說什麼？」許棟轉頭，這話猝不及防，一下子刺中了他的身體。

興許是從他驚愕的神情，感受到了一點報復的快感，許梓用周遭人都聽得見的聲響朗聲道：「你莫以為我什麼都不知道，雖然你初到許家那年我年紀尚小，但我真真切切地記得，那日，一名番婆牽著你鬼鬼祟祟從後門而來，雖然爹將你們母子倆安置於後方小宅內，待你長大成人後，才讓你出來與大家相認，此後你不知用何方法，取代了二哥的身分，還被譜入族譜中，但此事何止天知地知，多少下人和外人都知曉，你，許棟，根本就是沾染著夷人血液的野種，只怪我視人不清，不提防讓大哥遭你所害。」

任何有血性之人聽聞到如此辱罵的言語，應當都會怒不可遏吧！但許棟卻沒有，他的神情如凝滯的冰層，看不清底下的暗流，過了半晌，他才緩緩道：「這就是你假冒許氏商號，將次等貨物充當良品的原因，你可知道你的所作所為，會毀壞咱們許氏家族多年打下的江山與聲譽。」

見許梓不吭聲，他又道：「你……就如此厭惡我嗎？」

「如今我既犯下錯誤，反正成王敗寇，任憑處置絕不吭一聲。」沉吟了半晌，許梓閉上雙眼抬頭喃喃道。

「依照祖訓，三年內不可參與族中祭祀，且此後逐出許氏商行，永遠不可參與任何航行與貿易。」

許梓的神情看起來像是被斧子狠狠劈過，他似乎還想要說些什麼，但終究拉不下這個臉皮，艱難地轉身後，扭頭就走。

「你說許梓暗語是：身似松柏福壽如海，家如楠梓事業長青，沒錯吧！」

許棟是對他說話嗎？汪直一時不敢確定，過了半晌才道：「沒錯。」

「看來許梓，真的打從心底不認同我的存在，但他以前不是這樣的。」

許棟抬頭看著朗朗青空，緩緩道：「松柏楠梓，原本我們許家，的確是有個二哥許柏，但是也湊巧，正巧我來到許家的第二年，許柏就病逝了，因此父親特地在二哥病重之際領我回許家，並在二哥過世後，將我過繼給二房，也是二哥的生母，為了區別，因此將我取名為許棟，而許梓他，從小是很聰明伶俐的，記得在許家，他是第一個接受我的人，但沒有想到，自從大哥過世，我接掌牙行後，這一切就都變了……」

「你也會覺得，我處事太過絕情絕義嗎？」見汪直不言語，許棟道。

「身為兄長自有其苦楚，這點晚輩不敢過問。」汪直回答道。

「不可假冒商號、不可以次充好、不可私自與外人交易……許梓種種所犯下的都是牙行裡的大罪，若不嚴厲處分他，我無法服眾，雖然我深知此舉只會令他對我更加心生怨恨，唉！這怨恨，恐怕此生此世，都無法消除了。我表面上是將他逐出門庭，但事實上讓許梓離開牙行，以他手腕與能力，絕不在我之下，只是他的性格急功近利，仍需磨練，我之所以不願意讓他領航經商，也是如此，卻不料他如此躁進，背地裡犯下種種錯事，目的就是要購買船舶，出海經商，他今日離了我也好，若是真能闖蕩出來，建一番天地，卻也甚好。」

「許老闆這份苦心，相信有朝一日，令弟一定可以了解的。」

「許梓他對你做了失禮之事，很抱歉。」

「許老闆無須掛懷，晚輩此行目的本來就是將貨物送還，此刻已請我的朋友將貨物送至前廳，只是這些佛郎機人因為受了欺瞞，因此都攜帶了火繩槍前來，若沒有個說法，恐怕不會輕易離開，該如何處理，可能還是得請許老闆出面了，另外我一個朋友因不識字，因此與許梓手下交易時，珠皮魟被賤價購買，他只是個普通的漁民無法承受這樣的損失，還請歸還貨品。」

「這都是小事，等等就請你那位朋友和你一同去帳房，看這珠皮魟價格多少，任君開價便是。」

「既然如此，就多謝許老闆了。」

「佛郎機人現在何處？」

「報告許老闆，他們現在已在前廳等候多時了。」

「好，我明白了。」許棟轉身，逕自對著後方道：「沙勿略，有些遠方來的朋友來找咱們了，還不快快出來，隨我一同見客。」

「這是你的朋友，還是我的朋友？」

只見一名六旬長輩鬚眉若雪走來，生得嶙峋且深邃的五官顯然與華人極不一致，但汪直卻從那張異域的容顏中讀出了某種自然而然、毫無遮掩的善意，他身著墨黑鑲銀邊圓領袍，脖子上卻掛著一串琥珀念珠，下方垂著十字架，見了汪直，他微笑道：「啊！這年輕的小夥子就是你說的客人呀！我是來自西班牙的耶穌會教士，名字叫做沙勿略。」

「不是，善者不來，來者不善，那些人應當是你的同胞吧！又要麻煩你陪我協助處理了。」許棟道。

「唉呀！我這可是虧大了，你不是說要替我印五百本聖經嗎？結果一本都沒印出來，還要我做陪客，罷了罷了！誰叫我來此竟遭船難被你所救，欠你這樣大的人情，也只好做牛做馬了。」

「您就是沙勿略教士嗎？我聽聞您對醫學很有研究，想請教您關於廣州潰瘍的治療方法？」

「廣州潰瘍？在我們國家，稱此病為梅毒，梅毒與庸醫可是最佳拍檔呢！不少庸醫主張只要煎服癒創木，便可治療此病，或者透過水銀治療，排出體內毒性體液，但此病據我所知是不治之症，多數病人最終都極為痛苦地死去，無一例外。」沙勿略感嘆道。

「看來，這病是治不好的，這或許也是天命吧！」汪直嘆道。

「不過我聽聞有些大夫會使用阿拉伯軟膏治療，雖然內含水銀，但其劑量低不至於中毒，也能治療梅毒皮膚上的疥癬，聖母堂禮拜時我聽聞數日後有佛郎機人出海前往北大年，說不定可以買到效力更好的阿拉伯軟膏。」沙勿略道。

「你是說要自海閘門出，至廉州、獨豬山，至交趾靈山後往西南進……」

「這不是西洋針路嗎?你是從何得知的?」許棟道，看來他應當是已經料理完阿滿幾人，見沙勿略遲遲未出現，因此返回。

「方才我見你們廳堂上擺了針路圖，見了一眼，約略記得。」接著汪直喃喃地將接下來針路上頭的地名以及各處方位一一說出，分毫不爽。

許棟的神情有些驚訝，「要出海最重要的便是如何辨識針路，目前我們徽商最主要的路線來自於兩條:東洋與西洋針路，東洋針路上可通北洋針路，終點便是日本平戶島，而東西針路會在南洋爪哇島處交會，主要是船舶一旦出海不辨東西，大海茫茫，必須依靠針路圖才能行駛正確的海道，沒想到你僅見一次針路圖便能記憶十分之七，若能好好從商，必有所為。」

「這樣的人才，是不是應當留在你這商行呢!」沙勿略道。

「你該不是想這年輕人如此聰明，若能留下學習西洋棋，你也會多一名下棋的好對手吧!」許棟調侃道。

「唉呀!我的小計謀怎麼如此輕易讓你發現呢!」

「不過話說回來，我目前的確也欠缺一管庫，你叫汪直是吧!以你的聰明才智，若願意從商，想必一定能夠創番天地，你若有興趣，不妨來我這裡小試身手。」

8 佛郎機傾囊相授　紅妝女偏思按針

那日調停完許棟與佛郎機人亞三幾人的糾紛後，為了得到治療廣州潰瘍的阿拉伯軟膏，汪直便決定跟隨佛郎機人亞三這幾人一同出海前往北大年，因此當他將此事報告許棟，得其首肯後，便收拾行李準備出海。算來這也是他第一次出海，之前前往廣東也不過做那販賣私鹽的生意，並未真正離開近海，前往遠洋。

「咱們十日後不是要和佛郎機人亞三、莫索和佩脫這幾人出海北大年？這是你第一次出海吧！你可準備好了？」

轉頭正是沙勿略，這名溫厚栩栩的長者，此刻眼神正帶著一股慧黠卻又有趣的神色，手捧著西洋棋。也算汪直天生資質，不消幾日，便已熟稔西洋棋的下法，接著便掌握了各路攻法，要真應對起來，連許老闆都不是對手，而沙勿略便樂得有人相伴，下棋中不時告知自己航海的種種經歷，以及各種航海知識。

沙勿略方移動了兩枚士兵，便滔滔不絕道：「船舶出航，最重要的靈魂人物不是船長，而是領航員，領航員所必須具備的知識除了得看懂波特蘭海圖外，還得準確地使用羅盤，並判斷天氣的順逆風、潮汐的時間變化，以及長浪、海浪的交錯，才能計算出何時到達目的地。而在你們這裡，擔任此工作的人便是火長，而目前你們本地徽商所碰到的困難點，除了缺乏海圖外，還有就是造船技術斷層，與人才凋零，我聽聞自貴國弘治一朝，有大學士為了避免國庫虧空，主張焚毀多數船舶與海圖，並解散了官辦船廠，而數十年下來，船員與火長們紛紛凋零，現在許老闆在火長的人選上常常是委請佛郎機人協助，就像我也曾為許老闆的商行出航時，司羅針航路。」

「難道本地就無優秀的火長嗎？」

「要成為火長，沒有個三、五年的歷練是不行的，海上風浪變幻莫測，更何況一出海便不辨東西，上下四方唯賴指南針為導引，除非……有其天分。」

「既然如此也不必強求，只是教士若能將所學教授予本地人，也是一個方法。」

「那個自然，許棟三不五時就央著我教導，可惜目前我教授之人都火候未到，尚派不上用場，不過，我倒是聽聞雙嶼此地有一人，家中有祕傳的針路圖，嘉靖以前代代以火長為業，若他願意出面掌針，抑或教授所學也都大有助益，只是此人性格奇特油鹽不進，許老闆多次聯繫卻也碰了釘子。」

「這也有趣，既然如此，若有機緣我就去會會此人好了。」

一早，向太爺就掇了張凳子坐在自家的門口之外，一直從侵曉坐到日上三竿，眼看到要日隅了，卻還是不見媒婆所介紹之人。

想到這裡，向太爺不禁又開始自怨自艾了，想自家的閨女從小便喜愛泅水出海，整個皮膚曬得赤褐色不說，關於針黹女工亦是一竅不通，自及笄之年，他便央請媒婆代為說親，卻無一次成功，眼看閨女也長到花信之年[20]了，卻還是小姑獨處，怎麼叫他不急似熱鍋上的螞蟻呢！

20　及笄為十五歲，花信為二十四歲。

最氣人的是閨女自個兒也不著急，成天說著自己寧願當尼姑也不想成親生娃娃，就愛學那快嘴李翠蓮[21]，活生生地將自己懟個無話可說，好不容易請媒婆尋了幾個對象，然而只要相見，這閨女就想方設法砸鍋撒潑，沒有一次是成功的，幾次下來媒婆也得罪了，這次好說歹說，終於讓許媒婆給尋了一名儒生，許媒婆還說了：

「過了這村，可就沒有下一站了！」

這天氣可真熱，只覺額上一陣濕黏的汗水，他感覺有些渴了，早知道就該從屋裡取一壺烏龍來，勝過在此乾瞪眼，他起身想要喚一聲閨女的名字，但一開口又猶豫了，今日他可沒告訴閨女是個相親日，為的是怕她發現又開始撒潑大鬧，目的搞黃自個兒的親事，要是讓她發現蛛絲馬跡，那還可好呢！

唉呀！一起身只覺雙腳痠麻不已險些跌個狗吃屎，心中忍不住一陣鼓搗，自己究竟是為誰辛苦為誰忙呢？然而就在此時，卻見前方道路盡頭處，兩名黑色的身影正朝此處而來，瞬間叫他喜出望外。

前方屋簷之下小板凳旁站著一名六旬老者，只見他身如葫蘆，略微駝背，一雙眼睛卻直勾勾地盯著他倆瞧，見狀，他上前一揖道：「您好，請問可是向元向太爺？」

「我就是！你是？」

「晚輩汪直，乃是一名諸生，是有人介紹我來……」話還未說完，向元突然熱切地拉住自個兒的手往裡道：

「進來坐，你別客氣，就當……就當自己家一樣，咱們先進屋裡談……」

長桌上擺著幾樣菜蔬，一盞錫製嗉壺，瓷盤上堆疊幾個艾窩窩，只見向元滿臉堆笑地望著他們，心中美滋滋想著：這許媒婆辦事果然牢靠，那日她親口道：必會尋一名身形挺拔的年輕秀才來與閨女相親，這眼前居然還來了兩人，難不成是買一送一嗎？

「來來來！兩位公子遠道而來，想必肚子都餓了吧！別客氣，快吃……」

此刻饒是精明過人，汪直也有些雲裡霧裡，眼前的向元整個人親切異常，完全不似一名古怪、難以親近之人。

「敢問這位汪公子今年貴庚？家中還有哪些大人？」

「我甫壯室之年，家中雙親都還硬朗，就我一名獨子。」

「那很好很好，我家的鐵兒性格淑良，最懂得侍奉姑嫜的，那……這位公子呢？是汪公子的兄弟嗎？」

「不是不是……我們是同年，又有同鄉之誼，家就住附近。」

「那好呀！哪怕日後成了親，也能互相照料呀！對了，兩位公子，接著請容小老兒告稟，我今年已經杖鄉之年了，底下也積累了三畝常稔之田，作為身家，膝下並無男丁，只有一個小女，對了，瞧我這高興得都忘了叫人，您等等，我立即就叫鐵兒過來見客，鐵柱，快快出來，爹有客人要你見見……」

隨著向元身子一閃，隱入一只屏風內，徐銓連忙扯著汪直的衣袖道：「咱們快走，這老頭還不是普通的古怪，居然一見面不停地打探我們兩人就算了，還亮出自個兒身家財產，怕不是腦子進了水吧！」

但此刻汪直卻光吃著艾窩窩，盯著眼前的金泥錦屏若有所思，繪飾的並非一般錦鯉孔雀、高樓亭台，而是以松綠色渲染出的海面上，以細筆勾勒出巨艦樓船，赭色渲染的陸塊上有著彎曲如新月的柳樹，蒙面的旅人以及馱著貨物的雙峰駝獸。此時，一大一小自屏風後閃出，只見向老頭拉著一名膚黑如炭，卻搽脂抹粉的濃妝女娘出來，拉扯著她向兩人一拜說：「兩位好，這就是我家的鐵兒了，她年方花信，但卻身子骨強健善於操持，

21 〈快嘴李翠蓮記〉出自《清平山堂話本》，為宋元著名的話本小說，描述女主角李翠蓮因為說話犀利且勇於反叛封建禮教，不同於溫柔賢婉的婦德形象，因此出嫁後遭到大家休棄，回到娘家又不容於父母，為此寧願出家圖清淨快活的通俗故事。

兩位聽了許媒婆的介紹，應當知曉吧！鐵兒，快敬兩位一杯茶。」

「我不要，爹，我不是說了我不想嫁人，我只想和你一樣司針，領著船舶出海。」

「你說什麼傻話？這海上是女人去得了的地方嗎？這海上風浪大凶險不已，女人就乖乖待在家裡生娃娃，才是享福呀！」

「是你？」瞧這向鐵柱生得眼熟，仔細一看，才發現是那日乘船以漁網不小心抓獲之人，那時還以為是個小夥，原來竟是姑娘家。

向鐵柱顯然一時還未認出，一轉頭又道：「爹爹，你不是老說你當年司針，前往了西洋聖地嗎？我也想同你一樣。」

「請問你們說的聖地，可是默伽[22]？素聞本朝三寶太監鄭和便是虔誠的穆斯林，領著船隊下西洋，至暹羅、大泥，最後還來到了默伽，默伽是穆斯林一生必要前往一次之所，也因此，船舶上的海員十有七、八，都是穆斯林吧！而您家世代火長，目的是也想要前往默伽朝聖嗎？」

就在此時，外頭有人敲門道：「這可是向太爺呀！許媒婆要我來找你，說你有一位黃花閨女待字閨中，要我來見見，但我在門口等了一炷香的時間，險些沒把我熱壞了，都沒見著人，這是怎麼回事呢？」

向元趕緊向前開門，只見一名腦袋半禿，肥墩墩身材的男子緩步而來，一入門四顧逡巡。四人瞬間閉上了嘴，向元將此人從頭到腳看了兩遍，這年歲，怎麼都比自己大呀！說要娶自己閨女，都能當兒媳了！

此人瞧見了鐵柱，露出驚訝的大嘴道：「這是哪來的婆娘，活像個夜叉一樣，我回去必要找許媒婆算帳，開什麼玩笑！」

向鐵柱臉色一陣青白，卻待要發作，此人卻又不依不饒道：「要知我好歹還是個秀才，未來還能當個老爺的呢！我說娶的娘子必須得知書達禮、三從四德，容貌清雅還能操持家務，方是良配。」

此人說話如此狂妄，汪直向前道：「秀才又如何？除了八股時文外一竅不通，你可知誰是杜甫蘇軾？開口閉口就是孔孟聖人，又真的能行多少聖賢之事呢？」

「你是哪來的？要知士農工商以士為最高層，商乃是末流，至於那連商也算不成的行業，可真是見不得人……」

自從擔任管庫後，汪直便鮮少穿著儒服了，眼看此人應當是把自己當成一般商賈吧！見狀也不分辯，只是道：「據我所知，這位向元老前輩，他家自宋元兩代以來便以火長為業，火長乃是船舶上的司羅針者，一船人之性命，都仰賴火長一人，以此看來，他們的職責與能力，哪一點遜於讀書人呢！」

此刻徐銓也幫腔道：「你懂什麼，我們汪直可是縣府的案首呢！與此地的朱巡撫朱紈大人還是同窗呢！他只是還未出來科考罷了，要知道出來科考得要什麼？肚子有墨，朝中有人，汪直什麼都有，而你，這年紀都能當人家爺爺了，還大言不慚，羞也不羞。」

此人聽了有些驚訝，吶吶道：「你說，你也是秀才？」

「秀才又如何？讀書再多無法化用，不過是窮酸腐儒罷了！」汪直道。

這人訕訕離去，向元一反之前和煦的神色，睜大雙眼怒目而視道：「你……怎麼知道我們是世代火長的？莫非，是許棟叫你來的？」

汪直一時不知該如何接口。

「爹爹，此人好生仗義，方才為女兒解圍，你怎可如此無禮呢！」還是向鐵柱緩頰道。

22 默伽，今麥加。

「向老前輩，我的確是許氏商行的管庫沒錯，但並非有任何人派我前來遊說前輩，而是我自願來的，我聽聞向老前輩是極為優秀的火長，想向您學習司針。」

「司針？你不是讀書人嗎？舉業去吧！我沒興趣，你快快走吧！莫要在這裡惹晦氣。」

既然碰了一鼻子灰，汪直原本也打算離去，但此時向鐵柱卻問道：「你說你們要出海嗎？還缺人嗎？我也想和你們一起去海上！」

「你說什麼？鐵兒呀！那如此凶險的海上？怎麼適合你？」

「爹爹，我自小就見你成天對著家中的錦屏長吁短嘆的，上頭繪飾的是三寶太監下西洋圖吧！我知道在你心中，一直希望可以出海前往默伽，無奈朝廷下了詔令廢止船廠，解散船工，因此不得不來此，過著借酒澆愁的日子，爹爹，雖然我從未出海過，但是在我心底充滿了強烈的心願，有朝一日能像你一樣出海見識。」

「是呀！向太爺，既然向姑娘有如此宏願，你何不成全她呢！」不顧徐銓此刻的嘴巴張得如癩蝦蟆，汪直道。

或許是有相似的狀況吧！汪直自己也是讓娘親給禁止出海的，見鐵兒說得懇切，便忍不住開口道：「依我看，向姑娘若是做了男裝打扮，一時也認不出來，加上我們底下出海的兄弟眾多，多的是英武非凡的男子，若有機緣，也能為向姑娘介紹一門好親事。」

「你聽吧！爹！」向鐵柱道。

向元有些啞口無言，汪直隨即道：「數日後我們將會從海閘門出海，向太爺若得了空，也請帶向姑娘前往一敘。」

回去路上徐銓忍不住道：「這不好吧！航海禁忌，船上可是不能有女人的，萬一向鐵柱被別人發現她是女人，這可就犯大忌了，是會遭神靈處罰的。」

「誰說的，媽祖婆不是女人嗎？」汪直道：「更何況向鐵柱的身分此時只有天知地知你知我知，你我若皆不說，有誰會知曉？」

「這……」徐銓一時也不知該如何反駁。

汪直又道：「此次出海共計戎克船三艘，其中主要司針者乃是亞三，我聽許老闆說了，目前整個雙嶼島上真正能司針的火長寥寥無幾，若要開拓北洋針路，一定得尋覓更多司針者，我聽聞向家有祖傳海道針經，若他願意協助司針自然最好，但若不願意，說不準能經由向鐵柱取得針經。」

9 颶風後漂至種子島　薩摩藩初見火繩槍

眼前海天一色，迴天連沫，波平沉沉如鏡，算來這已是出海的第十日了，一開始雖然感到強烈的嘔吐不適，很快地便適應起了風浪間的生活，這日他方與阿滿幾人在船上修補風帆之際，一沖齡之人上前道：「汪叔叔，你瞧瞧海那邊似乎有些不大對勁。」

此人乃汪汝賢，也是許棟底下的海員，汪直那日見兩人同姓，敘了輩分後發現是遠房姪兒，因此此次出海便帶了汪汝賢一同見識。

「有什麼不對勁？我怎麼就看不出來，也不過就是天朗氣清，只差風力微弱。」一旁的方廷助道，方廷助與汪汝賢二人乃是鄰里好友，因家中生活困頓，便與汪汝賢一同來雙嶼打天下。

「我這個人鼻子向來靈得很，不知為何聞到一股濃烈的魚腥味……」汪汝賢道。

只見一尾手掌大小、狀似鮐魚自天空落下，還不斷地擺動尾巴，突然上空數百尾魚恍若滂沱大雨傾瀉而下，砸得船板上眾人猝不及防，就在此時汪汝賢突然緊張道：「大家小心，該不會等等就會出現龍吸水[23]了吧！我老家的漁村只要天空掉下魚雨，就會有龍吸水現象。」

葉宗滿亦是漁人出身，一聽此言立即反應過來道：「那咱們得盡快準備，舵手把好舵，其餘人等以繩子綁縛好貨物。」

「還得把風帆卸下才行，不然等等龍吸水來了，風帆攪亂後恐怕會讓桅杆斷折、船體損傷，這可就糟了。」汪汝賢道。

「這海天萬里無雲，豈會有龍吸水！這哪有你們說話的分，還不快退下。」船主許六不悅道，這許六乃是許家從弟，打從一上船，汪直便能感覺到處處針對自己，想想也不難明白，自己方才在許老闆前大大地露了臉，得到提拔，更何況若非自己的原因，豈會害許四被迫脫離商行，想必這許六與許四必定親厚，因此將此筆帳算到了自己頭上，此刻底下眾人多是初次出海，亦紛紛擾擾莫衷一是，斡旋後汪直下令先卸下一面主帆以觀其變。

又過了三個時辰，海上依舊波平如鏡，徐銓忍不住問道：「五峰呀！咱們要不要先將風帆給升起呀！你瞧瞧咱們和夷船相隔已經數十站了，若是距離過遠迷了針路，可不就慘了。」

「這，叔叔，我聽聞家鄉漁人說過，這龍吸水有時不會立即到來，過個數個時辰或是半日方到都是可能的，我想……」汪汝賢猶疑道。

「哼！大哥如此器重你，我看能力也不過爾爾，若不盡快掛上風帆，咱們船舶恐怕就追不上了，還遲疑什麼？」許六神色不善道：「來人，快將風帆掛上。」

「不可！」汪汝賢道。

「你這狗養的東西，誰要你說話的。」見許六做勢要打，葉宗滿、方廷助及徐海幾人連忙向前作勢相拚搏，汪直也道：「先等等，莫要衝動動手。」

23 龍吸水為水上龍捲風的別名，多發生在海面或湖面上空，其形成原因主要是暖濕空氣上升、冷空氣下降，水上龍捲風具有很大的吸吮作用，可將水吸離水面形成強大水柱，甚至與天空雲端相接，將水面上的生物吸入天空，落下「魚蝦雨」。

「你是這樣管底下的人嗎？你等著，等此次回去我定要將此事報告當家。」許六見狀有些害怕，但仍虛張聲勢道。

汪直也是有些猶豫，這龍吸水之事他也是聽說過，但此刻若脫離了船隊，問題更大，更何況他初來乍到也不宜發號施令，他朝向望亭[24]之上的守衛之人大喊道：「可有看見龍吸水？」

見上頭無人回應，阿滿便順著繩索攀爬而上，不過一炷香的時間便拉扯一人迅速跳下道：「不好了，龍吸水來了，龔十八這該死的東西竟然在望亭之上睡著了，瞎了你的狗眼，老子把你丟下去餵魚。」接著便是對著龔十八一頓胖揍。

順著他指頭的方向，就這麼耽誤了幾炷香的時間，只見遠處蒼茫海面上彷彿有數條扭動的巨蟒向前方湧來，水面上萬馬奔騰，見狀汪直立即大喊道：「快將其餘風帆卸下。」

然而眾人終究是小覷了這水龍捲的威力，「一條兩條三條，我的媽呀！這有七條龍吸水，觀音菩薩媽祖娘娘保佑……」徐銓嚇得跪地直哆嗦，不少人也幾乎是一致跪地求媽祖保佑，卻見這原本涇渭分明的水龍捲逐漸扭合成一條粗壯的水龍，直衝天際，左搖右擺，整艘船都陷入了劇烈的晃動，海水如沸。

只見另三桅風帆才降下了兩桅，葉宗滿當機立斷衝向前一把斬斷繩索，最後一面風帆直接墜落，然而此刻船體也感受到強烈震動，海水大把大把潑入船內，汪直連忙指揮眾人將海水給潑出，卻杯水車薪，左搖右晃，只聽得幾聲慘叫，卻轉瞬間被大浪給掩蓋了。

經歷了數個時辰的與海拚搏，好不容易終於風浪停歇，然而，此刻汪直的心卻難以開闊起來，如同鐵錨般不斷下沉。原來經歷方才狂烈的風濤後，汪直已經與船隊吹散，待風浪停歇後僅存一艘孤船航行，舉目四望，盡是碧波茫茫，不辨西東，更糟糕的卻是當時為了避免船舶翻覆，已將貨物丟棄至水裡，雖在風波後僥倖逃生，但船上貨物與糧食都顯然不足。

「五峰，咱們這也太倒楣了吧！一出海就碰上這樣慘事，差點沒要了我的命，但現在該怎麼辦？」一旁徐銓將數條繩索纏縛於身上如麻花，臉上仍是水滴悽慘道。

汪直狀況也好不了多少，為了避免落入水底淪為波臣，其餘人幾乎都用繩子將自己給綁縛起來，他先將身上的繩子鬆脫後，便吩咐眾人開始檢點船艙貨物與飲水糧食，心想至少要先了解此刻處境，再來打算。

汪汝賢回報了船上活口，落水死亡者不下數十人，眼下整艘船僅存船員三十來人，除了身為廚工的佛郎機人莫索和佩脫外，其餘的都是寧波子弟，但其中不少人因為被風浪驚嚇的緣故，如船主許六，此刻都臥床不起，僅有少數人還有體力。

「我知道了，你下去將現存船員分為兩班，尚有體力者先升帆並修補船隻所傷，待兩個時辰後換班！」汪直命道。

走入房艙內，幸運的是船體仍然堅固，且梁座內的隔艙板以捻料水密施工，將船板防水得嚴絲密縫，巡了一下淡水艙與雞鵝籠都未受損，只見艙內尚有數十個箱子，汪直記得有些是當初裝填土石以增加底部重量，為了確核，便命人一一開啟檢查。

「咱們要不要乾脆回雙嶼啦？」徐銓問道，其實汪直也是此想，就在方才，他也聽見了其餘船員恐懼的耳語，然而就在此時他聽見一陣喧鬧聲，貨艙內葉宗滿拉扯著一人道：「你莫不是那日搶了我的珠皮魟、又割破我漁網之人，為何在這裡？」這人赫然是向鐵柱。

向鐵柱也不依不饒道：「不過就是張漁網有啥好稀罕的，那是你自個兒沒長眼，怪不得爺兒……」葉宗滿

24 望亭為船體最高處，有方頂，又稱方亭，亭設屏床、御案，頂設神龕。

本是個暴戾性，一手抓住向鐵柱領口掄起碗口大的拳頭正要揮下之際卻如同被電擊般，反倒臉上熱辣辣挨了一巴掌。

「你是？」看葉宗滿面色潮紅想說什麼卻說不出口，汪直發覺有異，立即拉開向鐵柱，找一隱密處道：「向姑娘，你怎麼會在這裡，向太爺知道你在此嗎？」

向鐵柱道：「是我一人獨自偷偷來此的，那日你們走後，那漢子突然又反悔了，說什麼自己家中娘親病重，須找個人成親沖沖喜，要沖喜干我屁事呢！說來說去，就是想找個只需出個一雙筷子的奴才來伺候他娘吧！但爹卻將這場婚姻視為天上掉下的餡餅，硬要我嫁過去，這我可不依，於是我便收拾行李連夜逃了，正想你上回說到出海一事，我從前便想要去海上見識一番，我本想去找你，卻不想被方才那人瞧見，追打間便找了個貨箱間躲了起來，莫名其妙就上了船。」

沒想到竟然會有這種情況，看來應當是搬運一時不慎未仔細檢查，才陰錯陽差地多了一人上船，此刻徐銓忍不住道：「這這……船上怎麼會有女人，莫非就是這樣才會碰上風浪這樣的倒楣事……」汪直趕緊摀了他的嘴，此刻他尋思，見鐵柱一身男子裝束，她原本就生得膚黑如鐵，身型壯碩，依這模樣，只要小心得宜，應當不容易被認出才是，更何況此刻卻有更重要的問題迫在眉睫，他道：「我有一事你得詳細告訴我，你可會司針？」

「我聽我爹說過一些操針的法門，這次出來，我還將爹家傳的海道針經：《順風相送》偷帶了出來，應當沒問題的。」

見狀汪直便道：「既然如此，你和我過來。」領著向鐵柱來到舵樓，此處除了操舵外，亦內置針盤，向鐵柱在桌案處將針經展開，只見一羅盤針以蠅頭小楷繪於上方，上頭有極細小筆畫出針路，並一旁注記出方位。

汪直思忖：此刻最嚴重的是缺乏領航的火長，沒有火長，別說前往北大年，連能否安穩返回雙嶼都是未知數，眼下只能期待鐵柱了，當然，前提是她得真能操針。

鐵兒自懷中取出一個針尖模樣的細長物，那是羅針，見狀，汪直立即將上刻有七十二方位的銅盆取來，在裡頭注入水。

接著鐵兒問道：「請問這針盤上的水是什麼水？」

「一般海水。」

「我聽我爹說需用陰陽水，一半海水一半淡水。」鐵兒手持羅針，汪直命人捧來陰陽水，鐵兒喃喃道：「安羅經，下指南，從乾宮下。[25]」她一邊喃喃自語，一邊巡繞在銅盆周匝，並恭敬地念誦各個神明的名諱，祈求祝禱，待漂浮的羅針停滯後，汪直又指使徐銓道：「你去命汪汝賢幾人來，將浮木自船艄浮獅木[26]處丟下，再去焚香，方才鐵兒跟我說過可用此法測出船速如何。」接著取出海圖仔細校對後，命葉宗滿去操舵。

此時，汪汝賢也來報：「浮木開始漂移了，約莫半炷香的時間漂至船艉。」

「好，傳我命令，升起風帆前進。」

待在望亭上已經有數個時辰了，這是汪直第一次在此處待著如此之久，這裡乃是船主發號施令之處，一直以來，他幾乎都是在船艙之下，鮮有機會走上來此，此刻他正對著海圖思忖著，就在此時，徐海入內道：「汪叔叔，不知你現在可有得空，有幾句話不知該不該說？」

「你請說。」

---

25 此口訣出自《順風相送》，又稱《勞德航路指南》。

26 船艄艉之大木，如船之前後框木。

「海兒私下聽聞不少船員們因為劫後餘生之故惴惴不安，不斷詢問著何時方可返回寧波。」

汪直深吸了一口氣，推開門後見四下無人，方才道：「海兒，我實話跟你說了，我沒打算回雙嶼。」

「這是為何？」

「我研究了海圖了，此刻颳的乃西南風，咱們回雙嶼不順，若強行返回，沒有十天半個月，恐怕回不了，而船上糧食支持不了這麼多天，我的想法是，不如直接前往琉球，甚至是日本。」

徐海表情略感驚愕，但迅即低聲道：「叔叔所言，甚合我心意，我本來也是想私下與叔叔商量此事，我曾有與倭人交易的經歷，略懂一些倭語，此刻船上有一名船員葉麻與我經歷相似，我們私下討論過後，記得這附近有個種子島，隸屬薩摩藩，叔叔若同意，咱們可全速前往。」

「這種子島在何處？」

徐海走向海圖看了一陣，指向一大島尾端道：「應該就在此處附近[27]，依此時風勢，快則半日應該可到達。」

當船舶靠近海岬之際，只見前方大島逐漸浮現，上頭丘陵起伏，草木蓊鬱，汪直即命人放下舢舨，留下汪汝賢、方廷助幾人留待船上，便領著徐海、葉麻諸人上岸一探究竟。

眾人徒步而行，走了近一個多時辰，都未見到人煙抑或村落，正當眾人商議著是否要分道行走時，卻突然聽到了一陣打鬥聲響，眾人循聲前往，見一山崖下，數十人追擊著幾名武士，其中一人騎著栗色馬匹，箭矢下落，馬臀中了三箭，一陣哀號嘶鳴聲響，馬匹向前仆倒，那武士一個滾落但轉瞬間人卻已站起，只見他風馳電掣一斬，後方馬頭瞬間而落，接著挺身疾刺，追擊之人身首異處。

然而追兵尚有六人，其餘追擊者排成陣勢，手取著一尺長的精刀，在日光下閃耀著閃電般的光澤，雖然敵眾我寡，但這名武士卻面無懼色，雙手握住銅錫大刀高舉過肩，不動如山，此刀長度將近七尺，色澤來看應當為精鋼所製，眾人之中，徐海乃是用刀能手，但見此心中仍不免讚嘆，要知道如此長刀重量必是四、五十斤以上，多是在騎馬爭戰中藉由馬的奔勢方能揮灑如此，但在此人手中卻使得揮灑如意如同一根稻草，足見膂力過人。

隨著敵人兩名前鋒衝來，一名看似年輕未有臨陣經驗，只見這武士一個側身閃避攻擊，接著橫刀一切，如同飛燕一般劃出一道閃亮的圓弧，兩人瞬間倒斃，餘下四人驚呆了，那年少者尖叫一聲瞬間逃離，另三人猶豫了一番，其中一名身形高大者手揮重椎向前舞去，刀刃相交，看似薄脆的鋼刀卻未如想像般地斷折，只見此人後退，隨著來者步步進逼，突然一個閃身，自懷裡抽出一把匕首飛刺對方心窩，那名大漢倒下。

連續解決了三人，他似乎也有些體力不支了，將長刀撐地倚住身子，對方二人原本要逃走，其中一人見得此情此景，反身想來個趁人之危，方才高舉雙手擺出招式，不料一陣雷電聲響，嚇得刀刃摔落地。

那是佛郎機人莫索，此刻他舉起火繩槍朝空鳴槍示警，眾人見他發射子彈亦暗自叫好，原來方才那名武士力戰四人，方精疲力竭，雖是素不相識的異國人，但皆對其心生敬佩。

待剩餘的武士嚇退逃跑後，徐海向前衝去，才發覺這名武士雖怒目雙眼卻已然昏厥，雙腳依舊站立不動如山。

待時堯清醒後，發現自己身處於一間小屋之內，而在他一旁一名男子，長相容貌異於常人，他掙扎著起身，卻發現自己身上所受的數道刀傷，已然被包紮起來。

27 種子島乃位於九州南側的小島，在〈牛津明末閩商航海圖〉中將九州與本州島相連，上頭注記殺子馬，因此此處行文為大島南端。

作為島津氏的家臣，種子島的島主，他方才還在與敵人戰鬥，而那柄由島津領主賜予的金銀鈿裝唐大刀好端端地放置在一旁，自己也未被綑綁，種種跡象，當看得出自己並非被敵人俘虜，而是得救了。

「我乃種子島島主時堯，自幼便熟習陰流，又稱猿飛之術，此術效法猿猴於林間急速跳躍的步伐，再配上擊刺，可以一擊敗多人，不過因為中了龍造寺的埋伏，險些全軍覆沒，多謝各位相救。」經過徐海翻譯後，眾人大概都了解了意涵。

「你們所用的武器是什麼？恍若雷電？竟然數步之外便可奪人性命。」他注視著莫索道：「你又是何人？為何形貌與我從前所見，差異如此之大。」

「此乃西南蠻種賈胡也，他所使用的武器乃鐵炮。」汪直道。

「殺死龍造寺隆信手下的，就是這種武器嗎？」作為陰流的佼佼者，自小便受到極為艱苦的鍛鍊，有時甚至數天不寐，獨自在森林與瀑布間參悟自然之道，他十分清楚，十人當中，最多有一人可以達到他十分之一的劍術，其餘皆是庸碌者，只因練劍除了需要長期的體力鍛鍊與專注之外，還需要十年一遇的天分，他曾經被師父稱譽是十年方一遇的劍士，為此他每日練劍，為的便是能配得上這樣的稱號，但那又如何？眼前這未知的武器，瞬間百尺之外斬殺一人性命，要是全軍都能配有這樣強大的武器，要攻打西海道的大隅國，便輕而易舉了。

「你們是哪裡人？明國？朝鮮？」

「我乃大明儒生王直，來此是為了與貴國做生意，像你方才所見的武器鐵炮，威力強大，可殺人於千里之外，若你們有興趣，我船上有數支鐵炮，可與你們交易。」此刻他身在海外，因此不願以真名示人，畢竟朝廷禁海，名聲若是傳回去，多少擔心罪及家人，因此便以汪字減去水替代。

聞言，時堯露出極有興趣的神情道：「這樣的武器我著實前所未見，願向你們購買，只是不知你們打算收取多少報酬。」

「一支鐵炮三千兩黃金。」此話一出，其餘人等皆張口結舌，要知在明國一兩黃金約可兌八至十一兩白銀，這相當於三萬兩白銀的高價了，此刻眾人都眼睛直盯著時堯，想說哄抬如此高價，說不準對方會直接拂袖而去，然而沉默了半晌，時堯便緩緩開口道：「若是三千兩黃金，恐怕罄全島之資，也難以購買，可否……」

「我見島主英雄了得，也願意和您結交，這樣好了，我們航行至此，也需要補充淡水輜重，若島主願意協助我們補給，那我可與島主打個商量，兩千兩黃金換取槍枝一把。」

見時堯仍是沉默不語，汪直道：「不要緊的，我們遠道來此，若蒙島主允許，同意讓我們在此休憩並整修船舶，十日後方會啟程離去，這段時間島主可以詳加考慮。」

「好，這鐵炮我是要了，但要多少數量，待我返回城內與家臣商論後，會派遣書記陳東向你們告知，另外為了感謝救命之恩，也邀請你們與我一同回城裡，我自會竭力招待。」

跪坐於屋舍內，此刻汪直正在研墨飲茶，日本茶將葉片磨為細粉後再烹煮飲用，此種飲用方式與明國極為不同，一開始入口略顯苦澀，茶色厚重，不若明國茶湯澄澈。

「都什麼時候還在這裡喝茶寫字。」一抬頭正是徐銓，開口便是連珠炮道：「我說在三日後就要返回雙嶼港了，但這段時間鐵炮連一支也沒有賣出去，我說你要不要再去找那時堯城主談一談呀！否則咱們這趟買賣可就空手而回了。」

「我手上這乃著名的羅墨，由歙縣羅龍文所製，聽聞上等墨條便是要堅如石、黑如漆，今日我試著以清水研磨，果然墨色光亮。」汪直道。

見狀徐銓更坐立難安道：「我說五峰呀！你有沒有聽我說話呀！要知道……」

「你莫要著急，先聽我說，這幾日我四處觀察打探，這時堯表面招待我們好吃好住，但實則注意我們的一舉一動，唯恐我們與他人接觸，這是為何？我問過海兒了，他說這日本此處正是四處割據，彼此攻伐，此種狀況下武器自然是奇貨可居，這鐵炮又是威力強大，他們若不向我們購買，便會擔心我們賣給其餘大名，而我只消在此地賣出一、二支鐵炮後，消息自會傳開，到時定會有其餘軍隊來向我們購買，若是價格賣得低了，日後調高反倒不易。」

就在此時，外頭走進一人，身長六尺、國字臉，道：「在下薩摩書記陳東，見過五峰先生，我們島主經過考慮，決定以兩千兩黃金價格購買鐵炮兩把。」

「甚好，我等等就派人送去。」帶著得意的神色望了一眼徐銓，汪直道。

「對了，你可是明國人？」汪直遞了一杯茶與陳東攀談道。

「沒錯，我來自八閩同安，三年前隨船前往琉球通商，卻因颶風漂流至此地，便在此為島主效力。」

「我們許氏商行來自寧波雙嶼島，想要長久來此建立貿易關係，不知何處有港口或土地允許外國商人在此從商定居，並建立商館呢？」

「這……據我所知，目前此地的大名島津大人並未允許任何外國人來此久居，唯一允許外國人前來領地居住的，只有北九州的平戶藩主：松浦隆信大人，積極招攬外國商人前往平戶津外海的五島列島定居。」

「五島？我字五峰，此島名五島，冥冥中也是有緣吧！既然如此，有朝一日定要找機會前往一探究竟。」

10 醉仙樓重逢淡仙　桑林間惡徒逞凶

沿著南塘河，此刻正是中秋佳節，天上一輪渾圓的桂魄高掛如明鏡台，只見橋下畫舫連綿，數艘烏篷船嵌著瑩白如雪的三、四道明瓦，裡頭燈火銀燭，擺著船椅、茶炊、色色點心盒子，不時有那名娃歌妓環抱古琴絲竹琵琶之物，竹肉相發，響遏行雲。

另一邊便是勾欄之所，此處船上所見之衣香鬢影，都是以色事人的歌妓，他向來鮮少來此遊歷，雖然一介儒生阮囊羞澀也是主因，但自從半月前返回雙嶼後，返回歙縣卻不見愁予蹤影，打探之下才知道，就在數日前幽蘭仙逝，左鄰右舍見無以殯殮，便央了個人販子將愁予賣了些銀錢後，將幽蘭夫人安葬，此後愁予消失無蹤，聽聞至此，汪直內心不由得空蕩蕩的，看來，自己還是來晚一步了。

像愁予這樣妙齡的女子，多半是被賣至此處吧！一想到此，有時他不免抱持著僥倖的想法，是否因緣湊巧，哪日能在此與之重逢呢？

「大哥，讓你久等啦！」思索之際突然聽到一陣豪邁的聲響，轉頭只見葉宗滿徐海等人，領著一眾小弟前來。一見他葉宗滿便道：「大哥，數日不見了，咱們要不要找個酒樓，兄弟們吃酒聊天，也不枉此中秋佳節。」

「那是自然，海兒你從未來過寧波吧！也趁此良宵領略一番，見識見識。」汪直笑道。

「我聽聞本地最大的酒樓有兩個，一為老字號的醉仙樓，另一是後起之秀的寶月樓，卻不知要去哪個可好？」

「那寶月樓是餘姚謝氏開的酒樓，我可喝不慣，去那醉仙樓吧！」葉宗滿道。

步至醉仙樓處，只見四處廂房以青帳懸掛，那柳駝子穿著藍布衣衫面色棗紅，正手持響板鼓舌如簧地說那水滸天罡地煞，走入一處紫杉雲母屏後，上方匾額以唐楷寫下東海廳，叫了幾斤紹興、羊羔酒，幾碟菜蔬，一碟蝦子鰳鯗[28]，一大鍋熱氣蒸騰的白米飯，幾輪之後徐海便詢問道：「大哥，咱們此次貿易靠著鐵炮大賺了一筆，我見這生意有利可圖，你說咱們何時再出海，前往平戶津，去見平戶藩的松浦大人呢？」

「海兒這你有所不知，讓我來替他說吧！接著便是鄉試年了，他娘親是本地出了名的賢良端方，而五峰可又是前年的案首，豈能不參加科考呢？」徐銓道。

見此，其餘人也不再言語，畢竟父母在不遠遊，此等人倫天理大家都也知曉，正巧此時小二送來杯盞，大家開始輪番勸酒，酒至酣處，一時之間划拳之響不絕於耳。

就在此時，卻聽見簾外傳來一陣清歌悅響：**聞說枯魚欲泣，何謂化鶴來歸。霓裳玉珮自清輝，入肆終慚形穢。北海已成速柘，南山幾見高飛。鯤鵬變化是耶非？姑且乘桴遠去。**[29]

這首〈西江月〉唱來清妙婉轉、珠圓玉潤，阿滿是個粗人不喜音樂，又多喝了幾碗酒，只見他面紅耳赤，摔了杯盞道：「老子正在此處吃酒，哪來的吵鬧聲響掃大爺的興。」說罷就要出門，汪直唯恐他要鬧出事來，趕緊跟了出去，卻見幾名女娘手抱琵琶柳琴，臉上搽著紅妝，見阿滿氣勢洶洶問道：「可是你們幾個唱歌，掃了本大爺的興。」

一人趕緊道：「大爺莫怪，方才那曲子不是我們唱的，是張家老爺差他新買的侍妾所唱，不信，你瞧在北海廳那名身著緗綺衫子，垂著雙鬟的姑娘便是。」

就在此時，青色帷幕掀起，只見一名七旬老者右手拄著手杖，左手卻挽著一名女娘，不過荳蔻之年，紫綺長比甲曳著緗綺下裙，然而就這個瞬間，汪直的身子不禁顫動了起來。

「聽說那便是張珠老爺新得的妙音娘子，名為淡仙。這女郎雖是金釵之年，卻生得明眸皓齒、孤姿韻絕，正巧張老爺素日喜好梨園，家中除了有一個大花廳戲台外，還養了一班歌妓，據說這淡仙學了不過數月，曲藝便已如新鶯出谷、乳燕歸巢，因此張老爺疼愛得跟寶貝似的，像今日中秋這樣雅緻的時節，更是要淡仙陪伴不離身了。」

「那張老爺不過是個平凡商賈，但為何他身邊之人盡是縉紳之士呢？而且我大明不是律令商人不可穿補服，但你見張珠身著斗牛服，腰繫金帶，這可不是僭越嗎，本地縣令都不管的嗎？」

「你是哪來的窮酸腐儒，連這也不知，本地由於商人匯集，民間早已僭越成風，只要有銀子，市集裡多的是能工巧匠為你織就新花樣，更何況這張珠老爺雖是一介商賈，但他祖上還曾擔任過侍郎、給事中的，他都不吭聲，誰敢吭這個聲。」

後頭他人的交談聲傳來，汪直還想上前一探究竟，卻見張珠身後一群陪客幫閒簇擁著，慌亂之間，只見入口處早備妥小轎，一路直往南塘賞月去了。

「大哥，你見著了嗎？」徐海在一旁道。

---

28 為蘇州名菜，《隨園》記載道：「夏日選白淨帶子鰤鯗，放水中一日，泡去鹽味，太陽曬乾，入鍋油煎，一面黃取起，以一面未黃者鋪上蝦子，放盤中，加白糖蒸之，以一炷香為度。三伏日食之絕妙。」

29 此處筆者改寫自清末尤侗〈西江月・鯗鶴〉，文末原為：小作逍遙遊戲。

汪直點點頭，等了那麼久，不意在此處重逢，方才愁予也瞧見他了嗎？他內心一股複雜又難言的情緒，不知如何說出口，她自小孤苦無依，連幽蘭夫人病逝了，他也不在她的身邊，就像，就像……

就像父親科考之際，母親產血誕下的妹妹，沒多久夭折了，自己最終，也沒有將她給救回。

徐海便對徐銓道：「叔叔，你也看見了吧！那跟在張珠身後的不就是許梓和李光頭嗎？為什麼他們會和張珠有牽連呢？莫非他們又所有勾結，瞞著許氏商行，背地做哪些勾當呢？」

「是呀！這也奇怪，這許梓不是已被逐出商行了嗎？怎麼又會與張珠有牽連，莫非又要幹什麼鬼怪的勾當，許老闆對咱們極好，是不是要去向許老闆通風報信才是？」

「這張珠本就是本地勢力極大的豪家，以養珠發跡，此地大部分的珠田都為其所有，這半月來，聽聞他開始收購桑田，原來這太湖大部分的蠶莊收成，除卻佃農外，多是賣與林家，那林家族長乃泉州同安仕紳林希元，以陽明學家訓，世世代代以良知為本，要知道桑蠶吐出品質極佳的生絲，但桑蠶不免罹病，一碰上蠶瘟，此年收成便血本無歸，得隔年重新培養生產，因此林家與蠶農一直有個不成文的規定，便是今年若收成不如合約上所寫，可於次年或再次年補上，且若有急難不需以土地抵押，尚可低利借貸，這是林家祖訓。目前林家長房一脈自小便患了頑疾，為了解除疼痛，便沉迷於吸食大煙，近幾年吸食有增無減，甚者更沉淪賭博，日日呼盧喝雉，張珠為此私下向族中長老或子弟收購林家底下的蠶莊，不知是何用意？」汪汝賢也道。

之前從許棟那他也聽聞，太湖生絲所產占海道貿易十之七八，因此民間有言：湖廣足，天下熟。此語並非指稻米生產，而是生絲產量，而雙嶼則是對外貿易的樞紐，故湖絲的價格，決定了貿易出海的成本。汪直心想：若生絲被張珠大戶所把持，那許棟日後對外貿易，豈非備受掣肘嗎？

「走呀！不論出多少銀子，我都不會賣的，滾。」一名七旬老者手拄拐杖怒罵道。

「毛老頭，你莫要不識相，張老爺給你的價格乃高於市價一、二成，那是老爺的善心，你何苦一定要將這蠶絲賣給林家，賣與我們老爺，不也是一樣？更何況你可知道，湖州數百畝的蠶農，都已經和老爺簽下了合約，要將收成的蠶絲賣給我們，你又何苦和銀子過不去呢？」

「多少錢我也不願意給，我們毛家自五代先祖便經營這蠶莊與百畝桑田，三代前毛家遭了大難，無數隻桑蠶遭了蠶瘟而死，那時，便是林希元老爺一家伸出援手，助我們銀兩度過難關的。為此我們毛家便立下了祖訓，收成任何一縷蠶絲，必定賣與林家。要知道這養蠶取絲，每隔三五年，難保不碰上這蠶瘟的，要是簽了長約，繳納不出蠶絲，不就得賣田賣地嗎？但林家對待蠶農一向照顧有加，你出的銀錢再多，我也不會因這蠅頭小利而見利忘義，還不快滾。」

見狀，李光頭也訕訕地領著手下幾人離去，算來這已經是這個月的第三次了，每次來說服這毛太爺，卻總是鎩羽而歸，看來明裡是不成了，只能另外想方設法。

數十支珊瑚樹玲瓏參差而立，一股甘辛的香氣，自蓮紋鎏金博山爐內細細纏繞而出，此刻張珠正躺臥在紅梨木羅漢床上，背上靠著一個牡丹綠織金錦褥子，他悠悠地閉著雙眼，一名容色清麗、鬢鴉臉霞的女娘正為他揉著雙腿，這應當是丁香的味道吧！許梓心想，不愧是張老爺，這丁香產於萬老高，價格珍稀，堪比黃金，之前他的兄長許棟一直想要開拓前往萬老高的針路，卻始終不得，沒想到張老爺卻坐擁這項貨源，若是自己能藉由收購桑田之事大大地露臉，此後，應當就有機會前往東洋，開展香料貿易了吧！

聽完許梓的報告後，張珠仍舊不語，許梓又趕緊道：「要收購這毛氏蠶莊倒不難，我聽聞這毛老頭膝下就一對兄弟毛子明和毛澂，要是他們真出了什麼事，還不得賣田賣地？」

「說得容易，能辦成此事，方是本事。」

「張老爺儘管放心，我一定會盡快辦成，不負所託。」

張珠卻直接閉起了眼睛，做了一個揮之即去的手勢，雖然當下略有不悅，但許梓也只能低頭離開，此時，張珠又道：「淡仙，為我奏一曲琵琶吧！我就愛你這曲藝，你想要什麼賞賜？明珠、鳳釵、玉搔頭……」

「淡仙什麼都不要，如若老爺恩允，就與我一枝飛鶴釵吧！」

蠶莊的後山生著十甲多的桑林地，此刻正是草碧如絲的時節，桑枝低垂，桑葉蓊鬱，數十名蠶娘正伸出柔荑，將那碧綠的桑葉給採摘到竹籃裡，這是她們一日的工作，採摘後返回蠶莊裡頭餵養桑蠶。

為首的蠶娘秦十娘道：「近幾日正是桑蠶化繭的重要時日，莊主交代了，今日每人所採桑葉不可少於五籃，老葉枯葉不可入籃中，至於桑林深處亦萬萬不可深入，要知此刻正是草長鶯飛時節，黑白紋狀的毒蛇潛伏於草叢之中，此蛇毒性甚劇，要是被咬，可就神仙難救了，大家切記午時在此處相會，一同返回蠶莊。」

接著轉頭對一名年方二八，生得臉如醍醐、柳葉眉的蠶娘道：「三娘，你這幾日回來都有些約略晚了，今日要切記，莫要誤了時辰。」

「三娘知曉。」

眾女娘星散後，三娘手提桂枝勾住竹籃，也隨眾人採桑，但不過一炷香的時間，覷了左右只見四下無人，便往幽暗處一徑走去，約莫走了數百步，來到河水之畔，只見白練也似的晴川在日光下瀲灩湧來，她低下身子整理自己的幾綹青絲，接著轉頭，朝原徑走去，此刻突然有人輕拍她左肩，轉向左邊卻未見人影，她警覺轉右，卻有人彎身將她一抱，接著一張嘴就湊到她的臉頰旁，引得她一陣驚叫。

「要死了，你可嚇死我了。」此人生得白淨面皮，身著紺青色圓領袍，卻是毛子明，他道：「你可想死我了，我從半個時辰前便在此等待多時，你到現在才來找我，不嚇你一下，如何小施懲戒！」

「我這幾日為了與你私會，已經耽誤了工作，今日我娘特意在眾人前提醒我，我猜她可能起了疑心，自然不敢立即來此。」

「是嗎？那可就難辦了，要是你娘知曉，必定會報給我爹知曉的。」毛子明憂心忡忡道，他自幼母親早逝，由十娘幫忙帶大，因此與三娘青梅竹馬，相反的自己的親生父親或許是忙於生意的關係吧！卻總是多了一層隔膜，難以親近。

「而且我今日還得趕著採桑，我娘說了，這幾日是結繭的重要時期，桑葉絕不可少。」

「不要緊的，那我們一塊採吧！」毛子明拉著三娘的手道。

重回桑林中，只覺得蒼蒼的枝條遮蔽了大半日光，不過採了半日，脖子上就出現汗珠子了。「好熱。」三娘道。毛子明轉頭，只見膚如凝脂，襯著上頭細小的汗珠如水滴，三娘一個回眸見著毛子明的眼睛牢牢地注視著自己，忍不住雙頰一陣酡紅。

突然毛子明朝三娘的身子撲了過去，整個身子壓負在她身上，感覺那溫熱的男子氣息，三娘待要掙扎，卻聽見毛子明在耳畔小聲道：「莫要出聲。」

就在不遠處，她聽見了數人的聲響，一人道：「真的非毀堤淹田不可嗎？咱們這樣破壞堤防，毀人產業，是否會遭報應？」

「有何害怕，歷年來夏日暴雨最多不過三日，咱們只沖毀了部分田地，方便張老闆收購即可，有何擔憂呢！」

「但，我還是擔心會遭……天譴。」

「怕啥鳥，許老爺，你想想，以往刀頭舔血的事咱們還少做嗎？要是這事辦成了，大大地在張老爺面前露了臉，此後有機會負責東洋香料貿易，到時你要向許楝報仇，拿回被侵呑的產業，才有機會呀！」

「但，這堤防是去年官府才撥款修建的工程，要如何破壞呢？」

「我有一計，只須將此物弄到手，必可成功。」

原來毛子明向來耳力極佳，方才聽見一陣細微的腳步聲，本來擔心是其餘的蠶娘經過此地，但聽這幾人對話卻越聽越是心驚，雖然父親嫌他性子庸懦，不願讓他插手蠶莊之事，但這數月也隱隱約約自他人口中知曉張珠收購蠶絲，方才聽這幾人的口音，分明是張珠手下那幾人，而聽他們的言語，字字句句卻又叫人驚心，這分明是巧取不成，便要暴力豪奪了。

就在此時，三娘突然見到裙襬之處微動了一下，只見一隻黑質白章的蛇，正幽幽地吐著紅信，她心中害怕，想要提醒毛子明。

當許梓與李光頭、張貴幾人商議時，突然聽見一聲尖叫，李光頭隨即一個奔騰，縱身一躍，一把抓住一人後頸，將之拽摔於地面之上，此刻爪牙張貴也迅即向前，一手扯住三娘衣袖，將兩人雙手後縛，抓到許梓面前。

「這莫不是毛少爺？怎麼會在此處，難道咱們的事情早已走漏風聲……」許梓顯得驚慌失措，但李光頭卻冷靜道：「許老爺莫要驚慌，不論如何，今日碰見這廝也是機緣湊巧，他既然聽見了我們的計畫，說什麼都不能讓他倆活著回去。」

眼看那亮晃晃的刀刃，不斷地逼近毛子明胸口，見兩人不斷抖索，許梓道：「等等，張老爺只要我們辦事，沒要我們殺人，萬一官府追究下來，影響了張老爺的大計，反倒不妥，更何況這毛子明若是失蹤，免不了驚動官府，依我看……逼這兩人發個毒誓，再放他們離去。」

「老爺，此事萬萬不可，方才我們所言，都讓這兩人給聽得一清二楚，豈能輕易放過，不然……」李光頭迅即上前，從腰間掏出繩索，將三娘給牢牢綁起，又掏出一塊麻布塞入口中，對毛子明道：「今日之事，你要是敢走漏一點風聲，就等著替心上人收屍吧！」

11 茫茫惡水淹良田　昔越失約失織女

「目前寧波府十之六、七的桑田生絲都已被張珠收購，主因是張珠給予的價格高出市價兩倍，一般農戶因此趨之若鶩，如今僅存毛氏蠶莊一家仍未接受。」醉仙樓內，眾人來到上回的東海廳，待酒保小二送上酒水退下後，閉起門來，汪汝賢首先道。

汪直道：「但這也奇怪，如此收購價，即使賣往海外，也未必能更獲利，商人買賣以獲利為先，但張珠卻寧願賠本也要花重金收購，背後必定有原因。」

「我也覺得奇怪，因此私下收買了幾名蠶農，要他們將合約交由我看，發現合約上有著一條，若今年無法以相應的蠶絲交付，得以用田地抵押。」

「莫非張珠的目的是想要占地，但這樣的合約蠶農豈會簽署。」葉宗滿忍不住道。

「阿滿哥，這你就有所不知了，多數的蠶農都是不識字的，只會見眼前之利。張珠找了幾名秀才避重就輕地朗誦文字，多數蠶農見有利可圖，便簽了合約，就算有幾人識破伎倆不願簽約，再派遣李光頭這些人恫嚇一番，還不乖乖就範？這幾個月下來，恐怕只剩下毛氏一家仍在負隅頑抗了，依我所見毛家恐怕也獨木難支。」汪汝賢道。

汪直道：「既然如此，從今日開始，你們便日夜輪班守在毛氏蠶莊之外，窺探那張珠是否會有進一步的動靜！」

此刻一陣敲門聲，原來是小二送了龍井茶來，一一放下杯盞後離去，此刻汪直注意到，就在自己前方放著一小團物事，展開數張包紮仔細的紙團後，裡頭包一隻鶼鶴，一旁則細筆勾勒五棵柳樹。

汪直瞬間衝出門外，見著那名小二便低聲問道：「此物是何人給你的？」

小二道：「大老爺，方才是北海廳的姑娘給我一錠銀錢，要我送來的，其餘的我便完全不知曉了。」

幾乎是此刻，只見珠簾內，一名頭戴飛鶴釵的女子凝目眺望，細看手中的鶼鶴，這分明是自己贈與愁予之物，想那時自雙嶼返回幽蘭夫人的住所，卻人去樓空，杳如黃鶴，每想到此憾恨不能自已，不料今日卻見到這只鶼鶴，怎能讓他不心緒澎湃。

「你怎麼突然衝了出去？可是看到什麼了？」徐銓問道。

將懷中之物給徐銓一看，上頭題詩道：「昔年君遠行，仰首望飛鴻，越女顏如花，出門採紅蓮，豈知秋風起，飄零入汙泥，君如知我意，生死不分離。」

此刻汪直心念微動：此詩第一、三句首字為昔、越：昔者，廿一也；越，戌時走也，莫非是愁予要我於廿一日的戌時，在五柳橋相會嗎？

徐海與葉宗滿數人，已經在毛氏蠶莊附近守了數日了，這幾日卻是不見李光頭等人再來騷擾，眼看著今春的第一批蠶已然結繭，這幾日便要忙活著煮繭繅絲，晝夜不停了，蠶莊裡的蠶娘人數明顯不足，這幾日毛太公忙著聘請方圓數里內的婦女來此幫忙活計，為的就是在季春前來得及收成第一批蠶絲。

「這十多日張珠及其黨羽都沒動靜，咱們應當可以先休息一番吧！」葉宗滿道。

「是呀！這幾日這樣盯梢，也將爺給累死了，要是今日再沒動靜，咱們便撤了吧！」

葉宗滿沒有回答，猶豫了一下方道：「不然，就再等等，倘若一個時辰還是沒有動靜，咱們再撤吧！」

未時，天際烏雲逐漸聚攏，接著就是大雨傾盆，這雨勢來得凶猛，不過下了半個時辰，水流便自山坡上蔓延而來，暮春時本就容易有霏霏梅雨連月不開，只是這雨勢卻過於猛烈，不禁令人有些心驚。

就在此時，卻見遠山的另一端有人無懼雨勢騎馬奔馳而來，離此處僅剩一箭之遙時，葉宗滿才看清楚是汪汝賢。

「快，快叫所有人撤走，快逃到高地之上。」汪汝賢一下馬，整個人上氣不接下氣，喘了一陣方才道。

「為什麼？」葉宗滿道。

「因為……錢塘江潰堤了。」

「怎麼可能，錢塘江的河堤修建十分堅固，數十年來比這更大的陣雨、暴雨從未釀成大災，且近日都是綿綿細雨，怎麼可能會潰堤淹水呢？」

「相信我，我說的是真的，堤防傾毀，河道潰堤了！」

阿滿一時不信，但卻隱隱約約聽見遠處依稀有水聲震盪而來，咫尺處正好有一顆千歲合抱大木，立即手腳並用攀爬至高處，只見一箭之遙的河道上，一道濁白色的水流恍若泥龍，以勢如破竹之姿朝此處奔騰而來，夾帶大量的土石與樹木，所到之處吞沒無數村落與屋舍。

他趕緊一躍而下，對著其餘人喊道：「洪水來了，快通知毛家人收拾細軟，往高處去。」並對徐銓道：「你快去告訴大哥，看他如何處理？」

此刻他心臟猛烈地重擊著，自小與水波為伍，他見過海嘯大浪也見過水淹成災，他深知大水氾濫的可怕，那洶湧的水勢足以吞沒一切鄰近的事物，尤其當河水夾帶了大量泥沙與土石樹木，那橫衝直撞的力道，足以讓任何一個不論擅游或不擅游水的人，只消墜入水中，便衝撞成齏粉。

此刻毛家莊也亂成了一片，數十名莊客紛紛挑來石頭沙袋，將出入口給堵死，蠶娘忙著將繅好垂掛於木桁之上的生絲給取下，然而才收取了一半，卻發現水已經蔓延至腳踝處，這水竟然來得又快又急，猝不及防。

只見木梁上老鼠累累而行跑出屋舍，鼠輩一向喜歡在低窪處挖穴築巢，見老鼠傾巢而出，想必是大水蔓延，因此逃生去了，多名蠶娘見狀趕緊放下手中生絲，倉皇逃出。

被綁縛在木屋之內，三娘不斷地掙扎，然而令她絕望的是，此刻水自外頭蔓延而來，淹沒至她的小腿脛、接著至腰際，她好不容易找了一塊鋒利的石片，磨得掌心都快出血了，才終於把繩索磨斷，她隨即拿出口中麻布，解開雙腳束縛，然而木屋外卻上了鐵索，怎麼也敲不開來。

「開門呀！開門。」三娘無助地吶喊著。

當水幾乎蔓延至腰際，她感覺渾身冰冷踉蹌欲倒，突然她聽見了外頭的聲響，有人大喊道：「三娘，你在這裡嗎？我來救你了。」

那聲音正是毛子明，此刻三娘忍不住流下眼淚道：「我在這裡，救救我。」

「你快後退。」原來為了暗中救出三娘，毛子明一直埋伏在附近，見到許梓幾人取炸藥炸了堤防後，此時大水蔓延，原本看守的爪牙也各自逃生去了，見此可趁之機，毛子明便取了斧子奮力劈砍，果然將門給擊碎，見三娘雖然面容凌亂，但卻幸而無恙，隨即相擁而泣，喃喃道：「是我害了你，你沒事吧！」

「沒事，但毛氏蠶莊？你身為少主，此刻不在莊內，該如何是好？」

此刻毛子明也顧不了如此多了，牽著三娘的手迅速往外跑去，然而方出往外奔跑數十步，卻見外頭盡是泥流，滾滾滔滔四處洶湧而至，而山莊下原本高聳的牆垣更是禁不住大水沖擊，數處轟然傾頹，東西南北處各自有土石泥漿以瀑布姿態湧入。

「怎麼會這樣，莊園居然被水給淹了！」三娘心驚道。

居高臨下，莫說整間毛氏莊園，連附近數里內的桑田此刻都是汪洋一片，僅存高處的樹梢露出水面，還有著一些逃生不及的人民盤據樹頭，但更驚人的卻是水鄉澤國中載浮載沉的人們，呼號悲泣，求救無門。

「底下都是大水，快往山上跑去。」

然而行經一處湍流處，毛子明攙扶著三娘過河，卻承受不住湯湯逆流，正當三娘一個不穩，毛子明一雙手托住了她的身子，但自己卻也幾乎支持不住，此刻他渾身濕冷，想到自己因為一念之私，未將李光頭破壞堤防之事說出，釀成如此大禍，內心翻騰自責不已。

暴雨不斷擊打他的身軀，他轉頭，只見三娘一雙柔弱的雙眼，朝他望來，三娘悠悠道：「公子，都是妾身連累了你，大水淹至，今日恐怕是很難倖免於難了。」

「不要緊，我們兩人一起死，就算是死，也是在一塊。」隨即緊緊挽住三娘的手，此刻天邊巨雷轟然擊落，劈在一棵十圍槐樹的枝幹上，墜落水面擊起巨大浪花，當那蜷繞的樹身順著泥水朝兩人衝來之際，毛子明一手摀住三娘的眼，自己也閉上了眼睛。

「你們在做什麼？還不速速上船。」睜開雙眼沒有預料的滅頂，卻見樹身被石塊卡在急流之中，也就此時，葉宗滿駕著舢舨趕到了。

毛子明牽著三娘，兩人踉蹌而上，只見舢舨上已有數十人，或坐或臥，原來葉宗滿發現大水將至，立即遣了徐銓與其餘人眾，將舢舨給划來，也就在這不過一炷香的時間，豪雨已氾濫成災，方圓五里都已淪為水鄉澤國。

就在一個時辰前，汪直便來到五柳橋處等候，然而徐銓卻乘著毛驢跑來，告訴他水淹堤防之事，並要他取出管庫之印信，急調舢舨前來。汪直不得已，只得離去，急急奔赴船廠，將船廠的舢舨、蜈蚣、八槳船盡數划出，沿著錢塘江一路急上，原本他還想返回，但卻見整個江面已如惡水般，所到之處吞食性命，絕無活口。

「我得返回五柳橋。」汪直道。

「你回去那兒做什麼?不順路呀!而且那裡毗鄰西塘，就算你回去，水約莫都淹到樹幹之上了。」徐銓道。

他神色怔忡道：「我得回去，愁予她，可能在等我。」

「愁予?」徐銓有些不明所以，但他道：「這……你可不能走呀!你要是一走，我……可不會駕船呀!」

此刻汪直內心滔滔洶湧，轉頭一見，整個江面此刻也是大水滂沱，料想毛氏蠶莊鄰近桑田，此刻應當也是怒水橫行了，不知留守在那裡的葉宗滿幾人情況如何?牙一咬，只得轉身離去。

划了半個時辰的船，此刻雨勢間歇，原本橫衝的暴雨逐漸化為霏霏細雨，但一路行來卻見多數桑田已然淹沒，房舍僅存屋頂，懷抱稚子屍體的母親，以及凍餒的百姓不斷地哭喊著，這一幕幕的景象不斷地震懾汪直的心。

「畜生，我要這淹水無法種植的田地有何用呢?」聽完許梓的報告後，張珠怒道。

「張老爺無須著急，要知道每年近四月後便會少雨，只要再挖取溝渠排水，如此一來來年便能繼續耕種，咱們只犧牲了一年的收成，就能兼併土地，要知道咱們與蠶農們簽訂的合約裡，是要按時交貨的，否則就得以土地抵押，只要他們無法按時繳交貨品，不就只能乖乖地將土地拱手讓給我們嗎？接著不就可以將本地生絲牢牢掌控在我們的手裡？」許梓道，但不知怎麼，此刻他的內心隱隱約約陷入不安，卻又不知該如何說出口。

他想起年幼時爹爹曾經說過的從商之道無他，當以仁義為本。

他也想起了許棟的聲聲訓斥，你為了賺銀子，連良知也不顧了嗎？

「是嗎？好，既然如此，你們明日就隨我一塊去取蠶絲，要是這些農戶交不出來，咱們便順勢收購桑田吧！」

「是。」

就在此時，兩名家丁綁縛著一名女娘進入，道：「啟稟老爺，府內逃跑的歌妓已經抓回，請您發落。」

張珠緩緩走上前，一手抬起這秀麗的臉容道：「淡仙，我對你可是很好的，你為何要逃呢？」

此刻淡仙臉上的淚水已然濡濕了臉龐，她發抖道：「老爺，淡仙知錯了。」

「我數日前便查到你有古怪，因此故意放你離去，原本想今日能將你和外頭的姦夫一舉擒獲，你說，那人是誰？」

淡仙頻頻搖頭道：「沒有這樣的人，千錯萬錯，老爺懲罰淡仙一人就是了。」

熱辣辣的一巴掌甩了下去，張珠道：「我素來不喜歡被人背叛，來人呀！將這小娘鎖入後院，細細查問。」

數日過後，但方圓百里內的桑田積水都已消退，原本此刻應當是蠶絲收成的時節，卻因為大水毀堤，使得農戶損失慘重，此刻數十里內的農戶們正在整建家園，為生計而努力之際，只見數十匹馬奔騰而來，後方拉著馬車，待車馬停駐後，下來幾名凶神惡煞的爪牙，而從馬車那走下的，便是張珠。

「我今日是來收蠶絲的，不知各位的蠶絲收成得如何？應當可以繳交了吧！」

「大老爺，你這可不成呀！近日淹大水，良田都成了水澤了，這不是咱們不交出生絲，而是委實老天爺降這傾洪暴雨呀！難道就不能寬限一次？咱們明年必然連今年的生絲悉數補上。」

「你們若無法交蠶絲，就將田地抵押了吧！」張珠命身旁總管取出契約道：「咱們這個契約寫得清清楚楚，若是第一年無法繳納數量之內的桑蠶絲，田地沒歸張珠大老爺所有，不得有議，如今生絲呢？沒有生絲，什麼也別說了，就乖乖地將田契地契交出來吧！」

「誰說他們交不出生絲的，咱們此處便有生絲。」此刻汪直領著一夥人駕車而來，簾布打開，裡頭竟是梳整好的生絲。

原來數日前汪直早就猜到張珠等人，必會採取手段，那日由於毛氏蠶莊搶救得宜，因此保住了大部分的蠶絲，汪直又向許棟報告此事，得其首肯，以庫房內的蠶絲暫作抵押，低利貸與這些桑蠶農，畢竟覆巢之下焉有完卵，此地蠶絲生意若全被張珠給兼併，難保之後收購上不被掣肘，為此，許棟授權與汪直，要他處理此事。

汪直道：「我奉許老闆之命來此，將此桑蠶絲低利貸與兩浙農戶，來年悉數補上便可，另外本地新任巡撫朱紈大人已經知曉大水淹田一事，已派遣衙役送來米穀糧食賑濟百姓，而堤防乃是去年衙門維修，今年卻遭大水沖毀，毛家少爺親耳聽見此事乃人為破壞，非天然災害，我正要領著他一同去報官，必能抓到幕後主使者，嚴懲不貸。」

見狀，張珠也只能恨恨道：「你是汪直嗎？不過是在許棟底下做事的狗罷了，憑你也敢攔老爺的路，我記得你了，我這個人向來是好記性、睚眥必報，前幾日我抓回家中一名叛逃的歌妓，抓回後關押了幾日審訊不出什麼，便直接賣入娼家，至於你，你記得，總有一日，我會原本帶利地要你付出代價。」

張珠此言是指愁予嗎？一聽見此語汪直瞬間五內俱焚，那日他命人留守於五柳橋畔，卻因大水潰堤淹沒兩岸，兩岸百姓各自逃生，並未找尋到任何愁予的蹤跡，想再詢問，但此刻張珠已然帶著爪牙離去，僅留下滿地煙塵。

自從寧波生絲事件過後，由於敏銳的決斷與運籌帷幄，保住了徽州大部分的桑田不被張珠兼併，維護了許氏商行的生意，汪直因此被升為了商行管哨[30]。這段時間他協助許棟處理更多的生意往來，幾乎成了左膀右臂般的人物，日日忙著清點貨品，看著船舶入港，但他心中卻滿是遺憾。

夢裡，他總不時會見到五柳橋畔，頭戴飛鶴釵的愁予，被張府家丁抓回的情景，一次次在夢中反覆出現，他心想，如果那日他未前往毛氏莊園，而是留在五柳橋處等待，那情況是否會大相逕庭呢？

一陣敲門聲響，母親推門而入，以難掩興奮的神色道：「直兒你瞧，我有件好消息要向你說，這是我去天受宮求的籤詩：東北望兮巨輪開，擒弧矢兮射天狼。我詢問了廟祝，他對我道，求此籤者無不中，求財得財，求子女得子女，求功名得功名。」

「這籤詩讓我看看吧！」

再看下頭的蠅頭小楷寫道：命數為「紫氣東來」，紫乃天子正氣，得此籤者其機運在東方。

「直兒，母親一直未和你說過，你出生之時我夢見大星入懷，旁有峨冠者對我道此為弧矢星，接著天降大雪，草木皆冰。」

汪直思忖，這弧矢星乃二十八星宿的井宿，狀如弓箭，射擊天狼星，射者，射利也，莫非是指自己命中有貨殖之利，可經商海外。

一想到這裡，不知怎麼地，他竟然對母親說道：「娘，我想跟你商量一件事，我可能要離家數月。」

「你是要準備明年的鄉試吧！可否找著了什麼名寺或是書院，想要在彼處靜一靜呢？娘打聽到了，咱們浙江本地便有個稽山書院，曾是聖賢王陽明先生講學之所，你就去那裡一邊準備科考，一邊研讀心學吧！銀子的事情你不要擔心，娘近日接了幾個針黹活計，說什麼都會讓你好好讀書的。」

「娘，孩兒不是要準備科考，而是想要去雙嶼。」

「你要去雙嶼，做什麼呢？」

「孩兒與雙嶼的大賈許棟相談甚歡，他邀請孩兒擔任商行的管哨，我同意了。」

母親的表情逐漸凝固成凍結、刀刃似的海浪，本來還帶著微笑的嘴角僵硬著，逐漸變成另外一種表情，這是汪直最不願面對的表情了，但他卻不得不開口。

「直兒，你是擔心銀子之事吧！我知道，你一直都是個懂事的孩子，但你真的……」

「不是，孩兒的確是擔心家計，但這不是完全的原因，孩兒是真的不想準備科考，孩兒想要從商。」

此刻娘親的神情由不解，瞬間轉為驚愕，她以不可置信的口吻道：「你是說真的嗎？」

「千真萬確。」

「直兒，我是怎麼教導你的，復聖顏子居陋巷，簞食瓢飲仍不改其樂，這才是真正的聖賢氣象，我取你名為『直』，就是要你『直道而行』，你萬萬要記得，我們讀聖賢書講究流芳百世，即使死後不能列入忠臣傳，但也絕對不能令祖上蒙羞，那什麼通倭、從商這類有辱門風之事，再也休提了。」說到最後，感覺母親的聲音都不住地顫抖了。

他不該開口的，但他還是開口了，他道：「娘，兒子日前與徐銓、徐海、汪汝賢、宗滿聯合大老闆許棟，救了毛家蠶莊一家數百口，避免了蠶莊與湖州數百里的良田被張珠兼併，這……哪一點不『直道而行』了？」

「你要娘說得這麼明白嗎?你要出海從商，不免就要與倭人做生意，那就是通倭，你……是要氣死我嗎？想那子純自從中舉人後一路勤學苦讀，數年後更是順利登龍門，之後被派任返回浙江，而你卻日日與奸民為伍，白砂在涅，心性都被蒙蔽了，如今我聽說了，子純因為能力卓越，因此被聖上任命為浙江巡撫，如今已是一方大員了，想想你們當日的同窗之誼，豈可忘了子純離去之時，對你的勉勵呢？」

「那孩兒答應你絕不出海，只在商行從商便可。」

「不可！」母親大怒道。

「請恕孩兒不能從命。」雖然早是意料的結局，但汪直還是難掩哀傷道。

12 鴛鴦樓血濺芙蓉面　紅蓮間燦燦弧矢星

鴛鴦樓上，一道道炊金饌玉不斷送來，寧波靠海，此地筵席向來以水道八珍為主軸，那溫暖又馥郁的香氣，真叫人無下箸處。

「此乃江刀，長江三鮮之一，味道甚美，只可惜多刺，本地多以刀魚定於鍋蓋之上，再以沸鑊蒸熟之，待魚渾身上下熟透後魚肉落入湯中，其味甘美如玉乳，你嘗一嘗。」謝朗問道。

「淡而無味。」徐海嘗了一口冷冷道。

「另外這是紫蛤，一名西施舌，瑤甲含漿，瓊膚泛紫，請十三荳蔻女郎開殼取肉汆燙，澆淋上黃酒與老母雞以炭火熬煮數十個時辰的雞湯，其汁清碧似乳泉。」

「這味還行，但，遠不如俺在江湖白浪上吞食的海鰌之肉。」

徐海再一次詢問：「請問我們談好買賣的十箱湖絲，何時可以送至雙嶼？」

「這……可真不巧，近日新任巡撫朱紈大人正大力掃蕩海上交易，也是我御下不嚴，不小心走漏了風聲，你大不了遠遁海上不攖其鋒即可，但我們餘姚謝家在此地家大業大，有頭有臉，若真是鬧了個什麼醜事出來，官府必定盯個嚴絲密縫，未免生事，還望許氏商行那邊再緩緩。」

「但你收了我們百金，難道就這樣算了？」

「明山兄，你要知道我們也是為難，今歲收成不好，連帶著佃農上繳的桑蠶絲數量和成色都不足，我們催也催了，卻還只能繳納這些數量，再逼下去，他們都得餓到去吃觀音土了，我們也是迫於無奈呀！不然這樣吧！請容我們謝家先行繳納五成的桑蠶絲，等來年再悉數補上，如何？」

「災民都餓到吃土，你們這些縉紳之士卻還在吃這些瓊漿玉液……」徐海瞬間將手上的象牙箸給摔到地上，起身，朗聲念道：「我日前來到城郭之外，只見風雪嚴寒造成重大農損，農民都得挖穴捕鼠為食了，但你們謝家家丁卻依舊不依不饒，將糧食和粟米從那些佃農家搶走，沒糧食就搶子女、耕牛，如此可惡，那日的北風比刀子還冷，但你們的冷血卻更叫人打從心底一陣寒意。」

聽聞此言，謝朗卻未有任何惱怒，只是皮笑肉不笑地端起一只杯盞道：「看來您對咱們是有些誤會呀！我底下的農民都很刁滑，懂得將田裡的收成給隱藏起來，若不有點手腕，他們怎麼可能乖乖繳納呢！」

「農民豈有奸商刁滑。」徐海大怒道。

「明山你也無須發怒，若是不相信餘姚謝氏我也無法，但我們餘姚謝家在本地也是有頭有臉的大戶，祖上還是正德年間的閣臣，清白傳家，我已經先將部分貨品備好了車馬，只是這幾日官軍查驗得緊，尤其是新任巡撫朱紈，已召集舟師，準備掃蕩倭寇，不，是走私生意，還請您返回雙嶼莫要走大路，夜間沿著小徑帶貨品回去便是。」謝朗露出一股狡黠的神色。

星月無光中，不知何處傳來夜鴞的聲響，一陣一陣，這城外小道彎曲難行，車馬行走了一陣便時時陷入凹洞之中，叫人進退不得，可惡，要是走城中大道，或是走水路接船舶，早就抵達雙嶼了。

此時前方的車馬突然大力頓了一下，馬發出嘶鳴的叫響，只見右前方木輪已然歪斜，前後難以動彈，底下諸人立即用力推著馬車，為首的葉麻大力地抽打馬匹，馬發出一陣陣的哀叫聲，卻動彈不得。

「小心！」突然一支飛羽射來，徐海連忙閃開，只見陰暗處連續數支飛矢，一瞬間中箭者無數，餘下諸人趕緊躲到車後，卻見數名蒙面人自草叢中跳躍而出，手持彎刀向他招呼來，他一個鯉魚翻身，抄起大刀，擺起陰流陣勢，此刻他屏氣凝神宛若山崖間的巨石，突然石破天驚，以鋒利的銅錫大刀、間不容髮的速度狠劈，將兩人橫腰斬殺於地，死者甚至連哀號聲都來不及發出，睜著驚恐的雙眼尚不明白發生了什麼。

不過食頃，伏襲者已全遭殺戮殆盡。葉麻道：「明山，這貨品只有上層是生絲，底下其餘都是假貨。」

「你說什麼？」拿取刀子一把將袋子劈開，只見下層都是空心的稻草。

「這餘姚謝家顯然是打算黑吃黑了，因為巡撫朱紈下令掃倭，乾脆趁此時吞沒我們的白銀，再來個殺人滅口，該死，大哥，咱們不能忍。況且咱們已經和佛郎機人簽訂條約並拿了訂金，若不在期限內繳交湖絲十箱，可是無法交代的。」葉麻道。

「兄弟死傷多少？」

「一十五人。」葉麻檢點了一下道。

「好，咱們兵分兩路，他殺我弟兄一十五人，咱們屠他家族一百五十人，至於主謀謝朗，我必要親手殺死，方可解恨。」

徐海一手掣著腰刀，另一手擒朴刀，就在先前，他和弟兄幾人抄小路至了謝家，翻牆而入後見人就殺，大大小小近百餘口，卻獨不見謝朗，料想謝朗應當還在酒樓吃酒，於是又返回鴛鴦樓，此刻元宵將近，鴛鴦樓上懸掛著紅色燈籠，黑夜亦燈火不滅如同白晝一般，只見酒樓上幾名歌妓燈紅酒綠、衣香鬢影，那謝朗與賓客正觥籌交錯，不論男女老少、婢僕小廝，全都被徐海及底下之人屠戮殆淨，鮮血濺紅了牆面。

此刻月光亮晃的煞是明亮，徐海與一眾兄弟殺完了人，命手下去地窖內取來山西汾酒，將染血的刀刃插在桌面上，此時正巧幾名侍女手捧酒菜茶水，推門之際，卻見一物滾來，定睛一看卻是沾滿血的頭顱，慌得大叫一聲正要跑走，葉麻見狀五指岔開將兩人撲倒，一手抓著一人的頭髮往內拉，女子口內兀自喊著：「好漢饒命，我倆絕不會將今日之事給說出去的。」然而葉麻一個手起刀落，直接斷了這婆娘性命，此時外頭也傳來一陣騷動聲響，葉麻對徐海道：「大哥，這下不好，方才其中一個女娘跑走，恐怕會將此處之事通風報信，請讓我率兄弟去將她追回，若有其餘活口，也得立即殺人滅口。」

「這……」徐海猶豫了一下，但還是道：「好，辦完之後速速回來，咱們已將謝府錢財劫掠一空，奪回之前遭騙取的本金後，得立即返回海上。」

聞言，陳東與葉麻兩人眼睛瞬時一亮道：「太好了，大哥，謝府多的是不義之財，那劫掠而來其餘的銀錢又該如何是好，咱們大夥平分嗎？」

「不，由於冬日奇寒，無數百姓凍餒而死，還得面對謝氏這樣大戶的剝削，傳我命令，一半的錢財施予災民，讓他們活下去。」

離去之際，徐海以指沾取鮮血在門口上寫道：殺人者，天差平海大將軍徐海是也，餘姚謝氏侵吞貨品，天理不容，犯我雙嶼海道者，雖遠必誅。

屍首都被剖開胸腹拉開心肝脾腎，野狗叼著殘損的肢體發出一陣詭異的嚎叫，室內外盡是血跡與翻覆、拉扯而出的肚腸，一陣陣烏鴉的叫囂，陰風戰慄、星月無光。

此刻牡丹樓外正金缸華燭，馬翹娘抱著琵琶拾級而上，就在方才，她才以一曲〈琥珀匙〉顛倒眾生，底下至少十分之七八，都是為了她而來的吧！這點她也是知曉的，每當一曲清商後，那些達官貴人便會送上各式纏頭填滿馬婆那貪婪的眼珠子，思忖著今晚，該將她送至哪個人物的床笫上。

這樣送往迎來的生涯，馬翹娘也漸次麻木了，她阻止不了馬婆數著金銀的聲響，但她能管住自個兒的眼睛，每當此時她便會藉口梳妝離去，眼不見心不煩。

呼呀地推開房門，暗影處突然一個身子躍起，一驚之間琵琶沒抱緊落了下來，還沒看清，只見一柄尖刀抵住喉頭，有人道：「莫要出聲，否則莫怪老子結果了你性命。」

雲母般的月色剔透下，只見此人雙眼熚熚，一雙眉毛左右平分如波捺，下顎一撮濃鬚，但胸前卻染著血紅。她畢竟久經風月，此刻只聽聞外頭傳來捕快的聲響道：「有倭寇潛入了牡丹樓，這賊人方才殺了餘姚謝氏一家一百多口，又為了追殺謝朗闖入鴛鴦樓中殺害賓客數十人後揚長而去，如此目無王法，若不將這些倭寇抓了，豈有天理，知府追究下來，小心你我等著發配邊疆吧！」

一滴滴的血緩緩地落在她頸項上，順著鎖骨緩緩流下來，那不是她的血，而是那人的血，他怎麼流了那樣多的血呢？流了這樣多血，不會死嗎？

「開門，開門？」門外傳來粗暴的聲響。

「哎呀！」翹娘發出一陣嬌嗔，她身上披著一襲水色薄衫子，微微露出裡頭的冰肌玉骨與一抹酥胸，伴隨身上一股薰香的氣息，幾名衙役看了眼都直了，王捕快趕緊喝斥了幾句，方才回神。

只見她臉如桃萼，唇不點而紅，一雙翦翦秋水顧盼有情，她手持羅扇，一個萬福道：「王捕快大人您好，不知何事，驚動了您大駕如此呢？」

「有倭賊殺死謝氏一家一百餘口，手段凶殘凌厲，此刻全城關閉，知府下了命令一定要抓住凶手，是以在下奉命來此搜查。」

「官軍要抓賊，我自是不敢阻攔，只是，我這屋內多的是女孩子家的妝奩箱籠，您若是要看不打緊，但真要翻箱倒篋，這我可不依不饒。」

「這個自然，只是約略搜查，此舉也是保護姑娘安全，要知道這些倭賊各個都是殺人不見血，若是有了什麼疏漏，侵害了姑娘，對姑娘也非好事。」

王捕快領了幾人進入，只覺屋內香氣瀰漫，右手花梨木几案上一只九層博山爐細細地噴出甜香，內室打著湘簾，依稀可見小几上擺著一只斷紋古琴、一只琵琶，桌案上則是文房四寶，一匹素練披垂於案牘上，正頭提寫了一半。

一進此處，眾人有一股身在幻境的美妙之感，王捕快忍不住心驚，難怪眾人都說這妓院乃溫柔鄉，當真一踏入，便不想離去了。

轉頭之際，卻見軟軟垂掛的銷金帳子下，一攤紅豔色的液體，他心中犯疑，正要向前看個仔細之際，翹娘卻輕笑道：「一炷香前才擒了筆磨了朱砂，要畫一幅紅梅圖贈與知縣老爺看，卻不巧養的玉獅子淘氣，打翻了一池春水。」

就在此時，丫鬟綠姝上前道：「小姐，知縣老爺送來帖子了，他請您明日去他家園邸賞花，並將新畫好的紅梅圖帶去與他欣賞一番。」

見此，王捕頭也不再追查，便道：「姑娘，叨擾了！走！」

當王捕頭走後，翹娘沒有立即關上房門，她被欺騙過太多次了，多年的交際生涯已經使她不再輕易相信任何人，因此，她只是緩緩纏繞著幾綹青絲，口中哼著纏綿的小曲兒，將雙扉闔上，又悄悄地靠近窗櫺間，至窗紗縫隙之中，不見一點人影時，方才返回內室，扯開黃花梨月洞門罩架子床上的錦被。

雖然已在內心立誓千萬遍，不再輕信任何人，但她的心偶爾還是會被一、兩人眼珠裡那炙熱的火星子，給焚燒起來，她低垂螓首，只見臥榻上這名雙眉如寶劍平分的偉男子，此刻他正是鼻息吞吐著，她想起他方才的模樣，在王捕頭和眾人眼中，應當是殺人不眨眼的魔君吧！但不知怎麼，她卻能感覺到方才的眼神，帶著海的遼闊與無謂天真，與那些送往迎來的諸多達官顯貴相比，還要真誠太多。

她忍不住又輕笑了一下，這人也真是大膽呀！都還未脫離險境，竟然就這樣沉沉地睡著了，不知是太信任她，還是真不知人間險惡。

「小姐，小姐。」綠姝向前低聲道：「王捕頭一干人已經走了。」

「替我斟一壺熱茶來，還有去和馬婆說一聲，我今日身子不適，要先歇息了，明日再見客。」

當徐海清醒後，發現身上的傷口已經包紮好，轉頭，只見一名臉如桃萼的女子，正將螓首微微地靠在臥榻上。

當徐海起身時，不巧驚動了翹娘，她抬起頭，臉上還壓著幾綹青絲的壓印，看起來是有些疲累吧！徐海忍不住有些負歉，看來是因為自己的關係，所以害人家姑娘夜裡無床可睡。

但他心中卻有強烈的疑惑，他道：「為什麼要救我？」

翹娘緩緩起身，一雙媚眼如煙似霧，她先為他斟了一碗茶道：「此茶是杭州龍井，以虎跑泉沖泡。」接著自顧自地去一旁拿起雲篦，細細地梳理這一頭烏鴉似的好髮，才道：「那謝朗兼併土地、對佃戶巧取豪奪著實可惡，而本地人連三尺童孺皆知海道從商互通有無，為百姓衣食父母，既然如此，我焉有不救之理。」

不一會兒她便梳了高高的牡丹髻，又插了一只鑲珍珠的步搖，配上細長的柳眉，更襯得杏眼桃腮，那桃李般的容貌，幾乎要人不可直視了。

翹娘生得美，她自己是知曉的，她曾經愛極了這份皮囊卻又恨透了這皮囊，因為生得美，多少男人揮金如土只為一親芳澤，一樹梨花壓海棠似地將她壓入塵土，彷彿美麗的身子只是雨打的落花，活該低賤到塵埃裡去。她悠悠地唱起歌來：**生時易作千人婦，死後難求無主墳。人生最苦是女子，女子最苦是妓身。為婢為妾俱有主，為妓死生無定憑。我今翻成皇天哭，一字吟成萬結心。**

這歌聲初聽是平淡無奇，但細細品來卻是淒苦不已，這是翹娘自己譜的曲子，此刻她的神色仍是那樣地淡然，像是在唱著別人的故事一樣，只是從銅鏡的倒影中，徐海卻依稀看見一滴珠淚。

「很抱歉，我……弄壞了你的琵琶。」徐海看向一旁木軸斷裂的琵琶道。

「這紫檀琵琶以白玉為軸，配上絲弦彈起曲子來聲若金石，壞了雖然可惜，但仍可修復，但人一旦入了歧途，要再重來，可就難了。」翹娘悠悠道。

徐海向來不是個能言的性子，此刻卻不知該說些什麼，過了半晌才道：「我徐海，字明山，向來是有恩報恩，有仇報仇之人，姑娘救我，我日後必相報，只是不知姑娘芳名？」

「我紅顏失配，淪落這風塵裡，賤名豈足掛齒，此處鴇母姓馬，替我取了個名喚馬翹娘，至於你說什麼報答，也不必了，你若傷不礙事了，趁此刻人煙稀少，離去便是。」

聽此，徐海躬身行禮道：「馬姑娘，大恩不言謝，徐海便先行離去了，日後若徐海來報恩相聚，煩請姑娘以真名示我。」

好風如水，清景無限，但此刻汪直內心卻憂煩不已，原因並非前些日子與母親爭執不休後，自己的離去。

那日汪直與母親陷入了爭執，還好父親趕回後兩方各自勸慰一番，一方面扯著汪直至祠堂前的祖宗畫像立誓絕不出海，另一方面寬限汪直一年半載後便得自雙嶼返回參加鄉試，母親那邊方才消停，其實他不是不明白母親的苦楚，一想起母親流淚的神情，不免使他內心抱愧，也因此，他才在父親的勸慰下選擇了讓步。

那時父親說了：除了讀書人也得要有歷練，否則不過就是個埳井之蛙，你讓直兒出去歷練，待他日後科考上了，方才能成為照顧百姓的父母官。

母親沒有反駁，只是淡淡地道：為什麼？這孩子就不似子純呢！雖然聲音如此低微，但汪直還是聽見了。

此刻他也陷入了思索，主因還是昨日徐銓轉交給他的一封信，那是朱紈寄來的。

其實他也聽說了，自從被任命為浙江巡撫後，朱紈的第一件事情便是大力實施海禁，不同於之前的巡撫與本地的仕紳暗中與徽商勾結，朱紈近日正在厲兵秣馬，行文於各縣令衙門，嚴厲禁止走私，且加快了在海上巡防的次數，鋒刃直指雙嶼。

信中朱紈提到日前去汪家拜訪一事，應當也是那時，朱紈知道了自己在許棟商行底下擔任管哨之事，朱紈在信中寫道：海禁乃是大明祖宗成法，我輩士人自當一力維護，但我卻聽聞五峰兄近日與沿海奸民為伍，鮑魚之肆，久而不聞其臭，我日前拜訪高堂，知曉高堂對通倭、從商之事都是深惡痛絕，近日鴛鴦樓血案更是令人髮指，倭寇橫行，視王法如無物，神人共憤，期望五峰兄能誡之慎之，早日回頭，重回舉業，莫要忘了我倆當日上報朝廷，下濟蒼生之約。

對朱紈而言，如今自己在雙嶼擔任管哨，就與通倭無異吧！只不過是顧及自己的面子，不好說得如此直白，但字句裡熱辣辣的字眼，還是令汪直內心一陣焦灼，而徐海屠殺餘姚謝氏一事他也聽聞了，雖然此事是由餘姚謝氏數次吞沒銀錢在先，但徐海如此血債血償亦太過暴戾，汪直隱隱有種不好的預感。

一想到此，汪直便決定今晚把庫房給巡畢，待貨品清點完畢，明日便可交出鑰匙，向許棟辭行返家準備舉業，正當他排闥而出，步過香氣濃郁的花房，經過中庭時，卻見中廳內燈火明亮，心念一動，走入一看，只見許棟一人背對獨立於海道圖前，右手處懸掛著一幅劉海戲金蟾的卷軸。

聽到腳步聲，轉頭見到了汪直，他道：「這是道教的劉海蟾，日前我尋到這幅吳派唐寅的圖畫，劉海見有一金蟾口吐金幣，神奇不已，於是以繩索吊起，也因此金蟾也有聚財之效，放在此處也是圖個吉利，對了，你還沒歇息？」

「三日後船隊就要出航了，這次出航是要前往琉球吧！我擔心儲糧不夠，還有繫縛貨物的麻繩沒有綁緊，因此我打算去庫房裡巡視了一下，想著明日就將二十斤的生絲、五十斤的茶葉搬至船上，因此先檢查一遍。」

「正巧我有樣東西想給你瞧一瞧，我方才敲了你的房門，沒有聲響，因此就在此處等你，不知你現在可否得空？」

「這個自然，只是不知道是什麼東西要給我看？莫非是新貨品嗎？」

「先讓我賣個關子，你來就知道了。」

跟隨著許棟一直來到了後方的船廠，出海遠揚，船舶乃是至關重要，因此除了船工與海員得到命令許可得以進入外，其餘時間都是大門深鎖的。這是汪直第一次進到船廠裡，此刻僅有些微的星月自上方的窗格間參差而入，左右水道之上，依稀可見到三桅艎舡的輪廓，如同沉睡的神像，隨著水波微微上下晃動，等待掛上船帆一刻，承載著千萬人祝願，揚帆萬里指晨星。

一路上，許棟都沉默無語，這些日子其實許棟病得不輕，汪直心裡知曉，除了身子不適外，還有一個原因，便是心病。

彷彿感覺到氣氛的凝重，汪直也並未問話，就這樣安靜地走在之後，直到來到了船廠的盡頭，只見一艘福船矗立於前，雖然桅桿尚未插上，但從大小與規模來看，應當是四桅新船，船艏太極眼[31]狀如蟾蜍，弦上方擦上的保養油與新鮮木頭的氣息都仍清晰可聞。

跟隨許棟的腳步，順著攀爬梯來到了甲板之上，此刻有種一覽眾山小的感覺，方才覺得高大逼人的船舶，此刻彷彿都低伏於膝下，原來站立在大船之上是這樣的感覺，如果乘駕此船出海，彷彿可以破浪前進，經緯出強大的海道。

「這艘烏尾船吃水千石，乃是我船廠中規模最大者，龍骨以南洋柚木建成，桅桿與其餘船身則是百歲鐵力木，船板厚七寸，長十丈，闊三丈餘。要知道我們徽商在海上，不時便會與倭人的八幡船打交道，火炮無眼，這船身其硬如鐵，海上橫行觸之無不碎，衝之無不破，這船要說的天下第二，我看無人敢稱第一。此外船底處有三十多個隔間，除了可以儲存貨物外，萬一碰上礁石，一處漏水，便能避免海水迅速蔓延於船艙內，可即時派遣海員修補破裂處。這艘新船我這幾日方才建造完畢，打算趁此次出航領航之用。」許棟一邊說，一邊摸著船舷，口氣不無驕傲道。

接著他轉頭對汪直道：「這幾日，我一直在和沙勿略討論這件事情，我們每次前往琉球轉口生絲茶葉，利潤有限，就是因為要讓琉球商人給賺一手，但倘若我們能找到前往日本的針路，一來一往，不就可以賺進一倍的利潤嗎？因此我和沙勿略思前想後，猜想了幾條針路，決心找一名信得過、大膽無畏之人，請他去開拓北洋針路。」

31　太極眼為中國式船眼睛，取吉祥與鎮服水獸之意。

雖然隱隱約約猜到了答案，但汪直還是問道：「敢問許老闆已經找到人選了嗎？」

「這也是今日我想找你來此的原因，我知道，你一直都視舉業為人生標的，希望能高中科舉，方是致君堯舜，但我真的覺得憑藉你的才華，假以時日絕非池中物，只是此時我想要找一名無畏如將，精明如商者，作為此次出海的管哨，汪直，你相信我，我許棟見過許多人，有些人有勇無謀，有些人飽讀詩書卻是無用腐儒，但你不一樣，自從第一次見到你，我就感覺出來了，你身上流著海商的血，加上前些日子你自種子島做成了一筆大生意，還阻止了張珠對桑田的兼併，這些作為都讓我看重你的能力。」

黑暗中突然竄出一人，那正是沙勿略，他顯然已經在此等待多時，取出懷中的海圖，一一指點上頭的墨線道：「此次前往北洋針路，我會為你司針，為此我早已規畫出兩條針路，第一條是以一百二十度角出發，取道琉球群島，接著在九十度角和九十七．五度，再經過一處名為野故門的島嶼，最後再朝正北行，若持續不斷的東南風順利的話，不出十日便可來到關西的兵庫[32]，此條針路曲折變換，判斷不易；而另一條針路則是自八十二．五度離開雙嶼後，筆直往北，倘若能順利來到五島列島，便可到達日本南端的九州，五島列島是由五個大島與眾多小島組成，以前日本勘和貿易，便是自五島出發。」

「因此你儘管放心，此次出航，有九成把握，可在三個旬日內來到日本。」見汪直仍未答話，心想他內心應當還是有所猶疑吧！沙勿略又道。

「你說來說去，還不是想要纏著汪直和你一起弈棋，莫要說得那麼好聽了。」許棟笑道。

見兩位長輩對自己如此厚愛，汪直幾乎不知該說些什麼。但此刻他已經下定決心，卻又不知該如何啟口。

「五峰，此刻萬事俱備，只欠東風，就是不知你意下如何？莫非還是要回去準備科考嗎？」

「多謝兩位的厚愛，只是我……」

汪直還未說完，便被沙勿略打斷道：「其實我倒是覺得你也不必如此快便做決定，畢竟出海茲事體大，除了準備貨物外，少不了儲糧與飲用水。出海至倭國，船上至少得帶水三、四百斤，約合七、八百碗，每月用水五、六碗，冬寒尚可維持半個月，若是五、六月夏日，蓄於桶中，二、三日即壞，因此往往都得尋找島嶼作為取水的中繼，對了，還得準備茶葉，我們佛郎機人久在船上，多會牙齦出血，或是傷口血流不止[33]，但你們明國的商人出海動輒旬日，卻沒有這樣的病情，我的觀察應當是喝茶可治此病，這幾日你先看我們如何為松梓號準備出海之需，到時再做決定也不遲。」

「什麼松梓號，莫要叫什麼松梓了，此船應當換個吉利點的名字，我想想，不如，就叫金蟾吧！」許棟道。

松梓，隱隱約約汪直可以感覺到最初許棟的心意，但他敏銳地選擇不言。

夢裡，只見大星墜入海面，巨大的亮光升起，一隻巨大、翡翠色的青蛙跳來，碧沉沉還帶點黏液的皮膚此刻卻通體發亮，漆黑的大眼，細長墨綠的瞳孔彷佛是貓眼石，熠出妖異的神采。

呱！

瞬間，往東海跳去之際，整個蛙背突然一陣戰慄升起一顆顆的疙瘩，化為金蟾，以島嶼的姿態在滔天巨浪中升起。

32 今日神戶。

33 這裡指壞血病，為海上航行不易攝取新鮮的蔬菜水果，缺乏維他命C導致。症狀是容易牙齦出血，傷口不易癒合，但中國人有飲茶習慣，因此透過茶葉的維他命C，中國海員便不會產生壞血病的症狀。

13 炮火霹靂雙嶼焦土 金蟾出海洄沫黏天

夜半，一陣巨大的轟然聲響，使他驚醒。

彷彿雷鳴的聲響，披上衣服走出門外，外頭紅蓮肆虐，白晝繁華熱鬧的數百間迤邐不絕的瓦房寮屋此刻卻燃起了熊熊大火，隨著烈焰的焚燒，猛烈的炮擊聲漸次傳來，自遠端的海面上，硝煙瀰漫間，數百艘艨艟巨艦以黑雲壓城的氣勢直逼此處。

莫非是倭人來襲！廂房內其餘人眾此時也聽見了聲響，匆忙跑出屋外，此時汪汝賢奔來道：「大哥，咱們得快離開這裡，浙江新任巡撫朱紈，派兵來襲了！」

「什麼？」

「你說什麼？是官兵進攻雙嶼，是我們自己人，不是倭寇來襲？」此刻徐銓也醒了，聽見此語驚訝道。

「說什麼蠢話，在官兵眼中，我們就是倭寇，打死我們就和打死十惡不赦的倭寇一樣，我聽說了，這新任巡撫朱紈施行海禁雷厲風行，早些日子，浙江許多大戶都被他給暗中監視，不敢妄動，那時還有些富戶以為他和之前幾任巡撫一樣，只是做表面給朝廷看，只消再多花些錢財便雙眼一閉，放大夥兒一塊發財，誰曉得他竟然趁黑夜來此偷襲，我今日因為掌燈捕魚，丑時便見船舶來襲，此刻港口處已經停泊了數百艘大青、風尖船，舟師一路上放火殺人，忙著斬首立功，我那時一憤揮起魚刀砍殺了數十人，但舟師卻如潮水源源不絕，我奪了個空隙才逃回此地。」葉宗滿憤恨道。

許老闆和教士兩人還好嗎？一想到此，汪直立即返回莊院，然而才靠近莊院，卻見宅邸內火光沖天，原來火勢已經蔓延到此處，一發不可收拾。

「許老闆，你還好嗎？」望著倒臥在地的許棟，只見他下身已被炸毀的碎石瓦礫給壓住，汪直不顧安危，趕緊衝過去道。

「我們方才弈棋正幾近子時，突然聽見隆隆炮響，我們兩人便往外逃出，然而方跑出門，我想起帳冊海圖都未拿，急著返回，那時毒焰沖天，幾乎不辨東西，好不容易找著了庫房，卻被濃煙給嗆傷了，接著不知何時大火已經從四面八方圍繞而來，奔逃之中我與沙勿略分散了，你也快逃。」

「不可……」眼見對自己照顧有加的許老闆受傷，汪直內心不禁大慟，見火勢越來越猛烈，他費盡力氣想將許棟[34]給背負在身上，卻無能為力。

「你別這樣，我應當是被壓傷了雙腿，就算你將我救起，也逃不了的，現在能逃一個就是一個，你快走吧！」

「不！」汪直還想做奮力的一搏，卻在此時，一根燒壞的梁柱自上方墜落，千鈞一髮之際，許棟用盡力氣將汪直給推開。

只見這根合抱的斷木轟然落下，撞著了許棟的後腦，一抹鮮血自他的口角緩緩流出，他用盡力氣，將右手

34 許棟乃是死於朱紈之後追擊倭寇餘黨的走馬溪之戰，此處為了情節改為許梓死於走馬溪之戰。

一束卷軸交給汪直，口中緩緩喊道：「金蟾……」緊接著就閉上雙眼，前往遙遠的所在，此時此刻汪直不禁流下了眼淚，但他沒有多餘的時間感傷，因為此刻毒焰不斷襲來，一陣陣嗆鼻的煙霧逼得人要窒息，只得轉身往外奔去。

此處房屋多為木造，因此火勢一旦燃燒後便以燎原之勢莫之能禦，眼前那焚燒的所在，應當是聖母堂吧！只見數名穿著黑袍的佛郎機傳教士急急忙忙地將一箱箱的書籍與醫療器材自火場內搶救而出，然而卻聽見一陣尖銳的劃破空氣聲響，汪直與其餘人等趕緊躲避到一處矮牆之後，卻是數十名大明水軍手持劍弩，殺死了眼前的佛郎機人。

這是怎麼回事？汪直還在心驚，此刻汪汝賢道：「看來此處的官兵是要對此地趕盡殺絕了，我方才一路跑來，只見官軍對待佛郎機人格殺勿論，至於百姓亦視為倭寇除惡務盡，連帶所有的房舍都全部焚毀，不留餘地。」

「那怎麼辦？難道只能等死嗎？」葉宗滿道。

此刻又聽到了一陣陣巨大的炮擊聲響，眾人待官軍離去後奔至碼頭處，卻在火光沖天中，一艘艘出航的福船遭到了炮擊，原來海口處早有數艘巨艦守株待兔，倖存的海商若是自雙嶼港出海，便直接以炮火擊沉。

子純兄，你又何苦如此呢！修羅的火焰在汪直眼中映得血紅，燃燒的烈焰將整個夜空都渲染成血水的色彩，不知為何，汪直覺得好像什麼都聽不見了，雖然只是一艘船被焚毀，但船上此刻那數百、數千條生靈，可是不斷地哀號、痛苦地死去呀！

「怎麼辦？」徐銓忙不迭道：「有了，五峰，你不是有一封朱紈寫給你的信嗎？只要拿出那封信去找官軍，就能證明我們是他的舊識，是讀書人而非海寇，就可以活命了。」

此話一出，眾人都驚愕地看著他，葉宗滿吶吶道：「你說什麼?大哥和浙江巡撫是舊識?他還寫了封信給你……」

「叔叔，此刻大難來臨，你若有朱巡撫的信，你趕緊求生去吧!事不宜遲。」

汪汝賢是在譏刺他嗎?但他看向汪汝賢，他的眼瞳中沒有任何憤懣，只有同情和理解。「你們逃命去吧!莫要在此處浪費時間了。」此刻葉宗滿也道。

汪直緩緩自懷中取出朱紈的信，此刻他內心陷入強烈的猶疑，然而隨著一陣陣的炮火聲響，他內心也逐漸雪白通透起來。

「一日為兄弟，要生一起生，要死一起死。」他大喝道。

「大哥……」只見兄弟十數人，目光殷切地瞧著自己，他道：「我汪直，今日在此對媽祖娘娘立誓，我定帶你們出海，決不離棄，若違此誓，人神共憤，遺臭萬年。」

只見眾人依次將手伸來，盡數合過掌後，此時汪汝賢又道：「那叔叔，咱們下一步該怎麼做?」

「我們兵分兩路，一路人隨我去取船，我們殺出重圍；另一批人拿著朱巡撫的親筆信，去投官軍。」

從數時辰前，董超與薛霸兩名官軍便駛著平底船停泊於港口處，原來今晚子時，都司盧鏜奉了朱紈的號令自海門進兵，官軍戰船三百八十艘，水軍六千，目的便是要將此處化為焦土，所有的村舍寺廟教堂與醫院全數焚毀，商船擊沉或炸毀，而海寇更是嚴懲不貸，但為免波及百姓，朱巡撫下了命令，雙嶼百姓雖私通倭寇，但其情可憫，若有人身為士人願意投降，或是老弱婦孺行動不便者，可先安置於平底船，待審判確認無通倭事宜後，便可從寬發落，也因此兩人便在此奉命守候，方才兵馬倥傯間，已有數百民災民逃命至此，但半數都被當場擊殺，僅有部分婦孺得以上船。

正商量是否要先回去向都司盧鏜報告戰況，卻見煙塵瀰漫中，兩名男子往此處奔來，董超薛霸取了長刀喝道：「站住，來幹嘛的？」

「大人，我是秀才汪五峰，另外這一位是我的朋友明山和尚，我們兩人都是巡撫大人的故交，我聽說官兵只殺海寇，但士人與良民、僧人、老弱婦孺不在其內，因此逃到此處，求兩位大人讓我們上船避難。」

董超狐疑地端詳了兩人，從頭到腳又從腳到頭，只見兩人雖然臉上的鬚眉間盡沾染了煙塵，「汪五峰」臉色白淨，嘴上生著鼠鬚，而「明山和尚」卻生得怒目橫眉，膚色黝黑，活像是個縱橫大浪間的海寇。

「胡說，你雙手處生了一層厚繭，這分明是長期捕魚才會有的痕跡，竟然敢欺騙大爺我，找死。」董超瞬間將長刀舉起道。

「大爺，我們豈敢欺瞞於你們呢！我們兩人真的是巡撫大人的故交，你莫要小看這位明山和尚，他可是個活佛，誦經超度都極為在行，你要是不相信，我手上有巡撫大人的親筆信，還有和尚身分的度牒，你看。」

接過徐銓遞來的書信，兩人雖然略識之無，但這巡撫大人的字號，還有五峰這兩字卻還認得，兩人低聲言語了一番，董超問道：「怎麼辦？」

「我怎麼知道，不如先讓這兩人上船，待之後將書信交給都司盧鏜大人，再做打算。」

「你們兩個，上船。」董超大喝道。

「多謝兩位大人。」兩人忙鞠躬道。

一上了船，徐銓趕緊拉扯著徐海的衣袖道：「明山，咱們現在該怎麼做？」原來方才離去時，為了取信官兵，徐銓從汪直那取來朱紈的親筆信，又讓徐海剃了頭，換上和尚的袈裟，如此一來，果然順利混上了船艙。

「臨機應變，等待船主的信號。」

來到碼頭邊的船廠，火勢已熊熊燃燒，推開大門卻見裡頭毒焰沖天，上方梁木已然就要傾頹，發出嗶啵的聲響，多數船隻船舷處都著了火，不然便是破碎開始下沉。

「怎麼辦，叔叔，官軍四處發射火炮，船廠遭受波及，現在已經無船可突破了，該如何是好？」汪汝賢問道。

「不，還有最後一艘船，隨我來。」

子夜時分，都司盧鏜率軍自海門進兵，彼時多數人都仍沉湎於夢鄉之中，渾然不知戰火的到來，此刻戰況已經持續幾近一個時辰了，卯時，盧鏜便一直在艦首處，凝視著戰況的進行，這裡一直都十分安靜，夜色深沉籠罩著，彷彿此處是水深千尋的幽靜場所，對比著那座熊熊焚燒的島嶼，雖然這裡只有海風習習，聽不見那裡的聲響，但此刻，雙嶼島應當是生靈塗炭的景象吧！

雖然所殺之人是海寇，盧鏜內心也有些微的不忍，但這樣的情感很快就被壓抑下來了，畢竟這是巡撫大人的命令，身為武官，只有遵守的分。

就在此時，他聽見下屬回報道：「大人，哨船回報，有一艘船朝此處衝來。」

「傳令下去，待其進入射擊領域後，將之擊沉。」

只見數艘戎克船連同十多艘八槳船拉起了封鎖線，方才便有數十艘戎克船、佛郎機的克拉克帆船企圖衝破防線，航往海外，但卻在火炮的威力下化為齏粉。

只見前方一抹黑影，彷彿快速前進的島嶼，以風馳電掣之姿朝前方衝來，直至射程處，他才看出那是一艘四桅尖頭船，隨著盧鏜號令，火熱彈子以流星之姿劃破夜空，落在船的右舷，激起白刃千山，然而，這艘船卻如如不動，彷彿是屹立不屈的堡壘，又像碩大無朋的山巒，隨著白浪如刀，炮擊如雨，自海面上膨脹升起。

船上，汪直睜大著雙眼，彷彿目眶幾乎就要裂開似地，好將眼前戰局盡收眼底，他急切地站立在層層浪濤上，像是登上了泰山一覽眾山小，洶湧的浪濤彷彿都匍匐於腳底之下。方來到了金蟾號前，由於被存放於最後方的船廠之內，加以鐵門深閉，因此未遭祝融波及，船廠內月色熹微，那碩大無比的船身隨著水波緩慢上下移動，此處是雛子般的混沌，等待海浪召喚，甦醒。

「大哥，我們該怎麼辦？」汪汝賢道。

身邊的弟兄並無嫻熟的駕船經驗，即便是阿滿，也只有駕駛漁船的經歷，此刻面對如此龐大的戰艦，眾人反倒一時都不知該如何是好。

「一部分人上船，立桅杆，升風帆，轉車關，另一些人在船下拉船出行。」

幾人手忙腳亂地轉起寶塔葫蘆[35]，然而拉扯了半晌，不知是否因為船舶過重，船竟然文風不動。

「快去檢查一下，是否是因為有什麼東西將船給繫縛住了。」

幾人在下方尋了一陣，發現數條鐵鍊將船給鎖了起來，汪直當機立斷取來一把火繩槍，隨著四聲的雹光石火，就在這一刻，金蟾號彷彿感受到海流的氣息，開始以箭矢的姿態，往前移動。

「船廠門還未打開。」底下之人趕緊攀緣而上，當船要往外駛去時，汪汝賢趕緊大喊，原來方才為了避免讓官兵給察覺，也是為了延緩火勢，眾人便將門口關上。

「那我再下去開門。」葉宗滿道。

「不用。」汪直大喊，此刻他低伏在火炮前，隨著引信點燃，前方的虎蹲炮以開天闢地之姿，將門給炸毀。

「轉舵，朝西南，坤位移動。」這是葉宗滿第一次操作多孔舵，此刻他聽著汪直的號令，但心底忍不住直打鼓，究竟要轉多少次，才算坤位呢！

方還在思索，但一聲炮響再度襲來，落在左側，激起了如山的浪濤，船舶也劇烈震盪了一下，汪直道：「大家莫要慌，此船以百歲鐵力木製成，堅硬如鐵，只要不被炮火正面擊中，絕無沉沒之理。」接著他轉頭對阿滿道：「你是我們當中最熟知海浪的，你莫要慌，好好掌舵。」

此刻風勢逐漸增強，原本還平直的船帆逐漸膨脹成飽滿的弓弦，強悍且連綿不斷的風不斷地撞擊臉頰，瞬間船速加快，一個彈子再度射來，但此刻阿滿已經更能掌握掌舵的技巧，隨著一擊火光炮響，閃避，他大喝道：「殺千刀的直娘賊，有膽再來，老子不怕。」

「大哥，一直挨打也不是辦法。」汪汝賢道。

「我知道，咱們再等等。」

汪直再度點燃引信，金蟾號左右兩側各配有四門大炮，方才點燃火炮引發的巨大衝擊力，還震得他腦袋嗡嗡作響。

待射擊到第五發時，明軍停止了炮擊，取而代之的則是火龍出水，火龍出水射程有限，且準度不足，雖然已經發射了數十發，幾乎都在船身一箭之外，宛若隔靴搔癢，此刻汪直道：「就是現在，發射。」

船身感覺到極大的震動，一顆不斷燃燒的熊熊鐵彈以白虹貫日的姿態嘯掠天際，隨著轟鳴作響，子時方向那艘船艦著火擊沉。

原來方才汪直便注意到，只有中央的巨艦才能炮擊，研判兩側都是中型八槳船，因此他等待對方將炮彈給

35 滑車也，置於桅首為羊頭，繫帆腳索，上名寶塔葫蘆，下名佛首葫蘆。

射擊完畢之後，準確一擊必殺。

「前進。」汪直大喊。

原先盧鏜下令所有八槳船連成一線封鎖前進，然而，此刻金蟾號乘著強大的海流沖犁向前，勢如破竹如輾螳臂，轉瞬間連成一線的八槳船不是破碎沉沒，便是隊形散亂被海流給沖走，要知海上作戰無他，不過就是大船勝小船，大銃勝小銃，金蟾號重達千石且吃水二丈深，鬥船力非以人力，如同固若金湯的海上堡壘，攻無不破。

一時間明軍陣型大亂，加以盧鏜所在的戰座船[36]遭到擊沉，慌忙下指揮下屬降下海滄船，然而火勢卻乘著狂風難以遏抑，一時之間渾身著火、受傷者難以計數，紛紛自海面下墜。

也趁此時，汪直下令道：「轉舵，向南，朝午位前進。」

葉宗滿道：「大哥，咱們要不要再乘勝追擊，方可為許老闆和死去的弟兄報仇。」

「不，我們不知是否還有其餘的官軍會來增援，還是早些離去為是。」汪直道。

此刻夜色逐漸淡去，站立於海滄船上，此刻海面上紅輪如運轉不息的船舵，他原本還打算糾集餘下的海滄、八槳船去追擊，但此刻卻見船舶轉向南方，既然不是往北前往倭國，便無通倭之嫌，他便下令收兵。

不過半個時辰，便來到瀝港，此刻天色如太初鴻濛，只見數艘平底船已停泊於此，當大船入港一刻，裡頭之人瞬間跑出。

「大哥，太好了，你們來了。」徐海帶著徐銓出來道。

原來為了掩蔽官軍耳目，汪直便要武藝最佳的徐海假冒自己身分，為免被官軍識破身分，還拉著徐銓一起，果然順利混入船艙之中。守船的幾位舟師皆是酒囊飯袋之徒，徐海趁其不備將數人擊倒後投入水中，接著便駛著平底船前往庫房之所，原來是汪直想到若要出海，得要備齊糧食與貨品，因此兵分兩路，在此地會合。

「一切還順利嗎？」一下船，汪直便問道。

「還可，只是當我們前往庫房時，因為火勢已經蔓延到此處，因此只來得及取了糧食與飲水和茶葉，至於生絲則付之一炬，來不及搶救。」

聽聞此言，眾人不禁又陷入愁雲慘霧中，沒有貨物，該如何做買賣呢？

「不要緊的，你們和我們上船，此刻西南風強勁，為避免官軍追來，事不宜遲，咱們快點出發吧！」汪直令道。

「但大哥，咱們不是要去日本嗎？為什麼你方才卻要船舶轉向南邊呢？」

汪直道：「朱紈巡撫的命令既然是剿滅倭寇，想必還會布下舟師於北方守衛，我料想南方部署必然空虛，而教士曾告知我自瀝港轉一百二十度角出發，取道琉球群島，只消找到一條漆黑如墨、水流甚緊的海流，便可如摶扶搖般抵達日本兵庫。」

這條針路需要多次轉折，原本依照沙勿略規定的第一條針路一路向北便可抵達五島，應當是更適合初次航行吧！但眼下為了躲避舟師追擊，也只能放棄了。

汪直雖然外表極為淡定，但內心卻極為忐忑不安，他想起幾個時辰前，與許棟、沙勿略兩人的對話，兩位長者的諄諄關愛還如在目前，但此刻許棟卻已仙逝了，此情此景，怎能不令他心中大慟？但他沒有一點時間沉湎於悲傷之中，還是要強作鎮定，眼下寧波是回不去了，就算回去，也絕對是被定通倭之罪，罪及家人而已，因此只能勇往直前，開拓北洋針路前往日本，自己與兄弟，方是置之死地而後生。

---

36 戰船曰座，即邊營陸寨之師幕也。

「自從日本大內氏至中國朝貢，卻發生流血衝突以來[37]，中日貿易便已經完全斷絕，加以據我所知，大內氏一朝也被底下的部屬毛利元就所滅，目前可以說是割據的戰國，就算真能順利找到針路前往日本，又能跟誰接頭做生意呢？」汪汝賢道。

「這我也不知道，但，總是得去了才有辦法。」

37 嘉靖二年（一五二三），進入戰國時代的日本，得到正德皇帝頒發勘合符（允許朝貢的文件），與細川氏亦得到弘治皇帝所頒發的勘合符，兩派勢力同時派遣使團前來朝貢，由於細川氏的朝貢團副使宋素卿向浙江市舶司主管太監賄賂，搶得朝貢先機，使得大內氏正使謙道宗設憤怒，縱火燒毀嘉賓堂並燒毀細川的船艦，追擊過程中從寧波至紹興，「大肆焚掠，所過地方，莫不騷動，藉使不蚤為之計，寧波基為所屠矣。」為此嘉靖六年，巡按御史楊彝對日本朝貢需重申四項限制，加上之後首輔夏言奏請關閉寧波市舶司，與日本朝貢應不合規定被禁止，因此使得中日貿易進入地下化。

14 浪刀尖血染海鰌　五島列島逢亞三

自瀝港出海後，洄沫黏天，奔濤接漢，兩岸之間不辨牛馬，更無復涯涘可尋、村落可誌、驛程可計，昨日還是熙熙水國，艎舡如飛鯨走龍，但此刻卻僅存自己一艘船舶出海，杳無邊際的墨藍色大海瞬間成了沒有線條的棋盤，遍尋不到落子所在。過了數十日，船上僅剩數日存糧，船員們恐懼的耳語陸續地傳遞到汪直的耳朵裡來，就在昨日，他領著眾人祭祀，將媽祖小像丟入水中，祈求順風，但卻依舊平靜無風。

此時徐海領著葉麻來到他身邊，對他道：「管哨，我們有事想跟你商量，不知當說不當說？」

見兩人的表情，汪直便猜到七分，要知自己船上一無糧食，二無貨品，若要想方設法，只有劫掠一途了，但說什麼自己都不願意成為真正的海盜，對自己的同胞動手。

「請讓我們乘著哨船出海探尋，除了尋找可以中繼的島嶼外，還可以看看能否碰上其他商船，憑著我們金蟾號的火炮，定可制伏他們……」徐海道。

「若是不行，此處離山東半島不過近百站[38]，咱們趁夜來個乘虛而入，大掠而去，我明國沿海多數衛所軍紀廢弛，此刻舟師重兵都已集結至浙江，此地必然海防空虛，他們也不會料到我們會來此偷襲，必能得勝。」

「我們是海商，不是海寇，莫要出此言。」汪直冷然道。

「請恕徐海不識大體，對汪叔叔說句實話，對朝廷而言，我們海商與海寇有何差別呢！咱們在雙嶼好好地做生意，卻派舟師來圍剿我們，沒把我們當百姓看，憑什麼我們不能報復他們？加上底下弟兄們處在海上時日久了，若不下船耍樂一番，連我也號令不了他們，到時造成什麼難以收拾的局面，相信也不是汪叔叔樂見的。」

他們所說的耍樂恐怕便是姦淫擄掠吧！這點汪直自己也知曉，但是他說什麼也不願在自己的眼皮子底下做這樣之事，自己自小熟讀聖賢書，就算此後無意仕進，卻也不能容許自己的手下做這樣齷齪之舉，正思索之際，突然聽見一陣喧譁聲響，有人喊道：「大魚來了，快退，船莫要遭撞給擊沉呀……」

他立即來到艦首處，只見前方有數十道白氣縷縷恍若沸泉蒸騰而上，一尾如山的跨鯊[39]自海面上躍出磅礴的弧形，懸跨於洪波巨浪中，其狀如筋斗，頭尾旋轉於水面，那碩大連接百十為群，迤邐不絕的跨鯊以白浪的姿態迢遞而來，前鯊翻去，後鯊踵至，白浪滔天，一陣又一陣地騰躍，只覺海面巨大的水花以雨點的姿態紛飛騰沫，那強悍的力道連山岳亦為之動搖，日月也為之慘暗，此刻與跨鯊群的距離是如此地貼近，幾乎讓人打從心底快要凍結那樣地驚悚與恐懼。

「船主，要不要快快轉舵逃走？要是被這群大魚發現了，一個碰撞，說不定咱們全船之人都要葬身魚腹了！」船員王一枝道。

「不可，快速向前。」此刻徐海卻以不容抗拒的聲響衝上前道，此刻他雙眼睜得目眥欲裂，興奮的瞳仁如同火星子般大笑道：「正缺存糧，就見到這上天送來的大禮，真是天助我也……」

38 古代出海，「更」是計時單位，一天為十更，「站」是航程單位，約合三十公里。

39 此處的跨鯊指的是大翅鯨，此處「跨」指躍出水面。摘自張辰亮《海錯圖筆記》：鯨的躍身擊浪是地球上最為壯觀的景象之一。巨鯨昂首躍出水面，騰空而起，就像一位背躍式跳高者翻躍一根隱形的橫竿，最後用背部拍擊海面，激起沖天的浪花和雷鳴的巨響。

金蟾號開始向前划動，朝跨鯊的尾端靠近，最前方數十隻年輕的跨鯊，可以看得出其領頭的姿態，不斷地向前跳躍著，中後方體型則略小，應當是雌跨帶著尚在餵養的幼子。

徐海手持藥槍，站立在艙首，多年戰浪的習性，使他雖然還未動手，但已隱約地嗅到血腥的氣味，也預示出接下來會見到的海面染紅鮮血的景象，他深吸一口氣，此刻彷彿四周都陷入了極大的安靜，僅有自己與巨跨的呼吸。

第一擊，他瞄準了一尾兒跨，多年的經驗他知道若是成年的跨鯊，其力氣則足以將整艘船舶衝撞成碎木。恍若白虹貫日，只見魚叉從跨鯊的左緣擦了過去，在海面上輕微地滲出一條波浪的血痕，跨鯊吃痛瞬間下沉，啊！可惜，雖未回頭，但徐海幾乎可以清晰地聽見後頭傳來的嘆息聲響，然而這一擊在他的意料之內，他不過想要先練練自己的身手。他過去出海，也曾與倭人一同捕井魚的，雖然語言不通，但倭人會成群乘坐小船獵捕井魚，他們手持鐵管在水中敲打，將一大群井魚驅趕入海灣中，再以漁網封住出路，接著以長槍殺死老弱，鮮紅色的血液渲染了整個海平面。

眼前雖然跨鯊一時躲避攻擊而下沉，但不過食頃，便得浮上水面呼吸。只見隨著水面上升起的黑色背脊，他再度投擲藥槍，尖端淬有麻藥，槍頸又繫有錫球，因此重達六十斤。隨著跨鯊的翻騰，他瞄準背脊上的氣孔、大翅後方柔軟的魚腹火速射去，此刻周遭人也配合他的號令，一時之間槍如雨下，跨鯊開始踴躍翻騰了起來，傷口處噴灑大量的鮮血外，尚發出擠壓般的悲鳴，此時徐海手擒最粗大的一根藥槍，重約八十斤，上頭有倒鉤，後方連有繩索，他深吸一口氣，彷彿要將自己給投擲入海一般，葉麻趕緊牢牢地抓住他的後腳跟以免整個人都給摔入了海底，隨著藥槍伴隨著長長的繩索以黃龍抖索的姿態向前飛奔而去，那槍射入了魚的心窩，血沫如雨噴灑後落下，陳東迅速地跑到後頭轉動轆轤，發出喀搭喀搭的聲響。

那死去的乳白跨鯊，直接翻轉過整個身子，顯露如山的魚肚白，以及身上密生如薜荔的撮嘴[40]，漂浮於海上，遠遠看去，就像扶疏的草木般，徐海立即下令降下數艘舢舨，領了數十人手持利刃划水而去，不一會兒，便割下數十斤的鯨肉，這鯨肉雖然腥味極其重，但餓了數日，眾人也顧不了其他，稍用海水洗淨後船上便升起了爐火，不一會兒炙燒的香氣便瀰漫開來，拯救了徘徊於饑饉邊緣的船員們。

徐海又命人將鯨脂、鯨骨割下，原來在日本，鯨脂可製作燃燭，而鯨骨也可製作各種工藝販賣。此刻遠遠，他們聽見一陣哀淒的聲響，上窮碧落下黃泉，那應當是母跨吧！因為兒跨的死亡而哀慟逾恆，如泣如訴，彷彿蛟人也會為之落淚。

又過了數十日，清晨，海面連天洄沫，飛魚以銀梭的姿態飛升墜落，隱沒於地平線處，前方有著數塊浮木、木箱漂浮於水面之上。

「那應當是船難剩下的殘骸與貨物，你們下去探探，看能不能尋到什麼蛛絲馬跡。」汪直道。一個時辰後葉宗滿率著幾人乘舢舨返回道：「子癸處可見一島嶼，狀如鮫魚之鰭。」

此刻正是順風，方升起兩張風帆，不過半個時辰，眼前出現了新的島嶼，礁岩密布中群島星羅棋布，汪直先派人下錨，遣一半海員留守船上後，其餘人等便降下舢舨。此刻正是退潮時間，不一會兒便已近岸，眾人下水將舢舨給推上岸，找了一個隱蔽處又蓋上草蓆，壓上數十塊大石隱蔽了。

此島草木不豐，多半是些宜於鹹水生長的爬藤之屬，黃花碧葉恣意張揚了一地。不到半個時辰，便將島上

40 此乃藤壺。

繞了一遍，卻一無所獲，正想無功而返之時，此刻毛濈眼尖，卻見島嶼上頭亂石間，依稀有幾處突起的石板，不似天然，領了五、六人手持斧子開出一條便道往上，果然見到人工搭成的石板屋。

「太好了，看來這裡有人煙。」毛濈道。自從那日大水後，毛子明感謝許棟與汪直的恩義，便與其弟毛濈加入了許氏商行，不同兄長的庸懦，毛濈卻是個善武的苗子，且力大無窮，善使火銃。

汪直在門前敲了幾聲，都不見回應，見此處白間短小、窗扉緊閉，走至後頭有近三分之二的屋瓦已然傾頹，便將門推開，果然不費吹灰之力。裡頭塵埃遍布，倒臥了數具未寒屍骨，襤褸的服飾上，依稀可見明朝衣冠，同是大明之人，卻永遠地埋骨異鄉，想到自己領著船員漂泊海上，能否找到北洋針路都還是未定數，說不準此處的屍骨，就是自己未來的榜樣，忍不住鼻酸不已。

「咱們能夠尋到此處也是有緣，汝賢，船上還有些香吧！請你去取來，咱們略為安葬死者並上香，莫要讓這些海員成為無主孤魂。」

待汪汝賢取了香來後，汪直領著眾人焚香祭祀，口中念念祝禱道：「前輩在上，晚生汪直，徽州海商，與身邊同伴都是經歷雙嶼之役大難不死，漂浪海上，為的便是能找出海道開拓貿易，今日在此得遇前輩，也是前生有幸，因此以菲薄香火祭祀前輩，望前輩有靈，能護佑晚生航海順利，無災無難。」接著便鞠躬三拜，拜完後他道：「取鐵鍬來，咱們將這幾位前輩入土為安。」

先將屍體搬起，將船上取來的幾匹白布、草蓆包裹屍體後，便在原先屍體下方挖掘，方廷助、汪汝賢兩人手持鐵鍬，一前一後動手挖掘，就在往下挖掘將近一寸之處，發出金屬的敲擊聲響，汪汝賢道：「叔叔，這裡好像有東西。」

兩人趕緊加快速度，只見土壤之下露出一個鐵箱子，其餘人等不禁好奇起來，聲聲催促。

「敢情是咱們做了一件好事，所以上天護佑咱們發財了，這些人既然將箱子藏在自己覆身的土地之下，想必一定是值錢的寶貝吧！」徐銓忍不住開心道。
將箱子完全挖出後，汪汝賢想要一把抱起，但箱子卻生了根似地文風不動，幾人合力，方才抬起。
「這箱子這麼沉，不知裡頭藏了什麼？該不會是黃金吧！」徐海的語氣掩不住興奮道。
上頭的鐵鎖之處已然鏽蝕，稍一用力便將箱子打開，只見裡頭滿滿的銅錢。
汪直拿起一個看，上頭鑄有永樂通寶四個大字。
「這不是銅錢嗎？有什麼稀罕的呢！竟然這樣大費周章地藏起來，唉！這永樂通寶是舊錢，根本無法使用呀！」徐銓懊惱道。
每新皇登基時，都會鑄造新錢也立新氣象，並且宣告前朝舊銅錢不可再使用，如此一來不免會使商賈的資產一夕之間化為烏有，為此民間會將舊銅錢收齊，私下鎔鑄新錢，避免損失。
清點了一番所有銅錢，共計有永樂通寶三千兩百六十緡、宣和通寶二十多緡、正德通寶若干，徐銓嘆氣道：「算來算去就是沒有嘉靖通寶，真是叫人喪氣，而且既然要將錢財藏得如此隱密，為何不藏更為值錢的白銀呢？」
「將這一箱銅錢盡數帶上船去，再怎麼樣這也是貨幣，我聽聞中土有些荒陬之所因為交通不便，仍會使用前朝舊錢，不妨帶著，以備不時之需。」汪直心想，既然這些飄零異域的商人，將銅錢看得如此重要，想必是有其原因，能在此發現也是冥冥中自有天定，妥善收藏，說不準何時會派上用場。
然而遺憾的是，眾人尋覓了一番後卻也沒有找到可飲用的泉水，葉宗滿嘆氣道：「看來這個島上應當是沒有飲用水，難怪海難之人無法存活下去，我看此島土壤極為磽薄缺乏地力，再待下去，不渴死也要餓死了。」
「別喪氣，咱們船上還有些存水，附近亦有其餘的島嶼，興許下一座島就能解燃眉之急了。」汪汝賢寬慰道。

登上金蟾號後再度出海，這次不過一炷香的時間便順風而行，只見前方高聳的島嶼上依稀有著五座如指般的山峰，礁岩間卻漂浮著大小撞碎的殘骸，依稀是船身的龍骨，狀如弓弦長約數十丈，想必也是能橫渡異域的三桅福船，卻在此鞠躬盡瘁，徒留遺骸。接著船繞行一圈後尋了一處灣坳下錨，汪直又派遣了數人下船，此刻他心中忐忑不已，此島看起來應當是此地最大的島嶼了，若是再缺乏足夠的飲食與飲水，恐怕就難以為繼了。尋思之際卻見遠處有炊煙而來，趕緊一探究竟，不出數十步，只見一處巖穴附近尚有營火的痕跡，觸手一摸，尚是溫熱。

此刻突然傳來一陣拔尖的海笛聲響，底下部眾皆以海笛為訊號，方踏上島嶼時，便兵分兩路踏查，此刻聽見信號，趕緊領著餘下部眾前去，越過數道峻坂與土坡，只見宗滿幾人在前，另一邊卻倒臥著一名佛郎機人。

「發生了什麼事呢？」

「這可不干我的事喔！大哥，我們走到一半聽聞有聲響，只見一頭大老虎在眼前，我當下自然便是一躍而上，打算親手打死這隻吊睛猛虎，哪知這虎這樣不禁打，我才一揪，他便整個踉蹌，我一拳還未下去，便昏死了，我才發現這是一個人。」

「他身上沒有傷，不過可能是因為驚嚇過度，因而昏厥。」汪汝賢道。

取出湯匙撬開嘴角，微微倒入一些紹興酒後此人甦醒。

「你不是亞三嗎？竟然會在此與你相遇，你是怎麼逃離雙嶼的呢？又是為何漂流到此處？沙勿略教士呢？有跟你們一起嗎？」汪直問道。當初因為風浪與亞三的船分離後，聽說他所在的船順利抵達了北大年經商，之後又返回雙嶼多次出海，這段時間並未聯繫，那時朱紈率兵來襲，兵馬倥傯間也不知對方安危如何。今日久別重逢見對方無恙，不禁有種喜不自勝感。

「那日你們明國舟師大舉來襲，聖母堂被夷為平地，我們帶著莫索佩脫幾人匆匆登船，不料遇上風浪，莫索幾人都掉到海中死了，只剩我活了下來，便被困在這個小島上。至於教士，那日匆忙間，我見到他搭乘的那艘船似乎並未遭到炮擊，說不定已經安然東渡日本了。」

聽到此言，汪直不由得鬆了一口氣，接著道：「真是太好了，教士一生的目的便是傳遞上帝的福音，他若能得償所願，自然是最好的。另外既然在此相遇，絕不會棄你不顧，雖然我們此行是要前往日本，但只要返回雙嶼，或是途中碰上佛郎機的船艦，我們一定會送你與族人相聚。」

「真是太感謝你們了，只是回去之事不急，我本就是船員，能去異國見識一番未曾見過的景色，是我畢生期待之事，另外我流落來此，多數貨品都被海浪給捲走，僅剩五十支火繩槍和彈藥，若蒙不棄，願意將這些武器贈送給你們，權做謝禮。」

亞三的父親是一名司針者。

小時候，他便聽父親講過《馬可波羅遊記》的故事，書中附有細膩的蝕刻畫，以細緻的線條，勾勒出遙遠海的另一邊，由大汗忽必烈所統治、鋪滿黃金的國度，此外，彼端的大海一邊尚育有奇形異容之人，有的渾身毛髮而身披羽翅、有的單目單足、亦有身形巨大或極度矮小的，他曾經將這樣的幻想講述給自己的同伴聽聞，但換來的卻是一陣嘲笑，漸漸地他便開始喑啞不語了，而是將自己的幻想全都描摹在紙張上，於是他以鵝毛筆畫下一個個前所未見的三角斗拱、斗八藻井與五脊六獸，並刻苦地學習辨認一個個方塊似的漢字，每一個漢字都像是一個神祕的牢籠，相似卻又大相逕庭，神祕且令人費解。

也就是在那一年，葡萄牙擊敗了埃及的海軍，取得印度洋的主控權。從俘虜口中，國王曼紐一世聽聞了遠方的秦人[41]擁有先進技術和絲綢與珍珠、茶葉，因而派遣數十艘船艦，沿著印度前往亞洲開拓海上絲路，他因而得到了前往黃金鄉的船票，搭乘了聖盃號，前往了亞洲，中途因為補充飲水與物資的關係，他們停留在位於馬來半島的滿剌加，並憑藉武力絕對的優勢，殺死原本的國王，圈地為王，得到了飲水與糧食後，再度啟程。在當地他們得到了一張半透明的蠟紙地圖，上頭以古怪的圈記彷彿魚鱗的圖案，在中央畫出了一塊渾圓雞子大陸，以雉堞狀的長城為疆界，而周圍都是大海，最上方畫了一只羅針，但上頭所記卻非歐洲人熟悉的十六方位與數字二十二·五度間隔。

整張地圖他只認得兩個漢字：日、月。

這張地圖困惑了他們一段時間，直到一個月後，他們才根據此張地圖，並順著海流與西南風的方向，來到了一個名為廣州的港口，他們在途中俘虜了一些秦人，透過這些人，他學習了更多漢字，但每一個漢字都宛如磚頭，他始終無法知覺，獨立的單詞究竟該如何擺放在正確的位置。

進入廣州後，地方官員對他們的相貌感到強烈的驚懼，為了表達通商的和平期望，他們決定親自前往帝國中央，覲見那一位可以操控天下的皇帝。經過數個月的顛簸旅程，他來到一座極為廣大的宮殿面前，沿著長長幾乎看不見盡頭的階梯，隱約，在那盡頭處，便是高高在上的皇帝。

周圍的人紛紛匍匐五體投地於玉石板之上，獨自站立的他此刻成了特異的存在，周圍的內侍斥責他的無禮，正要向前強迫他下跪時，他聽見了上方聲響。

「住手。」這聲音十分年輕，他抬起頭，日光刺得他睜不開眼，隱隱約約，他看得出位於龍座上至高無上的皇帝，是一名少年。

一個十多歲的少年，但眼神卻懨懨無生氣，他身上穿著以細膩針法刺繡出的九龍，在來到紫禁城之前，通譯為他解釋了文官飛禽五官走獸的傳統，而至高無上的皇帝，胸口上繡的便是不屬世間的神獸：五爪金龍。

「汝來朝貢，帶了何等禮物？」

「聽聞貴國喜愛珍禽異獸，甚至將其繡於官袍之上，因此進獻玉獅子、長頸麒麟、白象、虎豹、犀牛……作為賀禮。」

「真的嗎？朕已經有一座豹房了，只是裡頭尚十分空虛，找不到滿意的野獸供朕取樂，今日既然有這樣的遠地異獸，快快將其送入豹房，好生餵養，朕必要親自下場狩獵、好好耍樂一番。」

接下來數個月的時間裡，他與這位名為朱厚照的少年帝王幾乎形影不離，像是馬可波羅對著忽必烈大汗一樣，他不停地訴說海外種種異聞，每每描述中，他都能感覺，少年雖貴為帝王，但多數時間眼神卻如同被禁錮於牢籠的野獸，猛烈地想要吸吮草原的芬芳與自由的氣息。

「那你為什麼不到海上去看看呢？大海十分神奇，有比我們贈送的獅子虎豹更神奇的猛獸，身長雙翼的魚、噴出泉水的井魚、夜晚發著光的水藻……這一切都比紫禁城還要神奇得許多。」一次的游獵間亞三問道。

「說得容易。」朱厚照走下了交椅，緩緩地將目光投向了遠方，赭紅色的高牆，迤邐相連的燕尾，那是連飛鳥也難以越過之所。他道：「本朝成祖驍勇善戰，當時北方軍情告急，韃靼侵門踏戶，成祖便親赴漠北，殺得韃靼軍片甲不留，朕也想要效法祖先御駕親征，然而，內閣卻極力勸阻，說什麼都不讓朕前往，動不動就擺出先皇先皇，好像朕只要離開紫禁城一步，就是昏君，而留在紫禁城內乖乖做一個傀儡，才是明君。」

41 此處的秦人指的是漢人，此稱謂出自於葡萄牙國王曼紐一世寫給迪奧戈的信，曼紐一世在擊敗埃及軍隊後，派出迪奧戈詢問中國的情況，並了解有無通商抑或開戰勝算的可能。

「我不明白，我們是天生的海的子民，所有臣民都想要脫離陸地的禁錮，投入海道上，如果今天用刀子切開我們的身體，裡頭流的應當不是鮮紅的血，而是深藍的海水吧！」

「你的國家？是滿剌加嗎？」

「不是，是比滿剌加更遙遠的歐羅巴大陸上的一塊半島，吾國國土由於地勢狹窄加以氣候潮濕，人民在陸地上幾乎無事可做，很早便明白這個道理，只有海洋能帶給我們財富與希望。而過程中最重要的人物，除了國王曼紐一世外，尚有王儲亨利王子，他是吾國的燈塔，設立航海學校，建立起全歐首屈一指的強大艦隊，也是在他的英明領導下，我們控制西非三千多公里的海岸線，並領著艦隊發現了香料與黃金之路。倘若亨利王子始終都閉鎖於宮廷之內，從未跨出一步，根本無法發現新航路，更無法帶領我們葡萄牙制霸海上，成為強大的國家。」

聞言，他感覺眼前這名驕傲的少年，彷彿燃起了雄雞一般的鬥志，他昂揚道：「好，那我也要去海上親眼看看，想當初我為了親身前往漠北，還趁著守居庸關的巡守御史不在時，偷跑出去，終於親眼見到無涯際的大漠連天、風沙吹雪，呵！你猜朕為什麼要出去？」

「願聞其詳。」

「為的是親身與韃靼人交戰。在明國塞外有著一群強大的韃靼人，曾經占據過中原，朕的先祖洪武大帝率兵將他們驅離，但他們仍建立了強大的北元帝國，因此，我朝世世代代的君王都是『天子守國門』，親身捍衛明國的百姓不受韃靼擄掠。朕當時出關後，先以少數部隊誘敵，引出韃靼主力，之後等待我軍集結完畢後，親率五萬大軍，一決雌雄。當我手揮寶劍，立在千軍萬馬面前大聲吶喊時，我聽見震耳欲聾的呼喊聲，在耳邊響起，那是多麼的熱血沸騰，比無趣的朝堂要快樂了一百多倍，沙塵撞擊至臉上的痛覺，至今仍不忘。整整一晝日，朕策馬狂奔斬將搴旗，以為功勳不下成祖了，回京城時，朕還封自己為總督軍務威武大將軍朱壽。為了慶祝此次應天大捷，朕在乾清宮設宴三天，還下旨織造局製作各式蟒袍錦服作為群臣赴宴的賞賜。但你猜怎麼著？那群老古板都快氣死了，六科言官十三道御史六部侍郎紛紛上奏，在午門外和朕死磕，還說朕再這樣荒誕下去，就是無道昏君，要被記載於史冊上。」

說到此，亞三明確地感覺到正德少年身上那股強烈的落寞與孤寂，他有著青春且聰慧旺盛的精力，卻被儒教官員所宣稱的聖道倫常，約束在這龍椅上動彈不得。

「在我們歐羅巴，真正能審判一個人的，只有上帝，不是歷史。」

「你說得真是太好了，如果你體內的鮮血是藍色的，那我體內流的應當是滿滿的赤褐色飛沙吧！聽完你的敘述後，我決定要去海上看看，好，我立即傳令下去擺駕南巡，也會下令內閣研議增加市舶與你們開海貿易一事。亞三，你的提議真是太有趣了，等到命令一下，朝中那群老古板的表情，不知道又是如何有趣呢？」

倘若再與朱厚照相處一段時間，應當可以達到原本與明國通商的目的吧！但就在南巡時，透過內侍的祕密安排，亞三帶著朱厚照從寧波出海，當久違的海風吹上臉時，望向白浪滔天，聞著濃烈的海水味，蒼穹之上，日輪旋轉出千萬道細膩的針尖刺痛著身上裸露的肌膚，踏上船的一刻，亞三真有種說不出來的快意。

「這就是海嗎？朕從來沒有見過這樣的景色，跟廣袤無邊際的塞北比起來，這大海又是另一種壯闊的景致。」雖然不習風浪，臉色顯得有些蒼白，但朱厚照依舊難掩興奮道：「亞三，告訴朕，朕底下的船舶與你們國家相比，如何？」

「很抱歉，陛下，你們國家的船艦與吾國相比，不論長度、風帆數與規模，都遠遠不及，就如這艘船吧！此船乃平底船，不利遠航，且僅有一個風帆，航速不夠，最多僅能前往附近的島嶼，要遠渡重洋，是不可能之事。」

感覺朱厚照的神情有些落寞，他道：「朕的先祖曾經建立過巨大的寶船艦隊，可讓人馬在上頭通行，但本朝的士大夫卻認為此舉是耗費錢糧、無益百姓，因此先王一朝便有大學士將寶船圖悉數焚毀。如今要重建寶船，想必也是不可能了吧！看來朕此生就只能待在國土，無法前往塞北，更不得前往海外。」

「我不明白，在我的國度，上自君臣下至百姓，都積極無畏地在海上開疆擴土，而且最讓我振奮的是一件消息，這也是我近日才得知的，吾國與鄰國的西班牙共同瓜分了海洋，簽訂了教皇子午線，以馬魯古群島以東十七度為界，界西是西班牙，界東就屬於吾國葡萄牙，此後太平洋上一半的海水、島嶼以及物產都是吾國的領土，海洋不是不毛之地，而是充滿未知的驚奇，如果要閉鎖於海上，這在你們國家好像有一個什麼故事？是井底的……」

「井蛙不可語於海者，拘於虛也。」見亞三不懂，朱厚照便略微解釋了一番，又道：「在我們明國有一個故事，提到這大魚鯤鮒也可化為大鵬，只要因機變化，便可騰雲駕霧。朕一直以為自己富有四海，但今日出海，方才知道朕和臣民不過是掐井之蛙罷了，亞三，可否請你為朕指出歐羅巴的方向？」

「沒問題。」此刻兩人站立在船舷邊，亞三取出懷中的千里鏡與羅針，正要測出方位時，不料眼前突然湧現了巨大的陰影，一隻跨鯊以島嶼的姿態自水面踴躍而出，那遮天蔽日的身影，瞬間將穹頂上的太陽給遮蔽了，隨著跨鯊落入水面擊出的大片水花，海面產生地震般的震盪，就在這一刻，朱厚照不慎，整個人墜入水中。

就在當天夜裡，亞三接到內侍的傳喚，來到了臥病在床，發著高燒的朱厚照身旁。

「亞三，這段時間朕感謝你的陪伴，但請你立刻離開這裡，不要回來。」

望著背後內侍準備好的便衣與金銀，亞三驚訝地問道：「為什麼？」

「你沒有發現朕身邊的大臣看你的眼神嗎？朕知道，他們都認為你一個番邦異域之人，卻帶壞了朕，唆使朕做各種違反禁令之事，尤其你私自帶朕去海上，那些大臣都以蠍子的眼神看向你，恨不得將你食肉寢皮，若朕真有什麼不測，他們一定會對付你。」

此刻亞三背後滲出了一層汗水，此刻他又聽見朱厚照道：「朕已下令內侍為我寫罪己詔了，因為我知道，那些陪伴在我身邊與我玩耍解悶的內侍們，一定會成為文官報復的對象，沒有將他們給翦除殆淨，內閣是不會罷休的。朕不想連累任何人，為此，就把所有的罪過攬承到我身上，與他人無關……」

此刻亞三的眼眶不禁噙滿了淚水，他低伏著頭，又聽見朱厚照低聲道：「在我們國家信仰的宗教，是相信來世的，朕知道，歷史是不會原諒朕的，朕就是一名昏庸無道、親信小人的昏君，但，倘若有來世的話，朕真的希望可以出生在你們的國度，能夠去感受自由的海水，和你們一樣，流著海藍色的鮮血。」

皇帝駕崩數日後，由於膝下無子，內閣決議後便迎來了就藩於湖廣安陸的興獻王之子為帝，而在新皇登基的這段時間，澳門竟傳來了驛站八百里文書加急的消息：佛郎機人罔顧天恩，犯大明威儀，侵害百姓。

亞三聽聞時心底一驚，原本他來北京的目的，就是為了協議通商，而這段時間其餘的船員也得安分守己，以免關係生變。難道是因為自己在北京耗費太多的時間，使得船員們認為他此行徒勞無功嗎？

傳來的消息指出佛郎機人殺死了許多廣州當地的人民，燒殺擄掠無所不為，接著新皇便下令官方派兵剿滅，聽到此消息後，亞三迅速地改變裝扮，帶著朱厚照留給他的東西，並順利在錦衣衛緝拿他之前逃走。眼下最要緊的事情，是得回到廣州。但當喬裝打扮後終於返回了廣州，卻發現自己母國原來的船舶，都已經被焚毀破壞了，餘下的船員不是被關在監獄中，就是被殺害，屍體被肢解丟入糞坑，城牆之上懸掛著割下的頭顱示眾，口中插著生殖器。

蕾莉婭呢？得想方設法將她找出來才行。

蕾莉婭是皮雷斯船長的女兒，自幼和他生活在一起，七歲的蕾莉婭有著一雙海豚的眼睛，飽含美麗與驚奇，豌豆鬚似的棕色頭髮彎曲著，奶白色的臉頰。然而那一年，蕾莉婭的母親過世了，由於皮雷斯必須要出海，因此，蕾莉婭被迫進入孤兒院裡，但蕾莉婭死活不願，她哭泣間耍賴要求一定要隨著皮雷斯出海，最終，逼不得已下，蕾莉婭跟著船隊一同來到了明國，卻在廣州海道的驅逐下，在火焰熊熊燃燒下彷彿融化的奶油失去了蹤影。

「船長，聽說新上船的佛郎機人要給我們火繩槍，何時將這火銃發下去？我教導弟兄們操練，使之熟習進退跪坐。」徐海道。

「這事不急，我已傳令下去將所有的火繩槍深藏於船艙之下，沒有我的命令，任何人都不能靠近，更不能取用。」

徐海的神色有些恚怒，但終究還是抑住了神色道：「為何？這火繩槍若操作不慎，可是會炸膛的。」

汪直深吸一口氣道：「若要火銃，得依我一件事情，絕不可用來劫掠沿海各省或侵害百姓。」

徐海露出難以理解的神情道：「船長，你領著咱們出海，但離開雙嶼時實在過於緊迫，什麼貨物都沒有帶，除了劫掠之外，我們還可以做什麼？徐海不才，能做殺頭生意，不能領著弟兄做此賠錢生意。」

「你放心，我自有辦法，定會找到海道，絕計不會讓弟兄們空船而回的，若汪直無能，自會卸下船長職務。」

見狀，徐銓也不斷地對著徐海使眼色，睜著一雙瞳仁，過了半晌，徐海方道：「好，我信汪叔叔，徐海年輕不懂事，多有得罪，還望海涵。」

15 惠比壽福神入夢　石見山銀兌通寶

自島上至高處，隱匿於山巖與草叢間，遠處海沫連天，兩艘撐著風帆、狀如海滄船的小艇正朝此處划來，此時亞三取來一個竹筒凝視了半晌道：「看起來應是倭人，來者有十多人。」

「你怎麼知道的。」

接過亞三遞來的竹筒，汪直發現，透過竹筒內兩個鏡片的孔洞中，竟然能清楚看到遠方景物，船上幾人皆髡首交領，身著倭人服飾。

「叔叔，來者不知是敵是友，要怎麼辦呢？」汪汝賢問道。

汪直心想，既然發現了人煙，此處應當離日本不遠了。

思索之際，突然聽見了一陣海笛聲，汪汝賢道：「不好，想必是他們碰上我們的同伴了，說不準爆發了衝突，咱們快去看看。」

只見葉宗滿帶著四、五人，底下倒臥著數名屍體，汪直見狀皺眉道：「發生了什麼事情？」

「大哥，這可不干我的事，我們幾人在島上想找找有什麼糧食可帶至船上，不料返回時碰上這幾個倭人，一見面他們便拔刀相向，怎麼說都聽不懂，逼不得已我們也只能自衛。」

徐海向前檢查了一番道：「他們不是普通的漁民，而是喬裝的浪人。你們瞧，他們雖然外衣都罩上一層襤褸的舊衣服，但內在穿著的卻是錦衣，而且這正是浪人所用的武士刀。」自一條竹筒取出一物，只見一柄漆黑的長刀上頭綴著黑、黃二色流蘇，包裹劍柄的綢布上有著十二日足紋[42]。

眾人前往海邊，殺了其餘守衛後，見船上綁縛著幾名男女，解開其束縛後，一名蓬頭垢面男子道：「不要殺我。」接著又喊出各種不同的語言。

見狀，汪汝賢上前問道：「我們是明國的海商，不會濫殺無辜，你是何人？為何會說漢語？」

那人道：「我叫助才門，是博多津此地的漁民，母親本是山東人，被劫掠來博多此地後嫁給我父親，因此我會說一些漢語。半個月前，這些浪人來我們的村莊劫掠一番，老幼盡數殺害後便將剩餘的女子抓走。我本來也是要被殺的，但他們看我會說漢話，就饒了我一命。」

汪汝賢道：「你說你來自博多津，此處離平戶很近嗎？」

「這裡是五島列島，雖然名為五島，但實際上有近一百多個零碎小島，灣闊水深，極方便船舶停靠，而此地離平戶不過數十站便可到達。」

聽到此語，眾人難掩興奮之情，畢竟費時那麼久，終於離平戶僅有一箭之遙，此刻汪直內心亦是驚喜不已，雖然原本打算前往兵庫，卻陰錯陽差來到平戶，雖然和預計航線不同，但終究還是來到日本了。

「那太好了，我們原本就是希望前往日本做生意，可否請你為我們引路呢！作為酬謝，我可以給你……」

正想從懷中取出碎銀時，助才門卻道：「請問你們有永樂通寶嗎？」

「永樂通寶？」汪汝賢聽了有點疑惑，取出一枚銅錢道：「你說的是這個嗎？」

助才門見了眼睛都睜直了，興奮道：「一文永樂通寶可購買一石的白米，這銅錢足夠我們一家近一個多月的生活之資了，多謝。我早就聽聞明國商人都以銅錢交易，手中有大量的永樂通寶。你們想要前往平戶是吧！我也曾經與朝鮮、琉球的商人做些小生意，對如何前往平戶可以說是熟門熟路了，願意帶你們前往。」

見狀，汪直好奇道：「你們是以永樂通寶作為貨幣？而非白銀？」

助才門道：「我們日常使用以及稅收都是以銅錢交易，至於白銀，雖然我偶然也會見到來自石見山的白銀，但由於路途遙遠且礦石中生銀的成分不足，因此民間交易抑或此地的領主徵收賦稅，還是以銅錢為主，主要是永樂通寶。」

「汝賢，咱們船上是不是有懂得灰吹法[43]的工匠？」汪直問道。

「我記得當日離開瀝港，我調查了船上諸人的專長與能力，將他們分門別類，有幾名工匠以冶煉金屬、燒熔銅器為業，試著操作幾次，應當可以成功。」

接著汪直自懷中取出一枚銅錢給助才門道：「可否請你作為通譯，領我們前往平戶。」

助才門以牙齒咬了一口後道：「太好了，這是真的，由於本地銅錢稀缺，民間甚至會流傳私造的劣質銅錢，我之前打魚一日才得了一個，卻是私鑄劣幣，等於說白幹了一日，叫人好生懊惱。」

進入大殿中，中堂上一幅卷軸銀鉤鐵畫、筆墨縱橫：「險夷原不滯胸中，何異浮雲過太空？夜靜海濤三萬里，月明飛錫下天風。此乃王陽明之詩，好詩。」汪直朗誦道。

---

42 為龍造寺的家紋。

43 灰吹法是一種精煉貴金屬的技術，在西方稱之為「cupellation」。大意是用高溫將銀礦石不斷精煉去除雜質。西方在遠至公元前三〇〇〇年的青銅時代早期或以前已經出現此技術以提取銀。而中國則在明代著作如《天工開物》等發現類似手法。

「你是明國的商人？為何來我九州？」只見此人生得蜂準、細目，半白的頭髮露出童山濯濯，約莫半百的年歲，但精神卻極為矍鑠，這正是平戶大名松浦隆信。

此刻的他眉頭深鎖是有原因的，就在方才，他才結束財政會議，底下大臣匯報，目前庫房內永樂通寶僅存五百文，但由於河道堤防失修，急需五千文以上的銅錢方可召集民工以及所需材料進行修繕，若不在三個月內修繕完畢，七月後的暴雨來襲極可能會造成河道潰堤，兩岸良田淹沒。他已上書幕府關白大人講述財政困境，卻仍未得到回應。眼下他僅存兩種方法，一是徵稅，二是劫掠，但自己的領地平戶島人口不過數千，若真徵稅，恐怕還是杯水車薪。

看來，還是只有劫掠一途了，只是該將目標朝向同為九州的肥前國，還是渡海的朝鮮呢？但不論劫掠他國或是海外，仍需徵召士兵，這樣一來又得需要軍餉了，平戶本地財用不足、人口蕭條，這是他此刻碰到最大的問題，卻一籌莫展。

由於銅錢用量不足，因此民間私鑄興盛，但私鑄貨幣品質低劣，反而造成了交易上的混亂，雖然命捕快以嚴刑峻法處分私鑄分子，卻效用不大，只因銅錢的缺乏才是病灶所在，要解決劣幣的問題，便得開創錢流。

但說也奇怪，就在昨日，夢見自己立於海濱，此刻卻有一名身著狩衣，頭戴烏帽，一手持釣竿的男子，將一尾魚朝自己丟來，接過一看卻是一尾真鯛，此刻海面上大浪湧起，就在此時，夢醒了。

他將此夢詢問最教寺的住持：真如法師，年歲約莫八旬的法師手持念珠，閉上雙眼占卜了一番後道：「此乃吉夢。」

「何解？」

「夢中手持釣竿者為福神惠比壽，惠比壽又是財神，贈魚與人，既然他贈魚與你，可視為一種吉兆，短則三日，多則十日，便會有能為領主化解危機的人，攜帶著大量的錢流出現。」

「那錢流會自何處而來呢？」松浦隆信忍不住急切問道。

「惠比壽亦是海神，近日海上應當會有貴客，來拜訪領主。」

「來者何人，請先報上名來。」分賓主端坐在蒲團之上，松浦隆信凝視著底下諸人，只見為首之人氣宇不凡，年歲不過而立，卻自帶一種不凡的王氣，此時上前道：「我乃大明儒生王五峰，這幾位容貌不類我中土之人的乃是佛郎機人，乘北洋針路遠道而來，聽聞此刻大名正陷於戰爭水火中，因此特別送來武器，以助您匡定九州。」汪直取來筆硯將在外使用的姓名：王直書寫在縑帛之上，請人遞上前去。

「我雖是武人，卻也仰慕明國的姚江之學以及吳門四家[44]與中鋒明本的畫作，這幅書法乃是唐土王陽明親手所書，是本地一位學者澤川先生隨身攜帶的墨寶，這位澤川先生受業於中江藤樹[45]，底下授業無數，也多虧有他，讓我領略了許多來自唐土的經典與威儀，也學會了一些漢語，此詩便是他死後贈與我的一樣遺物，但意思卻不甚明瞭，你既是明國人，可否為我解釋一番？」

「這個自然，陽明先生乃我大明的一位聖人，他少年得志卻敢牴觸權貴，遭到流放九死一生，卻又以大智大勇掃平寧王叛亂，立下不世功勳，實乃一位讓人敬佩的人物。此詩意涵乃指人生在世，歷經險阻磨難都是必然的，但無論何等的橫難，只要胸中自有宇宙，死生禍福都是電光石火罷了，即使道不行，大丈夫當徜徉海外，叱吒風雲，勝過在國內當個窮酸腐儒。」想到前日雙嶼的遭遇，此刻汪直忍不住興起一種大丈夫當如是的感懷，便趁機藉此詩，澆一己胸中之塊壘了。

44 指唐寅、文徵明、沈周、仇英。因皆為江蘇人，因此稱為吳門畫派。

45 中江藤樹（なかえとうじゅ，一六〇八年—一六四八年），日本德川幕府初期的儒家學者，自桂悟了魔處學得王陽明的心學，被認為是日本陽明學的開山鼻祖，後世尊稱為「近江聖人」。

「原來如此，你是明國儒生？我一直希望有東土而來的儒者來此設帳授徒，卻一直苦等不到想要的人才，今日聆聽此言，才有如醍醐灌頂。」

「我的確是儒生，但此刻已經棄儒從商，領主雅好文藝，我遠道而來無以為禮，現有敝國唐寅一幅『金蟾圖』，權作見面之儀。」當初在雙嶼時，汪直自許棟手中搶救回「金蟾圖」，作為紀念便隨身攜帶，而由於離開雙嶼時太過窘迫，別說生絲茶葉，任何明國所產珍寶都來不及攜帶，見松浦領主既然喜愛文墨，便將此物奉贈。

「我們這裡已經許久沒有明國商人來此了，但不知你遠道來此帶來了何物？想要做何生意？生絲、茶葉？」

「若松浦領主有興趣開啟海道貿易，不論是生絲茶葉抑或瓷器乃至明國的琴棋書畫，我都可以為你送達。不過此次前來我只帶了兩樣東西，一是永樂通寶，另一是鐵炮，若能與貴國順利換取白銀，再得到貴國准許貿易的朱印狀，此後歲歲年年，我底下的海商都會為您帶來所需的貨品。據我所知，九州此地與明國的貿易仰賴琉球商人以及佛郎機人，但領主若願意和我們明國直接通商，不須透過琉球商人的轉手，可以直接取得明國的生絲與茶葉，如此一來，豈不甚好？」

「這容易，我願意以一兩白銀與你兌換百文銅錢。」

當下眾人不禁既驚且喜，要知道在明國，千文銅錢方能兌一兩白銀，等於獲利十倍。

倒是汪直仍淡定道：「我目前有永樂通寶三十萬文，領主若願意，我隨即派人自敝船上運來。」

「甚好，但石見銀山所產之銀尚未精煉，目前僅是生銀，一時恐怕無法湊足三萬兩之數。」松浦隆信皺眉道。

汪直道：「我們明國有精煉白銀的技術：灰吹法，可將原始銀礦中的雜質給去除，得到純度更高的精煉白銀，與我一同來此的船員中有不少人是工匠，如若同意，我們願意將灰吹法傳授與你們。」

「那真是太好了。」此刻松浦隆信忍不住拊掌道，看來這個吉夢果然十分準確，海上之人帶給自己強大的運勢和財富。

汪直走向前解釋道：「要以灰吹法煉銀，需召集工匠，建立屋敷，如此一來才能夠穩定且有效地生產白銀。如果松浦領主能夠應允，只需提供我們一塊領地，我有自信可以為您招攬明國技術最高超的匠人，如此一來，您可以收取賦稅，又可以吸收到嶄新的各項技術，豈不甚好？」

「這個自然，我立即上書幕府，請關白大人核發朱印狀，自古以來，我們平戶就是日本的門戶，依靠吸取來自唐土的各種知識與技術，得到可觀的貿易收入，但由於寧波爭貢後，寧波市舶司關閉，目前僅有十年一次的勘合貿易，且只能由幕府派船出海，如此一來平戶當地自然是百業蕭條，我一直等待像你這樣的人到來，今日終於讓我等到了。」松浦隆信道。

一個時辰後，在校場由亞三展現了鐵炮射擊，當鐵炮在百尺之外射穿靶心時，在場諸人無不驚駭，松浦隆信也訝異道：「這是什麼武器？竟然可以遠處射擊？卻不知在戰場上效用如何？」

接著在汪直的示意下，亞三將鐵炮對準上方，一道雷鳴聲響，兩隻鷹隼瞬間掉落，原來亞三看準了天空上這兩隻鷹隼同時飛過，因而一發穿心。

松浦隆信上前，只見鷹隼的身軀上有著明顯的彈孔，幾乎是沒有任何的掙扎，直接斃命。他神情嚴肅不發一語，想必是在思索這樣的武器若是打在己方的士兵身上，會是何等慘狀？

當滿滿的銅錢以水流的姿態嘩啦啦地落下時，松浦隆信露出了笑顏，接著手下又抬來了數十個箱子，打開，他道：「這就是我遣人依照你們所說的灰吹法，提煉出來的純銀，目前已經煉出白銀三千兩，請你清點吧！」

只見耀眼的銀光閃爍，像是鱗浪千層、波光閃熠。原來汪汝賢與工匠口述比畫一番，操作了幾次，倒也順利煉出純銀來。只見這龐大白銀堆疊在一處，幾乎要閃瞎眾人的眼睛了。板蕩數月，歷經劫難方順利開創海道，此情此景怎麼不讓人心曠神怡呢！

接著松浦隆信又送上美酒佳釀，陳女樂數十人於堂下演奏，這所奏和樂與舞踊雖與明國大相逕庭，卻也別有一種風味，在座眾人卻也如癡如醉，此刻又有佳餚數十道陳列於前，一時之間把酒言歡，好不開懷。

正當眾人沉湎於酒食之際，汪直輕聲喚助才門過來，不一會兒，便有侍女雙手捧著瓷盤上前，當中放著一尾赤紅色的真鯛，以香椿芽清蒸，上頭佐以碧綠如柔荑的蔥絲，整隻魚渾身赤紅，發出馥郁的香氣。

「我特意派人至近海抓來加吉魚[46]一尾，此刻正是鶯飛草長的春暖時間，我聽聞你們稱此魚為『櫻鯛』，而我們明國稱此魚為加吉，因此獻上此魚，希望我們此後吉上加吉，萬事順利，海道針路飛龍走鯨，錢流生生不息。」方才回金蟾號時，宗滿見海面上忽起真鯛魚汛，只見無數緋櫻色錦鱗水中跳躍起伏，他本便是漁人，一時興起，便跳入海中捕魚為戲，眾人也都是幹這與海為鄰的勾當，見此情此景無不興奮異常，紛紛脫了上衣跳入水中，抓了數十隻新鮮的大魚，紛紛丟入舢舨之上。

「這真是太好了，我們本地吃鯛魚，也有一項遊戲，就是蒐集鯛的骨身上的九道具，若能順利便能心想事成，我今日就來拼拼。」松浦隆信開懷道。

「那真巧，我們寧波本地也有以魚骨拼為白鶴的遊戲，卻不知鯛魚有哪九道具？」

「這九道具分別是：鯛中鯛、大龍、小龍、鯛石、三道具、鍬形、竹馬、鳴門骨和鯛之福玉[47]，最難的是這鯛之福玉，可不是每隻魚都有，可遇不可求。」

就在此時，松浦隆信拿起玉箸，自口中夾起一物道：「這不就是鯛之福玉？果然讓我求到了，這可是吉上加吉。」

酒過三巡，「這幾日我思考過了，打算邀請你與麾下船員在平戶島此地安身立命，你盡可在此招募海外民工、生產鐵炮，而五島列島可作為你船舶停靠之用，你可看看。」

話畢，只見兩名侍女手持輿圖，松浦隆信指向數個大小不一狹長的島鏈道：「五島與我松浦半島遙遙相望，可互為犄角，五峰兄若能定居於此，招募百姓，將貴國的衣冠文化、醫療技術悉數傳入，我自是歡迎之至。此島原本作為遣唐使的初發據點，之前勘合貿易，亦是自平戶出海。想我九州一地土壤磽薄，若不販海，如何經商致富？當初此地的大內氏便是掌控了與明國的朝貢貿易，因此得到了巨量的永樂通寶。可惜自從與貴國因『爭貢』一事導致貿易斷絕，使得錢流也隨之斷絕，大內氏因而傾覆，此島也逐漸凋零。」

原來「寧波爭貢」還有如此餘波，這倒是汪直始料未及的，但他本是心性聰敏之人，便道：「這倒不難，我可為貴國送來永樂通寶，與貴國換取白銀。」

「太好了，我聽聞你屬下的人說了，你們原本在明國做生意，但朝廷卻好生無禮，竟然派遣軍士攻擊你們這些手無寸鐵的百姓，委實可惡，你想要多少船艦和軍士，儘管開口，我絕對隨你一同進軍大明，為你出一口惡氣。」酒到酣處，松浦隆信道。

聞言汪直卻露出無奈的神情，只是飲下一杯苦酒道：「多謝領主，只是明國雖以草芥待我們，但我們終不能以寇讎視之，依我所見驅逐海商乃是制度問題，假以時日，我不信不能敲開這海禁的大門。」

---

46 即真鯛，鯛魚被譽為魚中之王，由於日文發音為「tai」，讓人聯想到「metetai」（可喜可賀），加以身體為喜慶的紅色，因此受日本人喜愛。

47 鯛之福玉乃是多瘤破裂魚蝨，一種寄生在鯛魚口中的甲殼類，因形狀像是小判（一種日本的金幣），加上不是每隻魚都有，因此被視為吉祥的象徵。

「要敲開海禁之門並非易事，我有下屬門多次郎、田多四郎，都是販海維生，熟悉水戰，我令他們各領水軍三千人，八幡船百艘聽你使喚，你要返回明國，道途漫漫加上你們國內未定，為保安全，這你可不能拒絕我。」

「好，那多謝領主了，只是我有一條件，他們既入我門下，就得為我所用，為謝領主，我願以每歲一人四千文為薪餉，只是他們若不聽我號令，我也必立懲不怠。」

16 青龍七宿義結金蘭　朱中丞一死謝天下

五島列島共大大小小近一百多個島嶼，其規模宛若浙江的舟山群島，因此汪直便選了久賀島作為中心，在此地建立水寨後，當晚大開筵席，眾人決議後便以青龍七星宿為名，青龍為東方守護神，此夜星斗縱橫，只見蒼龍七宿全躍出地平線，正是易經乾卦九五：飛龍在天之象。

「咱們既然來此海上扶餘，此後行事需有個規範，弟兄才能立個規矩，依我看，我們眾人都奉船主為王，而船主也當立個名號，否則弟兄往來海上，若無號令不就等於這青龍七宿群龍無首嗎？」此刻徐海道。

「依我所見，咱們都來自徽州，何不以徽字為號？咱們就稱船主為徽王，如何？」鐵兒道。

「甚好，至於令旗便以媽祖娘娘芳容為飾，共分七色令旗，依照角、亢、氐、房、心、尾、箕，其中角亢氐為陸商，而房心尾箕為海商，此後我們便稱汪直大哥為徽王了。」葉宗滿道。

接著眾人也開始分座次定名，義結金蘭，葉宗滿取字五龍，與汪直五峰相對，毛澉字海峰，與五峰相對，並拜為汪直義子；而方廷助取字四溪，一方面是在「五」之下，並與徐銓的徐碧溪相配，作為徐銓義子。

只見眾人說得沸沸揚揚，汪直也起身道：「大家推舉汪某，汪某自是不便推辭，只有兩事請弟兄們務必遵循，否則我說什麼也不敢居於這個位置。」

「大哥但說無妨。」汪汝賢道。見其餘人也紛紛附議，汪直道：「我與各位都是大明的臣民，出海為寇，實乃萬不得已，但大家若要推我為主，有一事千萬要請大家切記，第一便是我們是海商，絕非海寇，說什麼都不可騷擾侵奪百姓性命乃至一磚一瓦、一草一木。」

徐海蹙眉道：「但倘若世家大戶侵奪我們貨物、或是官兵遣舟師驅趕我們在先，又該如何處置？難道白白任人魚肉不成？」

「這個自然不成，但我自會出面想方設法斡旋，不會任弟兄犧牲。」汪直道。

「這是其一，那其二呢？」汪汝賢問道。

「若有機會，只要朝廷願意開海，我就領著咱們青龍七宿為海上長城，護衛大明。」

「徽王是要我們招安嗎？早也招安，晚也招安，結義之時出此言，豈不冷了兄弟的心。」徐海口氣不善道。

汪直走向前，一手拍在徐海肩上道：「海兒，你的心情我可以明白，但你要知道，我們當中，多少人的親眷，還留在浙江安徽，而我們的祖墳，亦是還埋在明國的土地裡，我們就像那大樹一般，儘管枝葉飄向了遠處，但根卻還留在大明呀！」

此話一出，底下汪汝賢、葉宗滿等人無不垂淚，見此徐海也低首道：「汪叔叔說得沒錯，徐海年少衝動不懂事，沒有想到這一層，望汪叔叔，不，徽王懲處我，以定軍心。」

「不要緊的，我們今日結義為兄弟，我豈會怪你。」接著又轉身命人道：「取香來，各位兄弟，我們今日在媽祖娘娘前立誓，方才汪直所言種種，請兄弟務必遵行，若有違背誓言者，出海不靖，且日後身首異處，不得超生。」

眾人紛紛取了香來，此刻汪汝賢道：「依我看這徽字甚好，只是氣勢上稍弱一些，若是再以『靖海』為號，便更能表達叔叔的心念了。」

汪直心想，自己與手下這群弟兄仍未得到官府承認，流亡海外，再用「靖海」二字，不免太過強硬，因此道：「依我看這『靖』字改為『淨』字為好，弟兄們，且讓我們一同在媽祖娘娘前立誓，此後以五峰旗為號令，守衛海道清寧。」

隔日汪汝賢與徐海又返回瀝港，載來了數百名沿海無以維生的商賈漁民，許以貿易錢流，百姓見到亮澄澄的白銀，聽聞北洋針路已經開通，一時之間手藝匠人、海員、織造漆瓷人士紛紛渡海前往，不過數年，此地便如同雙嶼一般蜂房櫛比，數百間乘載著香火的天受宮、佛郎機人信仰的天主堂，生活所資諸多鋪子在此拓展開來，數月之內有千艘船舶湧入貿易，所夾帶的大量錢流，彷彿令海水也為之沸騰了。

而汪直也趁機建立了千艘巨艦，將三十六島民、海外佛郎機人與明人編入麾下，分青白朱黑四色牙旗各數千人，聯舫一百二十步，上可容兩千人，以木為城、樓櫓，其上可馳馬往來。

雙嶼島乃海洋天險，去舟山東南百里，南洋之表，為倭夷貢寇必由之路，島上原本有十數間天受宮、天主堂，絲麻、米糧、六陳、香料商鋪蜂房櫛比，然而當晨光再度照耀在此地時，眼前僅存焦土、碎石遍地，空氣裡飄盪著火焚與血腥的氣息，曾經是多麼繁華的貿易勝地，卻在火炮的攻擊下，僅存瓦礫。

但朱紈並未停止，他領著盧鏜、柯喬以及都督同知萬表四處追擊，他清楚此刻倭寇殘部仍四處流竄，若不將之剿滅，日後便會死灰復燃，一個月之後，朱紈又派遣盧鏜諸人於福建詔安走馬溪大敗逃走的倭寇，俘虜了海盜李貴、許梓、張珠及其餘黨近百人。

「中丞[48]大人，屬下有事啟奏。」都司盧鏜道。

「你說。」

「士兵紛紛詢問，何時可以離開汛地返回內地？」

「你說什麼？」朱紈蹙眉道。

盧鏜趕緊解釋道：「中丞大人，您要知道雙嶼此地向來草木不豐，禽鳥不聚，要在此地長久駐紮，是萬萬不行的，加以此地淡水有限，而我們船舶所帶來的飲水僅存一天有餘。」

「明日便派十艘哨船回寧波，運回糧食與飲用水。」

「多謝大人，但以卑職淺見，此舉仍非長久之計，畢竟我們調集來浙江此地征戰的士兵都是來自兩湖閩廣，皆非本地人，加以經過戰火肆虐後，此地物質生活條件已經十分艱難，糧食短缺，若是要軍士長久駐紮於此，唯恐軍心思變。」

其實盧鏜所言，朱紈自己又何嘗不知，更何況他深知陛下心念，海禁一向是他念茲在茲的逆鱗，自己若不撤軍，恐怕難以交代，但一旦撤軍，此地又會重回盜賊淵藪，到時自己數年生聚經營將付諸東流，豈能不恨？

見朱紈不語，盧鏜又道：「以往水軍防範海賊，都是調兵返回寧波衛所，接著再配合汛期調派游兵出海巡視即可防範海賊，且雙嶼此地土壤磽薄，即使在此地建立衛所，恐怕也難以阻絕士兵思歸返鄉之情。」

「傳我號令，三軍明日午時校場集合。」思索了半晌，朱紈道。

此刻，許梓、李光頭與黨羽九十六人正俯首繫頸，而一排劊子手手提銀色刀刃，此時的他不若之前的凶惡，臉上盡是恐懼與膽怯的神情，雖然熾熱的午時，卻不由得一陣簌簌發抖。但與其他人不同的是，此刻張珠依舊昂首挺立，畢竟他是當地仕紳，世代簪纓，雖然雙手被綁縛，面容凌亂，卻依舊強作鎮定。

「人犯在前，見本官還不下跪。」朱紈一拍驚堂木大喝道。

然而張珠的眼神卻毫無懼色，他冷然道：「朱中丞，我乃本地仕紳，雖未有官職，卻也是先代為官，你理應給我設座才是。」

「沒錯，爾為當地縉紳，家中族叔與我又是同朝為官，理應對您禮遇才是，但你卻不惜名檢，把持官府，下海通番，勾結奸民，乃至迎來倭子，禍亂百姓，我豈能容你，還不下跪。」話音方落，幾名衙役隨即向前，逼其下跪。

朱紈又道：「爾等海上奸民，不事生產，接引倭子犯我領土、殺我百姓，今當伏誅。首犯李貴罪不可赦，處以凌遲之刑，餘下從犯九十六人，處以大辟，梟首示眾，以儆效尤，行刑。」接著又望向張珠及許梓兩人一眼道：「爾為仕紳，卻不知食君之祿，忠君之事，罪在不赦，依通倭之罪處以大辟，斬立決。」

張珠奮力大喊道：「你憑什麼殺我，未經刑部審訊、司禮監批紅，豈可殺我。」

一旁的萬表也面色凝重，低聲道：「中丞大人，未得陛下奏覆便施以刑戮，此舉與我大明律令不合。」

但朱紈只是淡然道：「當初我曾向聖上奏請，聖上同意與我便宜行事，不受言官制約。」

萬表久在官場，深知嘉靖帝的脾氣，便道：「陛下最忌專擅，巡撫大人還是將此事上報朝廷再處置，否則恐有後患。」

萬表所言，朱紈其實也是懂得，但他明白此地的政商勢力盤根錯節，勢同毒瘤，若不趁此機會連根拔除，若干年後走私又會再度興起，倭患再度降臨，而自己的心血也會付諸東流，因此道：「萬都督無須再言，此事本官自有決斷。」

48　明朝巡撫往往兼任督御史，當時朱紈為閩浙提督兼左都御史，而都御史相當前代御史中丞，因此稱朱中丞。

此刻早有劊子手架起木梁，將李光頭頭、足、軀幹以繩索綁縛於其上，以數罟覆蓋於其上，隨著第一記刀鋒閃爍，沾血的肉片割取而下，而舟山群島鄰近以及寧波內地百姓此刻一擁而上，紛紛掏出銀錢與劊子手以換取生肉，他們多數都是家人慘遭倭寇屠戮、身亡的百姓，聽聞此日正是倭寇受刑的日子，蜂擁來此只為食肉寢皮以報心頭之恨。一時法場另一方位亦是白刃閃爍，頭顱滾滾，伴隨著彷彿是十殿閻羅內淒厲且悲慘的慘叫聲，一開始那叫喊還慘烈且綿長，但慘叫到了最終，卻也成了氣若游絲的哀號，卻仍是間歇不斷的，從午時行刑到了薄暮時分，原本湛藍的海水，此刻卻已染為鮮紅了。

處死了近百名倭寇後，朱紈命舟師又運來巨木碎石，將雙嶼島上的港口全數填滿，直到這座曾經容納數百艘船舶，一年之內數萬商賈車船輻湊來集的繁華城市徹底成了廢墟，再也容不下一隻飛鳥的進入，方才率眾離去。

此消息傳到汪直的船隊時，已然是一個半月後的事。

「大哥，雙嶼已經盡成焦土了，咱們該怎麼辦呢？」聽聞此事，葉宗滿道。

「莫要怕，舟山群島本就有千島之稱，多的是天然良港。沒了雙嶼，照樣有橫嶼、烈嶼……待那朱紈離去後，咱們換個島嶼經商，大不了從頭開始。」汪直沉吟道。

「說得容易，但那朱紈設定了十家為保，嚴防有沿海百姓私自通倭。少了陸地的接濟，咱們又該如何是好呢？」徐銓嘆了口氣道。

「此事不難，我有一計，不但日後可以順利交易，還可以為許老闆與死去的兄弟報仇。此次戰役中，死去的私商張珠，乃是寧波府推官張德熹的叔叔，與御史周亮為同鄉，且朱紈大力掃蕩海上貿易，此事觸及謝氏、林氏世家大族的根本利益，依我看，不需要咱們動手，只消一封信，便可將朱紈送入牢獄中。」汪汝賢道。

一日之內，以左都御史屠僑領銜，率御史陳九德上書彈劾朱紈，以不俟奏覆，專擅刑戮，殺害無辜百姓，謊稱倭寇，御兵無體，騷擾百姓，有損天子威嚴……諸多罪名，議論滔滔。

當一條條的罪名被列出來之時，起先，朱紈並沒有那樣害怕，但當他聽見「不俟奏覆，專擅刑戮」之罪名時，一瞬間，整個人恍若害了時疫一般地打起顫來。

作為大臣，他敏銳地察覺嘉靖帝最無法容忍的事情，便是獨擅專權，而本朝的首輔夏言，也是因為在處理北疆與俺達的封貢貿易上，因為與武將來往過密，使嘉靖帝產生了疑忌，因而落得抄家身死的下場。

去外國盜易，去中國盜難；去中國瀕海之盜易，去中國衣冠之盜難，朱紈清楚御使表面參劾他的背後，就是被他處死的走私商人張珠的姪兒、擔任寧波府推官的張德熹。

而最令他驚訝的，是嘉靖帝派遣了給事中杜汝楨會同巡按御史陳宗夔調查此事，兩人卻搜出一封他寫與海寇的信件，面對這封他親筆寫給汪直的私人信件為何流出，他驚駭萬分，為此日夜兼程前往北京，只求能面見天顏，盡快地對皇帝陛下有一個說法。

然而他還未到北京，參劾的奏章一封又一封地上來，甚至在一份奏疏中，御使周亮以鋒利如刀的嚴詞抨擊他擾民、殺害無辜、侵害天子威權，並要求下屬盧鏜連同若干人等也得接受審訊，忠心處事的盧鏜等人被錦衣衛給抓入了詔獄，此刻雖然嘉靖帝並未給予朱紈明確的罪名，只下達革職軟禁、接受調查，但此舉，幾乎讓朱紈心如死灰。

軟禁的宅邸內，他感覺到有著鋪天蓋地的陰影不斷侵襲而來，不僅僅是兩浙的世家大族，就連朝堂之上衣冠禽獸的袞袞諸公，沒想到那麼多人的骨子裡，都是支持開海的，而自己阻撓了他們的大計，對於自己的憤怒，不知有多少人想要將之挫骨揚灰吧！

宅邸內音訊難通，雖然飲食無缺，但一想到家人身陷詔獄中，而頸上人頭不知何時落地？不，若死自己一人那就算了，最可怕的莫過於抄家流放，一想到自己八十多歲的寡母，朱紈便更加焦灼擔憂了。

一日，正當他陷入了憂鬱不安的思索之際，一名僕役端上餐食來，當朱漆四角盒子掀開的一刻，只見裡頭擺了兩項菜蔬，一雙牙箸。

「此乃鱸魚蓴菜，知大人思念故鄉，卻身陷此處無法返回故里，因而請廚房備了，以慰大人思鄉之情。」此人說話聲音平淡，但不知怎麼卻乾得像把剃刀似的，令人心驚。

「朱大人，卑職有一話不知該不該說？」這人又道。

「你說。」朱紈注意到，此人面色蠟黃，看起來像張無生氣的催魂臉，之前是此人為他送餐食的嗎？

「這張季鷹乃名士，因見秋風起，思吳中鱸魚膾、蓴菜羹，急流勇退，事傳為美談，可惜大人卻是在剿倭之戰上一意孤行，只能讓鱸魚蓴菜作為奠禮之用，豈不是徒留笑柄嗎？」

「你是誰？誰派你來的？」感覺全身的汗毛都幾乎豎立了起來。

「朱中丞又何必猜疑呢？您是聰明人，我的確是奉某人之命來的，但，未必是巡撫您所知悉的那位大人，我只能透露，那人也不希望殃及無辜人眾，只希望大人能一死，其他人也就罷了。」

此刻朱紈面色慘然，終究，自己還是太低估寧波這些富戶了，他喃喃道：「縱天子不欲我死，閩、浙人亦想殺我，只是不知道想殺我的人中，有沒有昔日舊友呢？也罷，既然如此，我不如自經性命，也好留個全屍。」

他顫巍巍地起身，艱難道：「死我一人，請保我屬下盧鏜、柯喬全家。」

「這恐怕很難，僅能保盧鏜、柯喬家人，但至於這兩位大人的項上人頭，恐怕還是得上繳朝廷，畢竟兩位大人都下了詔獄，若是全身而退，朝廷的體面該如何給個說法呢？」

「好，那求你善待他們的家人。」朱紈臉色慘白道。

當天夜晚，當僕役再度送上晚膳時，見到的卻是朱紈屍體，只見這名清流官員仍舊強項不屈，選擇以刀刺腹，流盡鮮血而亡。

十多日後，朱紈的死訊便傳至五島。

羅龍文穿著一襲黑衫立於汪直面前，此時他自寧波兼程返回，便是傳達朱紈自盡的消息。

「子純他臨死之前……還算平靜嗎？」話方出口，汪直不免有一種諷刺的感覺，勾結奸佞陷害朱紈的始作俑者，不就是自己嗎？如此一來，朝野那些自詡為清流的士大夫，恐怕更是恨透了自己吧！永生永世都得背負著陷害忠良的罵名，遺臭萬年了。

將與朱紈的對話悉數說明，羅龍文又道：「請恕我直言，朱中丞會走到一死以謝天下的結局，冤則冤矣，但中丞帶兵擾民太甚、執法不當，他若不死，也難以平息餘姚各世家大族積累的怨氣。依我所見徽王不需自責。」

羅龍文家世代以製墨為業，乃鼎鼎有名的歙派，每做一墨更是士大夫爭相購買，價逾拱璧，與汪直也是故交，為此當汪直在平戶島立足之後，便返國尋找羅龍文，羅龍文原本與寧波本地的仕紳便是舊識，再加上汪直準備海外珍寶，資助羅龍文的應對往來，很快便頻繁地出入於縉紳之士門庭間。

「龍文，我們弟兄在五島，遠在天邊，即使思念故國卻也無法返回，我常常想如何有一日，方能領著弟兄返回母國，這些，還得倚仗你呢！」汪直道。

「龍文明白，我依照徽王的計策，一直與浙江海道諸位大人交遊，目前我已經和巡撫、海道副使丁湛諸人建立了聯繫，等到時機成熟，我便會伺機向其表達徽王的意願。」

「沒錯，要知道雖然我私造船舶，干犯海禁，卻委實不得已，只因徽州山多田少，若不出海，何以維生，我身上維繫著數千萬人的生計活路，但我真的希望朝廷可以開放海禁，只要朝廷願意開海，我願以麾下數千艘巨艦水軍鐵鎖連江，作為守衛大明的屏障。若有機會，請你告知浙江諸位大人，我汪直以淨海王為號，淨者，掃蕩也，我立志便是守衛海道清寧。」

羅龍文一個行禮道：「請放心，我必定想方設法傳達的。」

「另外我還有一份禮物，你若有機會見到來自直隸的大人，請務必將此物交給他。」接著汪直便示意汪汝賢去後方取來一只巴掌大小的硨磲細工螺鈿盒，遞給羅龍文。

汪直知曉就算與地方海道順利達成了協議，但王朝不開放海禁，這種私人的關係仍舊十分脆弱，無論如何還得從中央尋找突破口才行。

羅龍文道：「龍文明白，必定盡力完成徽王所交代事務。請問待我返國後，還有什麼需要在下效勞的？」

「朱紈尚有八十老母吧！」汪直起身，目光望向遙遠的天邊道：「請每月給她米糧一升，供她生活所需，莫要讓她老而無養，而這也是我唯一可以為子純做的。」末尾，汪直以幾乎聽不見的聲響道。

17 夜叉海上商船遭劫　珊瑚林間弟兄遇難

眼前濤濤雪浪，方廷助正與徐銓兩人立於船首，望向滾滾煙波處，只見長條如同鯤鮹一般的沙洲綿延不絕，舟山群島北方多沙洲，依據大小不同被稱為七鯤鮹，七沙洲漲潮時各自獨立，但退潮後卻連綿成一列，因此便以斗牛女虛危室壁七星為名。

饒是出海了不下十次，此刻徐銓卻依舊如一條筍乾，懶懶地垂掛於船舷上，過了半晌，便向方廷助問道：「阿助呀！咱們何時才能到瀝港呀！」

「快了吧！此刻東北風尚強勁，頂多再幾個時辰，就能腳踏實地了。」

徐銓的神色瞬間歡喜了起來，但沒多久便又在船邊一陣乾嘔，方廷助忍不住取笑道：「義父你也出了這麼多次海，怎麼還這麼體虛呢！一路上你這嘔吐也不知多少次了。」

「年輕人莫要取笑……」但緊接著又一陣乾嘔，惹得方廷助哈哈大笑起來。

但緊接著，他突然神色嚴肅起來，對著一旁掌舵的汪汝賢道：「此處應當已經來到了橫港的水域，此處水域複雜，又有泥沙淤積，不利我們這種尖頭船航行，大家千萬要小心。」

自北洋針路取道舟山群島，首要之衝便是橫港，經過橫港後並數十個小島，方才抵達瀝港，也是汪直的根基。因為當初逃離雙嶼時，為了掩官兵耳目，因此刻意迂迴至瀝港，方才取道北洋，一來兩去後橫港空虛，便讓廣東商人陳思盼占去。

「就在上個月，咱們徽王底下的艅艎經過此地，竟被劫掠，此人還明目張膽地向徽王收取報水的費用，咱們既經過此地，但秉持一萬分的小心，要知我們船上共有紋銀七百封，這可是足足兩萬多兩銀子，是要向明國購買十萬匹絲綢與五萬緡永樂通寶的，此事不容有失。」

葉宗滿凝視著海面，此刻波平如鏡，一點煙塵也無，遠處依稀漁歌迢遞而來，他與方廷助都是打魚出身，此刻便問道：「這是烏魚汛嗎？怎麼那麼多漁船拉起漁網捕魚呢？」

「不可能呀！現在還是夏季，鯔魚還未有子，怎麼會有漁汛呢！」

「說的也對，饒我太久沒取漁網，卻都忘了。」

然而話雖如此，葉宗滿還是起了疑心，隨著艅艎逐漸靠近，只見數十艘沙船[49]聚攏在一塊，拉著漁網圍繞成一圈，上頭數十人皆漁人打扮，為首一名船家大喊道：「好心的大爺，可否請你們稍稍轉個向，前方咱們在捕魚，這大魚好不容易入網了，你們要是一來，不就魚死網破了嗎？請你們稍稍轉個舵吧！」

海面雖然廣闊，但若是近岸不免會與其他漁船、福船相遇，若是商船與漁船相遇，多半會轉舵繞道，畢竟漁人靠天吃飯，一日的生計往往取決於漁獲量，為此幾乎所有的商船都會給予方便。

葉宗滿下令，方廷助便吹起海笛來，兩聲短促配上一聲長響，那是轉舵的信號，當船往王亥方位移動，整艘艅艎轉為橫向之際，不知怎麼了，葉宗滿突然感覺有些怪異，他迅速轉頭，卻已來不及了。

只見底下之人紛紛自下方抽出武器，阿滿大喊道：「後方的莫要轉，他們是海寇假裝的漁人。」

此刻整艘艅艎大力震動了一下，原來是沙船順風撞擊而來，原本青龍底下的各式船艦都是可耐遠航的三桅尖頭船，此種船若於漲潮時順風衝犁，此等平底沙船完全不是對手，但橫嶼一代地形多沙，加以此刻又是退潮時分，大船不靈動，便不免坐困愁城了。

船上眾人皆踉蹌不穩，還未緩過神來，緊接著飛刀、擲槍如細雨飛蝗射來，葉宗滿趕緊尋了隱蔽處躲藏，但多數人卻不及閃避，立斃當場，甲板便被鮮血給浸滿。

當攻擊間歇，只見一名漢子攀爬而上，卻被躲藏於一旁的阿滿持刀揮砍，剁去雙手後一腳將之踹向海面，其餘人等也紛紛加入戰局，站立船舷邊與之相抗。

葉宗滿大喊：「將鉤鐮、撩鉤諸物盡數砍了，免得他們又上來。」他深知船上諸人多是漁人出身，不擅攻擊，然而方才湧上之人各個手段凶殘，顯然是以海盜為業，要是真讓他們上了船舶，可就一發不可收拾了。

他手持薙刀，又斬下數名海盜，此刻又見一名豹眼燕頷的男子從船舷一躍而出，刀法凌厲，轉瞬間殺死己方數名兄弟，他趕緊上前與之鬥了個旗鼓相當，他深吸一口氣大喊：「你是何人報上名來？」

「吾乃陳四，陳思盼底下先鋒大將是也。」

兩人又纏鬥在一塊，刀鋒霍霍，寒光森森，然而此刻船舶卻左擺右晃，極為不穩，宗滿連揮了數刀定睛一看卻暗想不好，原來底下沙船已拉起數十道勾索將船給扯住，原來是要將船拉扯至危宿沙洲處，此刻距離尚存一箭之遙，依此速度，不到一刻鐘便會至此，遠遠只見沙岸上密匝匝數百人，手持苗刀火銃，船若是一被拉至此可就陷入被動局面，只能任人魚肉了。

他施展數十次近身肉搏，硬是將陳四給逼退，只見陳四手上的苗刀突然閃了兩個刀花，隨即自船舷邊一躍而下，接著一陣劇烈的顛簸傳來，原來是危宿上的虎蹲炮射向了旁邊，激起了巨大的水波，阿滿趕緊趁機衝至

---

49 中國古代木船之一。主要在淺灘上航行，原建造於崇明一帶，多航行於黃海、渤海航線，為海上漕運的主要用船，其特徵是方首方尾，平底，甲板面寬敞，型深小，吃水淺，駕馭輕便快捷，且可調帆使鬥風。明清時，亦用作水軍戰船，利於短兵接戰。

己方的佛郎機炮旁，點燃引信，對準沙洲附近炮擊，要知己方船艦上所有安裝的火炮，都是由亞三與其餘佛郎機人設計而來，射程準且火力強勁，要比火器，豈會輸給區區虎蹲炮呢！

然而此刻原本尚龜縮怕血的徐銓突然奔來對他大喊：「不要呀！」

就在這瞬間，炮彈發出巨大的聲響，以流星的姿態在半空中皴出一條皺褶，轉瞬更大的一股後座力傳來，整艘船往後翻覆，天化為地，地化為天，像是被巨大的碗公給覆蓋一般，桅杆斷折船帆傾倒，連宗滿自己也落入鹹鹹的苦水之中。

議事廳內，青龍七宿與餘下部眾都已聚集在此，此刻眾人都是神色嚴肅，因為就在方才一個時辰前，斥候來報，原本今日預定到的商船，運有白銀的船舶經過橫港時遭到劫掠，雖然底下部眾奮起反抗，卻不敵伏擊，三艘被攻占，僅存一艘船舶平安回來。

因為久航北洋針路，因此底下的船隊都是吃水數千石的三桅尖頭船為主，然而在返回舟山群島之際，不免遇上退潮，彼時龍困淺灘，陳思盼已經數次領著防沙平底船與蜈蚣船[50]衝出，飛刀弓矢、火銃彈子齊發，將海艦與財貨大掠而去。

徐銓將因果大略報告後，葉宗滿道：「這都怪我，我不熟火器，只曉得當時得反擊方可，沒想到火炮射擊後竟然當場會有一股力量反彈，加之此刻船舶又被拉到沙洲處，此地灘淺更顯得我們的船舶上城樓太過高大，因此就翻覆了。」

「這也怪不得你，當時我在後頭，卻也飽受攻擊、左支右絀，所幸撐了一個多時辰後海流逐漸加強，風勢也強勁，趕緊轉舵，方得安全逃離。」汪汝賢道。

「咱們此次損失多少？」汪直問道。

「一艘船上計有白銀五千兩，都是松浦領主要我們為之採買生絲、鐵鍋、縫針與匯兌銅錢的，此外船舶與海員的損失尚未估計。」汪汝賢道。

「陳思盼這廝好生可惡，他原本是廣東人，想當初咱們在雙嶼活躍時，哪有他插身的餘地呢？若非因為朱中丞厲行海禁，大肆破壞，此地空虛，這廝見縫插針因而占了橫港從商，要是之前許老闆還在的時刻，豈有他立足之地。」葉宗滿忿忿不平道，方才作戰雖然受了輕傷，但他打魚為生，本就水性良好，因此拉了一塊浮木後便泅水而去。

「這話也不盡然，英雄造時勢，時勢造英雄，陳思盼能趁亂起事，足見其有一定本領。朝廷視我們海商如寇讎，我們若是自相夷戮，說到底還是給予官軍各自消滅的機會，我打算修書一封與陳思盼，誰願意為我送信，並趁機一探虛實？」汪直道。

葉宗滿道：「此次失船，我責無旁貸，請讓我前往。」方廷助也上前領命，汪直又要他們各自挑了數十名伴當，並囑咐道：「陳思盼雄踞一方，底下勢力尚未可知，你們深入敵營萬事小心，切記不可暴露了行蹤。」

自從葉宗滿等人出門後，數日卻都未有音訊，汪直於寨內苦等不到消息，心中不免掛心，莫非是中了敵人的計謀。

今日一早，毛海峰取了一只箭矢回報：「侵晨時我與弟兄巡哨，見水寨外有人遠遠地彎弓射箭，插於木樁之上，箭上綁有信條，孩兒不敢自己拆看，取來給義父。」此刻他已經年甫弱冠，生得是虎體狼身，雙目凌厲，下頷至頸背上刺著一隻火紋的海馬，戰場上手舞雙刃驍勇善戰。

50 底尖面闊，兩旁列楫數十，其行侵略如風卻無傾覆之患，因形似蜈蚣，被稱為蜈蚣船。

「看來此人膂力過人，一站多遙的距離，箭矢竟然能牢牢插於木樁上，應當是陳思盼姪兒陳四，素聞此人可以雙手使火銃，乃一員猛將。」汪汝賢道。

汪直展開信箋，只有一句話：「為報彼之厚意德，我將以珊瑚林贈之。」

一片舢舨緩慢漂浮而來，只瞧見船員立於半空中，下方卻插著狀如狼筅的棘木，整個身子以魚槍穿刺而出，眾木成林的姿態，周匝鬼燐熒火，蒼蒼可怖。

待降下小舟移去，只見上頭之人身軀手足皆以鐵絲綁縛，但並無明顯外傷，且細看只見穿刺處卻避開內臟要害與血管聚集地，一些傷口處敷以金創藥止血，不致當下死去，可見出手之人用意是在使海員身軀面臨極大的痛楚，要其求生不得，求死不能。

算一算此處穿插了三十多人，有少數人仍將死未死，腦袋呈後仰狀仍抽搐不斷，一雙眼睛卻是日曬的濁白，細看上方各是一道彎月似的血痕，原來早已被割眼皮。

指尖緊緊地插在掌心，汪直感覺肩胛一陣陣哆嗦，沒想到陳思盼竟然下這樣的狠手，海上狹路相逢，殺戮難免，但多半是給予對方一個痛快，但如此虐殺卻令人憤恨不已，雖然眾人多是海浪刀尖上拚鬥已久，早已習慣這水裡來、火裡去的生活，但真正見著這樣景象，仍是禁不住叫人打從脊骨處一陣陣戰慄。

此刻汪汝賢已經派人將被綁縛的弟兄給救下，但多數人此刻都已經眼神濁白渙散，氣若游絲，還未解脫繩索，便抽搐死去。

「徽王，有點古怪。」

「怎麼說？」

「少了一人。」

作為使者之一的葉宗滿竟然不在橫插的鐵叉之上，換句話說，也許，他還活著！

「這怎麼辦，鐵兒已經有了三個月的身孕，若是知曉宗滿生死未卜，恐怕……」汪汝賢憂心道。

原來汪直始終記得對向元的承諾，待海內外之事底定後，便打算給鐵兒找一門親事。這倒也有趣，或許是曾與鐵兒有一面之緣，葉宗滿多多少少猜中了鐵兒的身分，平日也對其曲意維護，一來一往，兩人心下都有意，汪直便替兩人作媒成親，算起來也是姻緣天訂。

「先別讓鐵兒知道。」汪直道。

18 拗火長造四百料戰船　敏船主偏愛風馳网梭

不省人事的數日後，方廷助終於醒了，汪汝賢見他身子骨仍有些虛弱，便要人先讓他喝了些米湯，再以人蔘、黃耆……等補氣之物，休了半日，總算可以稍微起身了。聽見此消息，汪直連忙帶著其餘青龍七宿部眾前來探望，只見方廷助面色慘白，身上、臉上數十道刀傷雖已癒合，但卻是叫人怵目驚心，見其餘人進來，方廷助原本作勢要跪，便一把被壓回床上。汪直道：「躺著回話便可，你身子不便，不必如此，倒是那日究竟發生了什麼事情，你若能回想自是最好，若真不記得也不妨事，我再派人去打探即可。」

「是的。」方廷助此刻眼神仍有些渙散，空洞的眼瞳裡彷彿仍有著未知的鬼魅，他四周望了一圈，方才吞了吞口水道：「是夜，我們順著漲潮時分入港，記得以前橫港入口處有一道蜈蚣形狀的沙洲，上頭亂生著蘆葦，我們幾人便先將船划了過去，尋一處草叢密生處將八槳船給遮掩好，接著便取了朴刀，脫膊下水。此刻雖是漲潮，但水不過至胸脯，水路如走旱路，偶爾深水處划了一炷香便又觸底，此刻夜空上月華滿滿，兩岸插著黃、碧二色旌旗迤邐不絕，左岸排了數十艘海滄、蜈蚣船，但右岸卻連一棵木頭也無，心下犯疑，尋思之際，又往前泅了數里路，阿滿突然要我往右岸望去，上頭有一處木頭搭建的城樓，火把熊熊燃燒，上方垂掛著兩道白練，上頭寫著字，阿滿不識字，要我念給他聽，我一看卻大驚，原來上頭寫道：『殺盡青龍平五島，戰海搏浪擒汪直。』這下不得了，葉宗滿一聽，這口氣說什麼都忍不下去，他說什麼都要爬上寨頭處，將那兩道白練給割下，好挫挫陳思盼的銳氣，於是我在底下為他把風。然而說也奇怪，不知道是否是因為觸動了機關，當第一道白練落下時，突然聽見一陣銅鈴聲響，四面八方不斷刮著耳鼓，我趕緊要阿滿快下來，但他卻不願，硬要將另一條白練縛著的繩索給劈了，方才要下來，此刻我趕緊抽出腰上的朴刀，其餘的伴當也立即抽出倭刀朴刀，擺出防禦陣型，但不知為何，這鈴響了一炷香，卻一個敵人也未見，只有這尖銳響鈴彷彿是鬼哭一般地響著，搞得眾人的耳朵和心裡都發毛，此刻阿滿也下來了，此地不宜久留，我們便往回頭路奔去，說也奇怪，平面大海上，右岸處不知何時竟停了一艘海滄船，見狀阿滿與我看了一眼，便打算奪船逃逸。但說也奇怪，一上了船，卻什麼人也沒有。船上烏漆墨黑不方便，見小几上有燭火，點燃後我們划著船離去，但不知怎麼，此刻我們面前竟出現了身著火焰的海馬、怒眼圓睜的驪龍，還有無數的魑魅魍魎朝我們襲來，弟兄們害怕地抽出刀刃，砍了數十人後卻發現死的都是自己人，然後，這瞬間大家受驚不少，正驚魂未定之際，突然又聽見了一陣妖異的歌聲，往外頭望去，只見海面上漂浮著鬼燐焚火，當中一名妖女，生著佛郎機人的相貌，頭髮上頭都是金銀色的火焰，身上掛滿了毒蛇，不知施什麼妖術，當她睜開碧綠色的眼珠時，弟兄就怎麼都動不了了，接著……」

對於這些子虛烏有，汪直向來是子不語的，但方廷助卻說得如此繪聲繪影，那恐懼而蒼白的神色，加上渾身刀口的傷痕，饒是大白天，不由得叫人渾身戰慄。

「你說那女人有著碧綠色的眼珠，她年歲多少？是不是看起來十多歲，頸項處有一塊看起來像火焰的胎記……」此刻亞三忽然衝了上前，一把扯住方廷助不斷地逼問道。

方廷助彷佛想到了什麼恐懼之事，卻怎麼也開不了口，只是張大了嘴巴一陣抽搐，緊接著，又不省人事了。

「你快說呀！」見人昏厥了，但亞三卻不管他的狀況，依舊不停地拍動他的身子，汪汝賢想拉住他，卻被亞三一手直接揮來險些摔著。

亞三停止了動作，興許是察覺了自己的失態，方才轉頭對汪汝賢道：「真是抱歉，我一時失手，我是無心的……」

「你冷靜點，他此刻精神耗弱，就算真逼問，恐怕也逼問不出個什麼。」汪直緩頰道。

亞三喃喃道：「十多歲的少女，碧綠色的眼眸，那十之八九就是蕾莉婭呀！我費了那麼久，終於有了她的線索了。」

「蕾莉婭，她是你的親人嗎？」對汪直而言，自己也有視若性命的愁予，卻怎麼也尋不著她的蹤影，一想到此汪直內心也是一陣苦楚。

「蕾莉婭是我的家人、我的生命、我的全部……」此言一出，眾人都有些驚了，明國行儒家文化，向來極重五倫忠孝與禮教之防，在大庭廣眾之下如此袒露對一名女子的愛意，簡直是前所未聞，但亞三卻毫不避諱，一心沉浸在往事中。

「蕾莉婭是皮雷斯船長的愛女，自小和我一起長大，卻在澳門失散了。這幾年我一直在找她，卻怎麼也找不到，蕾莉婭最特別的地方就是她的雙眼，她有一雙碧綠色彷彿祖母綠的眼瞳，每次凝視著那雙眼睛，彷佛都能直達靈魂深處。」亞三喃喃道。

日落時分，手下取來望遠鏡讓汪直望向橫嶼方向，高大的水寨之上，配備了鳥銃、火桶、噴筒、火箭……之屬，若要強攻，恐怕還未到岸上，便遭到覆滅，但若要駕駛海艦掩護軍士前進，前方玄武七宿橫亙的沙洲宛若水中長城。阻撓了大船的進攻，明明自己的軍備與船舶都遠超過這廝，卻因為被對方奪去地利，因此只能坐困愁城，一想到此，汪直忍不住重重地捶向船舷。

「下令以鐵鎖連江，讓大隊人馬可在船艦上通行。」汪直道。

「你莫非是沒看過龐統的連環計，這三國話本都已經刊印了近百年，你……怎麼還會定如此蠢笨的計策呢！」徐銓忍不住道。

「你莫要多問，聽我的便是。」汪直道，徐銓內心雖有疑惑，但還是噤口不語了。

議事廳內，汪直正與青龍七宿擺出海圖，擬定作戰方略之際，此刻卻有人不請自來，推門而入。來者竟然是向元。

「這幾日我收到鐵兒的信，聽說已經成親，而且有了身孕了，想看她過得好或不好，卻不料你這底下的船差勁無比，無怪乎會讓陳思盼給殺得大敗。」一入門，向元便毫不客氣道。

「你說什麼？竟敢對義父無禮。」毛海峰怒道。

「不要緊的，讓他繼續說下去。」他深知向元的性子，但此人也確實有本事，此刻只要能取勝，任何意見他都欣然接受。

「我曾於毗鄰於龍江船廠的寶船船廠效力過，可惜後來因朝廷改弦易轍，因此寶船船廠廢弛，我手上有《船經》一部，裡頭記載各種造船法，依我所見，若要取勝，便得集沙船與福船之長為一體，造四百料[51]戰船方可。」

「四百料？這樣的戰船莫不太小了嗎？我們遠洋平戶，建造的可都是吃水千石的八百料海舶呢！」汪汝賢道。

「你懂什麼？素聞徽王博學，豈不聞我開國洪武大帝於鄱陽湖大敗陳友諒，靠的不就是六舟飄搖，如浮雲

51 「料」為區別船隻大小的丈量單位或承載能力，同時也是民間交易及政府課稅的丈量依據，有以為為船隻重量單位，亦有認為是容積單位，也有以為是板材計量者，或以為丈量單位，目前尚無定論。

驚鴻嗎?徽王迷信船舶大方能取勝，豈不成尾大不掉之舟，可笑、可笑……」

「鐵兒、鐵兒你怎麼啦?」向元一見鐵兒，瞬間露出了極為諂媚的神色道：「你怎麼出來了呢?你有身孕快快休息呀!我還等著抱孫子呢!話說不知道是哪家的英偉男子，才配得上我這閨女呢?他在哪兒，怎麼不出來讓我瞧瞧，他對你好不好呀?」只見方才還橫眉豎目的老者，轉瞬間成了妥妥的女兒奴一枚，轉變之大，不由得叫人發噱。

然而鐵兒一聽此言，卻馬上嚎啕大哭道：「爹爹，你還不知曉嗎?那陳思盼多可惡，竟害了女兒的如意郎君，你得替女兒的夫君報仇呀!」

「怎麼會這樣呢?我連女婿的臉都沒見著，女兒呀!你也太苦命了吧……我看你還是隨我回寧波府吧!」

然而鐵兒聞言卻大怒道：「女兒曾說過志在海上，自從我出海之後方才知曉世界之大，而且也在海上順利地覓得姻緣，這一輩子是注定要在海上闖蕩的，你要我回陸地，此話卻再也休提。」

「好好好，鐵兒莫要動怒，小心動了胎氣呀!為今之計，你希望為父怎麼做呢?」

「你不是說徽王底下船舶過於笨重，只利遠航，不利作戰嗎?那快協助我們造新船，好讓女兒為夫君報仇呀!」

「這……此事恐怕有難處。」

「爹爹，女兒不管，你平日總是誇耀自己如何博學，對造船的技術熟知詳實嗎?你與徽王的對話，我方才都聽見了。」

「是呀!向太爺，我麾下青龍亢宿一脈可是以造船為業，你若肯提供《船經》，我底下工匠都可為你所用。」汪直也道。

「是呀!爹爹，你就留下來幫我們吧!」

「這你有所不知，這造船主要木料得要有川杉，因川杉質輕且富彈性，但川杉僅產於四川一帶，得藉由長江水順流而下運來，若無此良材，縱是魯班再世，也難以造出合適的海船呀！」

「這倒不難，徽王，浙江海道副使丁湛派遣張四維把總與我們共同抗敵，此人與我們關係良好，若遣他沿著水道運木料至瀝港，應當可成。」汪汝賢道。

「我即刻修書一封，請使者為我送達。」

此刻亞三也道：「我曾於佛郎機的海事學校修習過，若有船志圖示，我可與其共同觀看，以製造更合適的船舶。」

「好，既然如此我也不藏私了，老朽《船經》一書，願奉與徽王參酌。」

數日內把總張四維果然運來了數百根質地良好的川杉，經過日夜不息地趕工，這幾日陳四不時率眾叫陣，但汪直深知此刻時機未到，僅要毛海峰出海掠陣一番便返回，這幾日小有勝負。

再旬日後就是陳思盼的壽宴了，汪直已然聯繫好張四維，並命令底下的弟兄於那日傾巢出擊，打算攻其不備，但此刻他內心卻仍有所猶疑，儘管四百料戰船已然完成，但他卻感覺到仍少了一味主攻的屠刀，得以定勝負。

「船家，這是何船？狀如舢舨，但速度卻是奇快。」信步於江口外，汪直問道。

「這船名网梭，咱們都用這船來圍捕刀魚，要知這刀魚速度奇快，飛快如刀，因此我們船家會三五成群，結成四面漁網，如此將這剛從大海游入長江之中的江刀給一網打盡。要知道這江刀最是肥美，脂肪如玉乳，咱們撈起後直接送入寧波酒肆間，可是人人都誇讚的。」漁人道。

汪直見此道：「船家，我給你些銀子，你若還有閒船，可否租與我兄弟，讓他們享受一下這江面波濤之樂。」

「這位官人，此事卻是不妥，要知道咱們此處正是長江與大海的出海口，風浪最是莫測，且罔梭由於船底平，容易翻覆又不易操作，稍一不慎，便是落水之災。」

「不要緊的，你讓我試試吧！海峰，你給船家一錠銀子。」

今日正是陳思盼壽筵，自從他擊敗汪直，數月間命令姪兒陳四率眾擾掠瀝港，但那汪直卻似吃了秤砣鐵了心，一味避戰，不論底下之人如何叫囂，即使遠遠見著，也是撐起風帆迅即逃離。他原本還想威名赫赫的徽王，應當是強悍的角色才是，但如此看來，也不過浪得虛名。

這幾日浙江海道、慈谿的柴家大少爺柴德美以及把總張四維紛紛送上了禮物，尤其是那柴德美，遠遠未進入高堂內，便跪拜匍匐，忙著獻財帛、金銀、奴隸，看他們誠惶誠恐的模樣，也是因為知道此刻汪直不足為患吧！眼見東海之上除了自己之外，再無他人可以與之相提並論，忍不住捻鬚微笑。

底下擺開筵席，手下將前日張四維獻上的數十罈紹興取來，又斫殺了數百隻蝤蛑、江刀，大火烹煮，此刻肉香四溢，眾人好不愉悅。正當陳四起身，舉杯向陳思盼祝賀道：「大王，我們大敗那徽王汪直，不如趁明日讓我集齊戰艦，我們直搗黃龍，到時候您就是東海之王，揮戈海上號令天下，莫敢不從。」

陳思盼笑吟吟的，正準備接過手中的杯酒，但此刻斥候卻迅即回報道：「稟大王，汪直海賊派遣底下海員，前來橫港外叫陣了。」

「爾等好生大膽，竟然在伯父壽筵時前來搗亂，請在座各位稍待片刻，我去去就回。」

「好，我即刻派人溫酒，說不準待你取勝而回，這酒都還未溫熱呢！」

橫港外，遠處的玄武七宿沙洲以長城的姿態橫亙海面，此刻號令一下，舸艦蜂附蟻聚、傾巢而出，卻見汪直的海艦自東西北三面，以捕撈刀魚的陣勢合圍而來，陳四笑了一笑，素聞汪直底下青龍七宿人才濟濟機智百出，今日一見果然見面不如聞名，書生腐儒只會紙上談兵，要知此種三面合圍的陣法看似人多勢眾，但卻極易單方面突破，此刻陳四指引底下守備揮動令旗，八槳、蜈蚣船結陣成匕首的姿態，直接突破。

蜈蚣船底尖面闊，兩旁列楫數十，因其行侵略如風，而無傾覆之患，因此在戰鬥中作為突擊。此刻蜈蚣船已經駛來，船上載著火油、乾草之物，船上海寇肩上各懸掛一袋箭矢，上頭都浸有膏脂，準備以火攻。但任憑大量火箭射來，焚燒的火箭卻一觸即落，原來是為了避免火燒船，汪直已派人在船舷邊包裹鐵皮，因此即使火銃與火箭混著油脂如飛蝗般射來，但烏尾船依舊如如不動，甚至連一點搖晃也沒有。

陳四見此狀心中一動，這汪直果然是有備而來，但一計不成尚有一計，只要他發動此種攻勢，任他鐵鎖連江，也會沉於大海之中。

只見福船左右船舷邊推出數十支鐵黑色的炮口，那是無敵神飛炮、佛郎機炮數枚，眼前海面上百艘以鐵鎖相連的烏尾船此刻宛然是移動的活靶，隨意以炮口瞄準，便可命中，只要一艘命中便可阻斷其餘船舶的移動，到時再派遣蜈蚣船以鉤鐮、撩鉤等物，攀爬上餘下海艦，趁機奪船。

一陣拔尖的海笛聲響起，如同海鰌於白浪千山中噴出一丈高的水沫，發出一陣陣浪濤般奇特的共鳴聲響，這是變陣的信號，像是跨鯊自水面踴躍而出，以上衝青雲的姿態，摶扶搖而上者九萬里。鐵鍊瞬間斷開，原本如海上堡壘、如如不動的船舶轉瞬讓海流給離散，分散為環形，將陳四戰船團團包圍。

隨著敵船逐漸靠近，船舷早有人伸出長長的鐵勾子將對面之船給勾住，或放上長梯子打算衝殺過去，而後方之人手持火銃，掩護進攻之人。然而幾聲銃響，鐵彈卻如泥牛入海，原來汪直早已知曉陳思盼底下有火銃，他與亞三研究了數月，發現陳思盼的鐵炮乃取自種子島，由倭人改造而成，雖然威力強大，但射程卻有限，且只要碰到藤甲之物便無法穿透，因此準備藤牌，便是為了要防止奪船。此刻左右船弦每七人為一縱隊，四人手持藤牌，三人手持長槍、狼筅等武器，當海寇攀爬至船上時便以長槍攻擊，將之揮落海面。此種陣法寓攻擊防衛為一體，又適合空間有限的甲板之上。

但陳四並不慌張，他指揮旗幟，自室宿處數百艘平底沙船蜂湧而出。橫港此地沙洲眾多，大船不易航行，但此種沙船卻能快速來去，每當汪直部隊經過此處都會遭個措手不及，便是吃了此沙船的虧。但卻見汪直的海艦之間，近百艘青萍似的小船，翩若驚鴻，勢若游龍自大船縫處竄出，一旁的陳四冷笑道：「此船不是网梭嗎？此船體小輕便，上頭最多可容二人，沿岸漁人多用來打魚使用，看來這汪直果然是黔驢技窮了，居然連如此不三不四的漁船都派上戰場。」

但轉瞬陳四的神情便如同凝凍的海水。不知為何，這网梭速度較平常漁船快上一倍有餘，只見一艘艘水滴似的网梭正如靈動的梭子穿針引線於沙船之間，所到之處沙船或翻覆或傾滅，所到之處血染海水，水滴也成了血滴。

這是改良的网梭，上頭以竹桅配上木帆，增快了航行速度，吃水七、八寸，上頭皆乘載四人，配有鳥槍二支，兩人射擊另兩人操縱船隻。為了鐵兒，向元不只設計兼具鳥船與福船優點的戰座船，還改良了网梭為小型戰艦。此刻只聽聞海上炮響隆隆，鼓聲雷騰不絕，他正陪伴著鐵兒立於望亭，只見鐵兒雖大腹便便，但依舊手持鼓槌不斷擊鼓，以振奮軍心。

而汪直也立於望亭之上，凝望戰局的變化，見對方沙船、蜈蚣船一一成摧枯拉朽之勢，收拾殘部返回橫嶼，看來是打算撤回陸地鏖戰。就是這個時刻了，他揮手下令，只聽見一陣拔尖的笛響，如同一根鋼絲直射破蒼穹般那樣地短勁且強悍，自船舷伸出十幾門龍耳炮，火炮齊發，海浪之間沖起了數尺高的巨浪與火光，像是渾身火焰的跨鯊騰踴跳躍，又如同滾燙的湯水，伴隨著粉碎的艅艎，接著海面又歸於平靜，僅存漂浮的屍體。

率領著殘部僥倖地退回岸上，回望著海上火光朝天，內心充滿驚懼，此刻陳四卻鬆了一口氣，原來橫嶼此地白晝退潮泥濘難行，夜晚漲潮摸不清方向，眼見就要漲潮了，他知道縱使海上敗了，只要回到陸地，他便尚存實力，足以一戰。

然而方回到水寨內，卻已風雲變色，原本飲酒作樂的弟兄都倒臥如爛泥，渾身遭到綁縛，原來張四維早奉了汪直密令，酒中下了蒙汗藥，而趁著外頭殺得是屍橫水面、血濺波心之際，亞三率領底下的佛郎機人潛水侵入水寨，趁此機會殺人奪寨，並尋回蕾莉婭，眼前陳四雖然還奮力抵擋，但終究不敵，數次交手後其餘爪牙一一被擒，最終自己也被砍傷。

19 出港討賊變生肘腋　官兵突襲猝不及防

柴德美乃是慈谿人士，家中經營的柴窯自唐宋至今，已有數百年光景。這柴窯原本生產的乃是祕色青瓷，極受五代周世宗喜愛，有御窯之稱，可惜自從景德鎮青花興起之後，這祕色青瓷漸如昨日黃花。這對自小生活在上林湖，見慣天青水綠的柴德美而言，自是遺憾之事，畢竟青花瓷使用的釉料乃是波斯的蘇麻離青，自元代以來便廣受多數異邦人喜愛，但對他而言，溫潤如玉的青瓷，方是君子如玉的象徵。

也算是因緣巧合，正巧偶然與同為監生的好友毛海峰相聚，聽其提及此刻毛海峰已成為徽王的義子，協助其管理海上貿易往來，聽聞其說明海上貿易的諸多好處，因此在汪直與陳思盼一役暗助汪直，事成後除了與之瓜分陳思盼的財貨外，還得到了五峰旗號，得以出海，這對柴德美而言無疑是吃下了一顆定心丸。要知出海除風波難測外，最大的威脅還是倭寇橫行，而此刻徽王汪直一脈的船隊可以說是牢牢實實地掌握住整個東海的商業往來，船上懸掛五峰旗號者，八幡船便閃避不敢攖其鋒。前些日子柴德美一共出海三趟，取次前往琉球兵庫與平戶，便是如此，得以順利返回。這時他正在從平戶返回瀝港的路上，約莫再半個時辰就要入港了，一想到此行的利潤約有千兩白銀，忍不住躊躇滿志起來。

就在入港之時，卻見子癸處一艘三桅八幡船迅即駛來，這應當是要出港的吧！柴德美心想，只是在港內行駛如此快不免令人生疑，正要下令轉舵之際，卻見此船亦步亦趨依舊在子癸方位，隨著海流湧來，即將撞來，危急時分舵手把舵緊急轉向，左舷處遭遇撞擊，整艘船瞬間顛簸震動，如同地震。

就在此時，卻感受到另一股更為強烈的撞擊，原來當所有人注意力全在前方時，左側一艘福船趁機駛來，這福船吃水位過千石，論鬥船力豈能與己方船舶相比，但就吃在方才遭遇撞擊的虧，此刻柴德美已覺天旋地轉，一抬頭卻見原本左右的海員不是落入水中，便是身首異處，原來就在方才撞擊時，原先的八幡船已將鐵索、勾連之物擲來，數十名手持倭刀的倭寇一湧而上，領頭那人使的一柄精光大快刀，轉瞬間便斬斷數人手臂，直插心窩。見狀柴德美嘔吐不止，心頭大駭，在幾名家丁保護下迅速降下舢舨，倉皇逃生。

「你說什麼？柴家船舶遭倭船伏襲！」當消息傳至瀝港水寨，汪直忍不住震驚道。

原本陳思盼遭伏擊後，底下小股勢力如盧七、沈九及蕭顯諸人率部眾突圍，流竄而逃，為此，汪直便領著毛海峰及其部眾外出討賊，殲滅殘餘勢力。不料今日返回瀝港時卻聽到此消息，柴德美雖然身披數創但僥倖逃生，只是底下船舶與白銀全遭搶掠。由於此事正好發生在汪直出港討賊，因此水寨空虛，救援不及。

「究竟是何人所為？莫非是陳思畔底下的餘孽？」

「依孩兒所見未必，因為孩兒查驗了死者身上的傷勢，那刀勢凌厲若風馳電掣，是陰流之佼佼者，若我沒有看錯，應當是……」毛海峰說到此，便望向徐銓一眼後沉默不已。

見狀，汪直也心知肚明，自從數年前自薩摩藩返回後，徐海便聯合陳東結織一批陰流浪人，並招入其麾下，但此事不可不辨，他道：「派人送信與徐海，要他回來迅速來找我。」

數個時辰過後，徐海率領手下葉麻、陳東與底下數十艘船舶風風火火地進入瀝港後，便來見汪直了。一入內三人依次行禮分坐後，汪直便道：「我們日久未與你相見，反倒生疏了，我聽聞你近日正在擴張船舶海員彈藥武器，可是遇上了什麼困難？不妨與我商量。」

「汪叔叔有話便可直言，何必如此拐彎抹角。」徐海道。見狀，汪直忍不住強壓怒氣道：「數日前我等為討賊出港，奈何港內竟然有賊！趁我不備襲擊柴家少主之船。」

早在來此之前，徐海便已知曉劫掠一事了。自汪直與浙江海道私下達成合作，引起了一些部眾不滿，葉麻陳東者更是主張脫離徽王，自立門戶，省得受海道制約。為此他們開始私下搶掠沿海船隻，但徐海還是下令避開五峰旗號，以免與汪直衝突。只是這次陳東帶來的倭寇一時不察，竟劫掠了柴德美的船隻。

雖然早就猜到汪直早晚會知曉此事，但或許是累積了太多的憤懣與不滿，原本是不該說出口，但徐海還是不顧一切地說了，他清楚若依照汪直的習性，必得親自縛著陳東向柴德美請罪，才算了結此事，但此後自己也會被剝奪底下水兵戰船。他四處劫掠蒐集糧草，便是為了有朝一日能夠脫離汪直羽翼，畢竟他對於這種依附於浙江官府的行為，一直都難以忍受。

「那我倒想問問您，咱們作為官府走狗為其掃蕩海上倭寇的鳥日子，究竟何時才是了頭呢？」

「咱們目前所為，不都是為了等待朝廷正式開海嗎？」

「那敢問究竟要等到何時？」

「你！」汪直忍不住拍桌怒道：「我既以淨海王為號，淨者，靖也，便是要掃蕩海上，濟天下蒼生。這也是我與官府私下合作的原因，豈能容你進犯百姓，更何況如此大事定會震驚朝野，莫要又重蹈當初朱中丞派兵剿滅雙嶼的覆轍。」

「人生自古誰無死，我寧為田橫義士，不願為官府鷹爪。徽王若是容不下徐海，天地之大，總有徐海容身之處，青山不改，綠水長流，告辭。」徐海拂袖道。

浙閩巡撫兼都御史王忬正神色嚴肅地端坐在黃花梨木太師椅上，眼前站立著兩人，一人是都督同知萬表，另一人則是參將[52]湯克寬。

三日前舟山中左所回報，徐海與葉麻、陳東幾人率倭船襲擊瀝港，福船鳥船共計七艘遭焚毀破壞，死傷近百人。

僕役抬了兩張黑檀螺鈿圈椅來，王忬道：「請兩位坐。」

萬表道：「卑職待罪之身，不敢坐下，站著回話即可。」

「萬都督何出此言？昨日徐海領著倭子進犯沿海，此間內情尚未明瞭，朝廷也還未下任何罪責，你們不是罪人，還請你和湯參將先就座，再來回話不遲。」

見狀，萬表方才領著湯克寬兩人一同就座，接著王忬道：「萬都督，你久在浙江官場，不似本都御史經年累月都在漠北，不清楚此間大事，本官知道這本地仕紳唯利是圖，見海外有金山銀山，便勾引海上奸民汪直、徐海等人，獲取利益，但為何這徐海可以在瀝港之間如入無人之境？當日我遣舟師及官兵數千人，卻依舊突圍而去，而那汪直為何又率眾雄踞瀝港，這是欺我大明無人嗎？」

「大人！」此刻湯克寬憤然站起道：「卑職有一言，不知當說不當說。」

「本官蒙蔽久矣，一直等著忠臣良將對我明言。」

52 嘉靖二十八年，浙閩副都御史朱紈上奏，於總兵底下增置參將一員，協助鎮守地方，查緝沿海走私。

「那汪直以金銀賄賂浙江官場，明為清掃敵寇，實為兼併其餘海上勢力，擴大自己的地盤，如今整個東海，無五峰令旗不可行，宛然海上一霸。而徐海劫掠後，卻未被汪直肅清，為何？只因他們本是蛇鼠一窩，與官府合作，不過只是假象罷了，可恨浙江官場卻看不出這層關係，我雖有心，卻也只能徒呼負負。」

「萬都督，請問湯參將所言，可否屬實。」

萬表不知如何開口，只是長嘆了一口氣道：「句句屬實。」

「那浙江官場中與那汪直合作者，有哪些人呢？」

湯克寬起身，交出一份名單接著下跪道：「卑職冒著死罪，也要將此名單交給大人。」

王忬取了名單一看，閉目喃喃念道：「海道副使丁湛、把總張四維……整個官場幾乎十分之七都服膺於汪直那廝，如此鮑魚之肆，怎麼能不叫人寒心。」

「卑職痛恨倭寇久矣，願為先鋒斧刃，隨大人指揮，不掃平倭寇，誓不罷休。」湯克寬道。

「萬都督，你怎麼看？」此刻王忬轉過頭，面向萬表道。

萬表猶豫了一下道：「其實卑職也認同湯參將所言，日前卑職雖然同意以賊攻賊之策略，但這些海寇畢竟狼子野心，一但勢力龐大，恐為尾大不掉之勢，此時應當當機立斷，出兵剿滅，方是良策。」

「卑職願率領海船百艘，舟師千人，掃蕩海寇以靖倭患。」湯克寬道。

「好，若整個寧波府上下皆是你這樣的忠臣義士，何愁不能殺盡賊人？本官便令你與參將俞大猷二人，午時三刻後出兵瀝港，共同討伐逆賊。」

20 壬子之亂炮轟嘉定　淡仙遺言守護百姓

當湯克寬、俞大猷兩位閩浙參將率領數千舟師猝不及防突襲瀝港，在毫無防備之下，汪直領著弟兄率眾突圍，但卻死傷慘重，方廷助戰死，徐銓亦身受重傷，而負責斷後的黑牙旗船隊遭到極大損傷，船舶受到嚴重的炮擊，部眾僅存十分之三，死去的弟兄屍體數百人排成長長一列，屍體上覆蓋著白布。

毛海峰雖還未傷癒，卻主動請纓，要求以牙還牙，以血還血。

「義父，我們都已為浙江海道掃平海寇陳思盼，解救兩浙百姓的安寧，但官府卻耍了一個背信棄義，請徽王許我出兵炮擊寧波城門，為死去的弟兄報仇。」

此言一出，身後數百士卒同時下跪，齊聲大喊。

「汝賢，你怎麼看？」汪直問道。

此刻汪汝賢也跪在地上道：「依我所見，浙江海道之所以願意與我們合作，不過是希望藉由我們勢力剿滅其餘海寇，但如今陳思盼一死，狡兔死，走狗烹，官府眼看就要過河拆橋了，若不主動進擊，恐怕也只能坐以待斃。」

此刻汪直神色嚴肅，緊握著拳頭道：「但弟兄們，縱使官府對我們不仁，也不能對百姓動手呀！寧波城不只是我，亦是各位弟兄從小便生長、居住的大城，我們如何能對自小成長的城下手呢？」

「今日若不急下決斷，恐怕官府便會對我們痛下殺手，求徽王下命。」葉宗滿大喊道。

此刻他身後數百人亦一同齊聲大喊，一時之間汪直有種暈眩的感覺，他踉蹌地轉身，接著喃喃道：「大家難道忘了在媽祖娘娘前，立下的誓言嗎？」

汪汝賢道：「稟徽王，我們不敢忘，但此事確是官軍背信棄義在先，是可忍孰不可忍，請徽王下令，讓我們反擊。」

底下請戰的聲音此起彼落，如同大浪滔天一波又一波湧來，震得汪直幾乎聽不見任何聲響了，此刻他高舉雙手，瞬間，眾人靜默，取而代之的是一雙雙殷切血紅的雙眼，凝望著他。

對於這樣企盼的眼神，汪直並不陌生。

他朗聲道：「傳我號令，青牙旗封舟結成鐵鎖連江的陣勢，聯合底下海滄、大青、風尖、八槳船各三百艘，子時出發以鐵炮轟城門嘉定縣城[53]，另外朱、白牙旗攻海門縣，為死去的弟兄討公道。」

領著手下策馬進入嘉定縣[54]，就在方才以摧枯拉朽之勢攻下了霩霷千戶所，接著一路前往南直隸，順靖江向北大掠通州、如皋，另一股則向南進逼太倉、崑山，轉瞬間並攻入了嘉定。雖然他出海前曾號令眾人不可波及百姓，但當一踏入嘉定縣城，卻見四周硝煙瀰漫，街坊曲巷間碎石瓦礫破碎凌亂一地，盡是被轟炸過的殘骸，斷垣殘壁間，他看見肢體殘損的孩童、滿面塵土的婦女正抱著懷中的嬰兒、還有被壓在梁木之下男女老幼屍體，伴隨著一旁家人的哭喊，哭得肝腸寸斷，呼天搶地。

一名五尺孩童慌忙不迭地跑來，但見到汪直為首的數人，卻嚇得轉身就跑，但才奔過了轉角就聽到淒厲的哭喊，汪直上前一看，卻是隸屬於田邊五郎底下的倭人部眾，以薙刀刺穿孩子的身子，一眾部隊正在殺人取樂，一旁還有滾燙的大鑊，準備將將死未死之人丟入為戲。

「不可傷害百姓，你們忘了戰前的命令嗎？」毛海峰一腳踢翻了沸鑊，逕自上前道。那人以日語說了一串話，汪直聽清楚了，此話的意思是戰後本就是要劫掠，否則作戰的意義何在呢？接著便揚長而去，海峰還想上前議論，但汪汝賢卻攔住了他道：「算了，咱們麾下水軍龍蛇混雜，更何況在倭人心中，破城後劫掠乃是常規，其餘部眾有樣學樣，恐怕也難以禁止。」

就在此時，在一間半傾頹的屋舍間，只見兩名男子赤著上身提著褲子離開，髡首鳥音，兩人手上兀自提著沾血的倭刀，然而讓汪直驚訝的，卻是前方那人手上提著一只白鶴簪子，見此汪直心念微動，待這幾人離開後，進入屋舍內。

只見半掩的屋舍內，一名女子欹躺於屋漏處，熹微的日光照在她衣不蔽體的身子上，青絲覆蓋著臉頰。她緩緩地動了一下，起身，像是織女漫長的等待，以眺望河漢的楚楚雙瞳望來道：「直哥哥，是你嗎？我終於等到你了？」

汪直迅速向前，攙扶這搖搖欲墜的玉體道：「是你嗎？愁予，我一直沒找到你，我找了很久，卻始終沒有你的消息，沒想到今日終於讓我見著你了。都是我不好，我與你相約戌時，卻因為張珠毀堤淹田，逼得我得去解救災民，待我返回時卻已不見你人影，都是我對不起你呀！」

「直哥哥，那日我出逃，等不著你，被張珠底下爪牙抓回，自然是受盡凌辱，此後張珠老爺因為從商失利財務虧損，便將我賣入青樓。」

53 嘉靖三十一年（一五三四），汪直率眾乘百餘艘巨艦攻克嘉定縣城，大掠通州、如皋、海門諸縣，進窺山東，史稱「壬子之變」。

54 位於今日上海市西北郊，明代隸屬蘇州府，嘉靖年間倭亂頻仍，南直隸飽受侵擾，嘉靖三十一年，嘉定首次遭倭寇進襲。

「難怪……」汪直此刻也心裡有數，當時怎麼也探聽不到愁予消息，也猜想必定是被轉賣。一想到此事由自己而起，而三番兩次離救愁予於火坑總是棋差一著，忍不住大慟。

「都是我對不起你……」汪直緊抱著愁予悲痛道。

「不怪你，怪愁予自己命苦，張老爺替我取名淡仙，淡仙的琵琶和曲子都彈唱得很好聽呢！我常想著，何時能彈一曲給直哥哥聽。」

愁予掙扎著起身，想要去碰觸那牆角的琵琶，但這一瞬間肩上的繡衫滑落，露出裡頭的紅瘡。興許是見到汪直震驚的眼神，愁予迅速地拉扯衣裳，以極為憂傷的神色道：「不要看我。」

「愁予，不要害怕，你和我上船，我會想辦法治好你的廣州潰瘍的。」

「直哥哥，不用了，這廣州潰瘍是不治之症，早在奶奶死時我就知曉了，奶奶死前身上長滿紅瘡腐肉，每到如廁更是痛苦異常，發出淒厲哀號。奶奶撫養愁予，我卻無法報答，因此奶奶死後我只得賣了自己，好讓奶奶入土為安。此刻我生了一樣的疾病，是萬萬不會好的，只是在死前，有一件事想求你……」

「你儘管說，不論什麼我都答應你。」汪直抱著愁予瘦弱的身子，內心萬分悲慟道。

「直哥哥，求你救救兩浙百姓。」

「你說什麼？」望著愁予的臉，此刻她的神色卻十分篤定道：「直哥哥，你在百姓之中可是大有威望的，我時常聽人說，有了徽王，就有了生路，眾人都是因為你經營海道互通有無，方才能賺取銀子。而且之前我雖未在五柳橋處等候到你，但我知道你是因為要幹大事，你為了守住寧波府的蠶莊與桑田，不使其落入張珠老爺的手裡。此地百姓一提到你的名字，無不歡欣踴躍，即使是五尺童孺，亦知你為衣食父母，更何況你之前還擊殺了盧七與陳思盼這些惡名昭彰的海盜，嚴令手下不得騷擾百姓，每次我聽見你的大名，我都好高興……」

話還未說完，愁予不住地喘著氣，蒼白如紙的臉色如風中一葉，汪直道：「愁予，你別再說了。」

「不，直哥哥，我知道我身子是不行了。昨日倭寇以鐵炮轟破了嘉定城牆，近日哀號慘烈的聲響，不斷地在我耳邊湧現，我和幾個姐妹雖然躲了起來，但最終還是被他們發現了。幾個拚命反抗的，都被亂刀砍死，有的姑娘被綑綁在樹上挑斷手腳筋凌辱後殺害，有些人甚至以繩索縛住雙腳躍入海面，以誓寧死不屈之志。賊人一直靠近，我說了不要，我有病，但他們都不聽……直哥哥，我知道你有本事可號令倭寇，他們莫敢不從，求你率兵離去，救救兩浙百姓，這樣即使我死了，也會感激你的！」

愁予的一字一句彷彿都扎在汪直的心窩裡，他將這瘦弱的身子緊緊抱在懷裡，起身走出，對著一旁的毛海峰道：「傳令下去，咱們撤退。」

海峰拿出懷中海笛，峭拔的笛聲恍若一隻飛鵬翳入迢迢的蒼穹之上，越升越高，彷彿依稀間看不見蹤影了，接著四面八方無數的海笛聲同時並起，彷彿數百名劍客以薙刀將氣流飛快地一分為數十，四處都是撕裂的慄冽聲響，五峰旗下以海笛聲響為信號，只要一聽見海笛聲響，其餘人眾便得繼續吹奏以傳號令。

此刻海笛聲乃三長音一短，意為退兵，凡聽到此號令者一個時辰之內就得返回所屬船舶之上，笛聲以海潮的姿態一波波震盪而去，但此刻卻有幾名童孺誤以為是倭寇要進攻的號令，自破碎的牆垣間跑出，驚恐獸散，一名跑了一下便摔倒的孩童哇哇大哭。

「孩子，莫要怕……」只見他流了一臉鼻涕，汪直試圖將手放在他的頭頂之上，企圖安撫這孩子。

然而此刻一名婦人卻衝了上來，奮力地將孩子給藏在身後，她臉上滿是塵土，但手中拿著尖刀不斷哆嗦，唯恐再次被傷害。

沒等汪直反應，她拉著孩子往反方向奔去，卻見歸來的田邊九郎部隊，汪直來不及阻止，倭人將母親與孩子拉開，母親發出了一聲悲憤又淒厲的哭喊，孩子也發出求救的叫喊：「娘親救我……」但彈指間薙刀刺穿了那來不及長大的身軀，孩子緩緩倒地，母親驚叫連連，轉身將整個身軀朝薙刀撞去。

死前，那一雙眼睛正巧朝汪直處望來，那雙充滿恨意、絕望的雙眼，竟比任何薙刀都還來得鋒利，閃電似地，幾乎要將他給劈開。

「徽王，我們該去哪裡？」一個時辰後各色牙旗已然返回船舶之上，當汪直下令開船時，毛海峰立於一旁，等待號令道。

汪直不言，只是雙眼死死地眺望著海面上，卻怎麼都不願回首，朝嘉定縣城再望一眼。

海峰又問了一次，汪直方才道：「咱們回去，返回五島列島，此生此世，再也不回寧波府了。」望著遠處的海水，汪直內心有種難言的苦澀，卻無法說出口，因為他是一方之王、是海上的強者，注定了可流血卻不可落淚，哪怕心神俱碎、五內俱焚，卻也只能強自堅持。

21 衝冠一怒酬知己　無鱗銀龍困淺灘

門前數十匹車馬以海浪的姿態飛奔而來，為首的一人頭戴三山帽、身著紫繡團龍雲肩袍、腰繫玲瓏嵌碧玉絛環、腳著金線抹綠皂朝靴，生得鐵面劍眉，眼如烈焰驕陽。

馬婆見了這陣勢，趕緊出來問道：「不知大人寶號如何稱呼？大駕光臨，老身有失遠迎，還請恕罪。」那人自馬上道：「我乃天差平海大將軍徐海，字明山，聽聞牡丹樓此處有位馬翹娘，有國色之姿。徐海不才，備有明珠一斗、鮫綃、絲綢各十匹，白銀十封，權做薄禮，求翹娘一見。」話方說完，早有一群小嘍囉將箱篋之物取上前來。

馬婆見這陣勢，如何敢拒絕，驚得扯著裙子小跑步奔進屋內了，此時徐海取出腰間苗刀，以指尖輕彈，只見這百煉鋼也吟嘯出陣陣龍吟鳳響，此刻他感到如鯁在喉，有種強烈的情緒想要吞吐而出，於是唱道：「常是逢人氣不平，相看白眼太憨生。肝膽向來曾寄客，文章況爾復藏名。抱璞不收和氏璧，閉關羞作蔡生迎。丈夫自有英雄志，肯與爾曹效諧纓。」

唱完之際，卻見有人道：「這詩倒是好的，只是倒少了王氣。依妾身所見，人一生若得遇知己，莫說是一身肝膽，連頭顱性命都贈與對方，也是得償所願。」轉頭只見數十名女娘款款走來，而在中央的，正是翹娘。

要說姿容秀麗無雙，徐海平生也見過不知多少這樣的美人，但與翹娘相比，卻像庸脂俗粉般，不僅僅是那出色的容貌，尤其是那眼眉間的一股抑鬱之氣，與掩抑不住落拓俠氣，都如同一壺濃烈的醇醪，令人朝思暮想。

那日她將螓首靠在徐海厚實的胸膛之上，感覺那微微的心跳，竟似海潮一般拍打著，日升月恆，興許是夢見了她還是良家子的情景，那時她還不是馬翹娘，而是叫王翠翹，日日於深閨中刺繡針黹，夢醒之際，感覺半邊的鮫綃，都暈得濕透了。

興許是見了她的眼淚了，徐海不停地追問她，究竟是受了何等委屈，也許是徐海身上那股磊落且真誠的氣息，觸動了她內在最柔軟的所在，那日，她將自己本是良家女子之事，以及如何賣身救父，遭馬監生拐賣至牡丹樓中，以及她於牡丹樓中想方設法逃脫，卻遭風月之人楚卿欺騙，被妓院追回，綑綁三日天天滴水未進，承受了火辣辣一百鞭的酷刑，生不如死……

如此種種，她說得雲淡風輕，彷彿是別人還是前生的事情，卻引得徐海勃然大怒，聲稱要為她出口惡氣，那時她竟有些驚得呆了，多少恩客不過就是纏綿著她如花的身子，幾時有人會將她的話當真，甚至真心待她。

「你等著，雖然我現在仍羽翼未豐，但有一日我畢竟會替你報仇，出一口惡氣，但在這之前還得請你等等，不如這樣吧！我帶你走，我會找一處靜僻處好生安置你，等我，帶你去海上。」徐海道。

「我不能和你走。」多少次她內心企盼著的，便是離開此地，不再操如此生不如死的勾當，但當徐海開口時，翹娘卻拒絕了。

她斜倚欄杆，目光放向遙遠的彼方道：「我相信有一日，在千樹萬株桃紅盛開的時節，會有一位一心人踩著滿山的紅霞帶我離開此地，許以白頭之約，生生世世，不離不棄。」

博山古銅香爐細細地噴出煙來，在藍道行的周匝旋繞了起來，他手持桃劍緩緩地擺動著，彷彿此刻的精魄已然遝入了清虛幻境，僅有肉身留在此地。相較他神態的幻夢與迷離，花梨木臥榻上的嘉靖帝卻陷入一股憂慮之中。

就在上月他方建醮祭壇，不料在七七四十九日所煉的丹爐竟然爆裂，這使他憂心忡忡，丹爐爆裂，金丹化為烏有，豈非不祥之兆。

「我大明原本是日、月合一，但，此刻在東海上卻有另外一輪明日升起。」藍道行突然悠悠道。

聞言，嘉靖所有的神經都緊繃了起來，作為帝國的至高者，他絕不允許自己的權力遭到侵門踏戶，莫此為甚。

「傳令下去，召嚴首輔入宮。」內侍的傳令聲接連不斷如同海潮的聲響，斷斷續續。

此刻嚴嵩內心不由得震動了一下，原本他差遣羅龍文將祕信一封與汪直，目的便是要他暗中自海外運來白銀一萬兩，並承諾會以國庫內尚存的市價等值貨品作為折抵，堂堂一國首輔竟然得與私商頭領交易，如此滑天下之大稽他豈敢洩漏半分半毫，若是真洩漏了一點，莫說自己要死於陛下手裡，就算滿門抄斬，都還逃不了被言官唾罵後世的命運。

但他也是別無選擇了，不論國庫或天子內庫都已白銀空虛，加以俺達入侵[55]耗損的軍餉，而前年嘉靖宮殿

55 西元一五五〇年，由於多次請求邊境貿易未果，蒙古黃金家族韃靼土默特部俺達可汗，率領底下騎兵越過長城，入寇中原，劫掠至北京城下燒殺擄掠後離去，史稱「庚戌之變」。

丙丁[56]，修繕都得耗費白銀，但最緊迫的還是薪俸，已經數月無法按時核發白銀，而滿朝言官無不磨拳霍霍上書指責於他，卻無人能處理此事。為此，他也只能鋌而走險，祕密修書與汪直，並承諾此事一了，必會想盡辦法要嘉靖同意開海，不料徐海率倭人入寇瀝港，震動了浙江官場，閩浙巡撫王忬派兵剿匪，因而激怒了汪直及其底下的部眾，倭亂便如星火燎原，不可遏抑。

「聽聞那汪直緋袍玉帶，出行時侍婢撐金頂五檐黃傘，而底下大小頭目俱大帽袍帶，銀頂青傘，稱淨海王，在朕的國土上，如履無人之境。壬子倭亂，奸民汪直自海上領著賊兵，破我南直隸、兩浙、閩粵……半壁江山震動，卻揚長而去，如此大膽妄為，當真欺我大明無人了。傳令：但有能主設奇謀擒斬汪直者，封伯爵，賞萬金，授以坐營作府管事。」嘉靖帝道。

今年的冬日奇寒無比，據地方官員奏報，今年兩京一十三省有一半的省分都陷入了饑饉中，鄱陽湖與洞庭湖甚至在葭月[57]便結了冰，而風土溫暖的兩廣閩粵甚至降下了鵝毛般的大雪，糧食不足，民間盛傳著天子無德，上天示警的輿論，箭頭幾乎直指內閣首輔嚴嵩，甚至是背後的嘉靖皇帝。

頂著滿天的飛雪，乘坐於華蓋之中，進入了紫禁城內，接著就得步行了。雖然已經是古稀之年，但嚴嵩仍邁開蹣跚的腳步，在風雪泥濘中慢慢走向西苑。

嘉靖潛心修道，三十多年不上朝，因此，內閣議事便得來到西苑才可，這西苑是嘉靖的潛心修道處，每來到此地，都可以嗅到一股濃烈的火燒丹藥氣息。

「乾爹，我來扶你。」正在泥濘中艱難步行之際，卻見一名穿著緋色錦雞補服的男子、面色恭謹向前道。

「文華呀！你作為工部尚書，今日，可做好應對了。」

趙文華的臉色略帶不解道：「皇上所住宮殿遭遇祝融，我正全力趕修中，不知此事有何不妥？」

嚴嵩細瞇著眼睛看向他，神色淡然道：「你莫要問我，要問，就問你身後那些清流的官員吧！」接著便甩開手，逕自往前，不待趙文華在身後的呼喚。

御前財政會議上，只見首輔嚴嵩端坐其上，後方垂掛著軟軟的金絲帳，在燭光與火炭爐的暖氣中緩緩飄動著，彷彿在內簾帳之後是個虛空的影子、專制王朝底下的鬼魅，左側站立的司禮監秉筆太監，隨著其餘閣臣入內，會議開始。

一開始，照例由戶部開始報告今歲各省的賦稅以及收支。外頭的雪還在下吧！但西苑之內卻是溫暖若桃源，溫暖的爐火將此處隔成一個世界，外面又是一個世界，一個雨雪密布、餓莩千里的世界。

「去年工部預算超支，乃是因為修陛下宮殿的大木來自於西南，原本料想大木砍伐過後，以陸運轉漕運後便可，不料這陸路崎嶇不易，雖砍了大木卻不易運送，多耗了數月，方才連結上了漕運。臣已督促下屬，必趕在六月鯽貢之前星火送來，為陛下修建新宮。」作為工部尚書，趙文華回答道。

「趙尚書對皇帝陛下交辦的事物，很不盡心盡力呀！」此時戶部侍郎高拱突然插話道。

「高侍郎何出此言？」趙文華挑眉、神色惱怒道。

「我聽聞，近日趙尚書大啟爾宇，朝中百官都去慶賀，那日筵席可是炊金饌玉、滿座生輝呀！」

就在此刻，那檀香裊裊的簾帳之內，突然傳來一聲低沉的聲響，彷彿是從黃泉發出那樣深沉的聲響。

「趙工部，看你監督朕的宮殿，很是不用心呀！我前日經過南苑，也能見到花木扶疏、假山玲瓏間，是多

56 依五行的說法，丙丁於五行屬火，故俗稱火為「丙」或「丙丁」。《呂氏春秋．孟夏紀．孟夏》：「其日丙丁，其帝炎帝，其神祝融。」

57 指十一月。

麼巍峨且華麗的屋宇呀！」嘉靖道。

聞言趙文華忍不住一整個哆嗦，瞬間匍匐下跪猛磕頭道：「臣死罪，死罪，臣該死……」

睜開了假寐的雙眼，他一向習慣以老朽的面貌隱藏內在，正如那道爐內總是香煙繚繞的皇帝一樣，恍若塵世不知，卻極為耳聰目明。早在前幾日，他便猜到清流黨必定會針對宮殿一事展開攻擊，也是趙文華不夠聰明，竟吃了此等悶虧。

他是知道的，漕運效率緩慢，然而在颳著西南風的汛期，只消數日，便可以海運將大木運送至北京城，然而因為嘉靖施行海禁，無法以廉價的海運運送木料，民間所購木料都是來自於走私，而趙文華亦是透過走私商人取得廉價的大木。然而，此等走私僅能私用，豈可作為宮中用度？為此趙文華雖急得滿頭大汗，卻是吃了個啞巴虧。

清流黨此舉果然高明，橫豎不是認了走私，便是認了辦事不力，不，要是辦事不力也就罰俸罷了，這幾乎是藐視君王、內懷私心了。

「趙工部，我不是提醒過你，大泥已朝貢一批薰香大木，數日後使節便會隨著漕運上京城。此種大木須雙人合抱，歲久質堅，除了防蟲蛀外亦有清新宜人之效。為了等待這批大木，因此，還得請陛下再稍等些時日，這些，我不是都要你先向陛下上奏嗎？」

「是是是，閣老教訓得是，我真是該死……」趙文華磕頭如搗蒜道。

嚴嵩起身，那細瞇的眼睛微微露出精光，望向其餘人道：「要知道，咱們為陛下做事，累死了也是應當，但倘若事情沒辦好，便貪圖享受，那就是大大的不敬了，爾等都該引以為戒。」接著轉身，對著那虛空的金簾躬身道：「啟奏陛下，趙工部的確辦事不力，臣以為該罰。」

此刻，已有小太監撐起了簾子，嚴嵩便一人走至那檀香繚繞的幽暗不可知的處所，彷彿也被吸入了同樣幽暗所在，其餘的閣臣就這樣站立著，他們已經太習慣這樣的會議模式，僅有少數閣臣，才能被允許，進入那金絲與香煙繚繞之所。

過個一炷香的時間，當嚴嵩緩緩走出來後，裡頭內侍宣讀道：「趙工部罰俸三個月，限令一年之內修畢殿宇。」

聞言，趙文華的身子終於止住了顫抖了，但卻依舊不敢起身。

依稀有人發出了嘆息、不甘的聲響，他也感受到了，可惡，想必是那群清流黨吧！利用此種狀況對自己進行打擊。

「請問還有哪一部要上奏？」

「戶部有事要上奏，昨日我與肅卿[58]研擬了百官要核發的薪俸，卻發現由於去年財政赤字，加上今年春雪甚寒，稅收不足，恐怕，百官的薪俸難以為繼。」張居正道。

「胡說，陛下不是下令工部開採銀礦了嗎？若開採銀礦順利，應當可以順利處理去年國庫赤字的問題，而無須在這饑饉的荒年還對百姓收取賦稅。」說此話的便是高拱，雖然高拱此言像是回答張居正，但那眼神，卻明明白白地對著趙文華。

趙文華此刻額上再度冒出了汗滴。

就在此時，那簾帳內再度傳來了聲響：「趙工部，卿所開採白銀之事，究竟辦得怎麼樣了。」

他遲疑了一下道：「臣會同司禮監馮保公公一同開採銀礦，目前已得兩萬八千五百兩白銀收入，待鎔鑄整

58 高拱，字肅卿。

塑，再扣除火耗後，便會奏請兵部，派遣船舶與水軍沿途護送入府庫，到時應當可以作為百官薪俸之資。」

「不只是百官薪俸，浙江海道還上了奏摺，是一名叫俞大猷的參將，希望朝廷可以撥款製作封舟巨艦，以此方能御倭寇於海上，保衛沿海百姓安寧。」張居正又道。

眾人一片靜默。

嚴嵩再度睜開雙眼道：「我大明洪武年間便片板不可下水，若真建造封舟巨艦恐怕有違祖制。」

「但目前軍隊薪餉已然不足，我與兵部核對了金額，開支恐怕僅能到今年年初。」張居正道。

「既然如此，不如待新開採的銀礦送達後，先行發放薪餉，那造船之事容後再議。」高拱此刻道。

緩緩躺在紫檀榻椅上，嚴嵩細細地聞著自香爐中緩緩繚繞而出產自美洛居的阿伽羅香，窗邊以合浦珠串起的珍珠簾，手上拇指戴著的，是以玳瑁製作的扳指，而桌上擺著的一碟玉米麵鵝油蒸餅，這屋裡幾乎十之七八的陳設，都是出自國外，由海道而來。

雖然明國採取海禁，但對國外的貨品有著極大需求，卻也是不爭的事實，最大的問題，莫過於對白銀的需求孔急了，雖然是作為一個歲薄崦嵫老人，但嚴嵩心底可是雪白通透的，為了應付龐大的軍事開支與宮廷活動，舉國上下都被捲入了白銀稀缺的浪潮，尤其是經濟富庶的江南更是如此。

把玩著手中的無麟之龍，此刻家僕道：「老爺，趙大人前來拜見。」

「讓他進來吧！」

方一入內，趙文華便噗通一聲下跪，口中喃喃道：「乾爹，求你這次一定要救救兒子呀！」

嚴嵩緩緩道：「是為了銀子的事吧！起來吧！」

「乾爹，兒子真的是有苦難言呀！我披星戴月前往西南邊陲，為我大明效力，費了朝廷三萬兩銀子，扣除火耗後卻僅得兩萬多兩，這，我原本今日便是想將此事先行報告，再請內閣和議，但，但卻不料那高拱找碴，我可真是什麼都說不出來了呀！」

「我明白，然而我大明銀礦短缺，卻也是不爭的事實，此事卻也由不得你。」

「敢問乾爹，那兒子現在該怎麼辦？」

「你瞧，這是什麼？」他眼前擺著一條細緻的銀龍，彎曲的龍身與鬚眉如髮細膩可見，但龍身卻是光滑無鱗。

「這是蛇嗎？頭上還長了兩支角。」

「非也，此乃銀龍，可惜身上無鱗，乃因鱗片都已被開採殆盡。」

「乾爹，兒子不懂，還請您開示。」

嚴嵩笑而不語道：「請羅龍文進來。」

見有外人入內，趙文華也不好意思下跪，逕自起身，此刻嚴嵩道：「文華，龍文是小犬的朋友，擅長製墨，這是他贈與我的『漱金松華圓墨』，此墨以清水化開，墨香清雅，我這就轉贈與你吧！另外，龍文他年少在海外有奇遇，跟隨了一名大主子，你若有困難，儘管向他說便是。」

龍文道：「工部大人，這銀蛟乃淨海王所贈，他道：我大明就如同一尾掉鱗之龍，因此只能潛淵於內陸，若想要飛龍在天，他可傾盡金山銀山，為我大明真龍將鱗片給悉數補全的。」

「你家大人是？」此刻趙文華的額上滲出了汗水。

「淨海，靖海者也，我家大人自稱此名，便是希望能為朝廷掃除海寇，蕩平天下。」

22 西施女念桃花前盟　偉大王仗義救苦海

井字的木櫺間鑲著薄透的海月蛤[59]，一寸大小，像是小小、一片片的魚鱗一樣，每當外頭日光參差穿透過這層明瓦後，那燠熱的白晝，也隨之化為冷冷的海上明月了。望著這濃淡不一的蠡殼窗，她想起坐在明瓦船內，艤舟化入一片水月連天、星月無涯。海上生明月，天涯共此時，香爐裡，冰片與丁香焚燒後纏結出一股纏綿的香氣，末尾還加了些許龍涎香，初不甚濃其淡如菊，但燃燒殆盡後卻留下一股馨香，沾染衣袂間可達旬日，香氣不滅。這龍涎香價同黃金，存於海鰌腹中，得歷經十多年的地久天長，方能誕育出勾人心魄的馨香。此刻香氣恍若海潮，一波又一波湧來，翠翹漸漸地入睡了。

不知為什麼，翠翹很喜歡調香。

她想起了那個以海為名的男子，自從他離去後，她便下定決心閉門謝客，哪怕是鴇母馬婆如何地責打，卻也只肯對著恩客彈奏一曲琵琶，不願委身以色事人。

興許是明山那黝黑深邃的臉容、懾人的眼神，伴隨一出手便是百斛珍珠的闊綽，這一切，都使得馬婆雖然心有不甘，但卻存著些許忌憚，擔心若是逼迫自己緊了，有一日明山真的返回牡丹樓，說不準就是白刃血光。

但馬婆就是貪財，近幾日，三不五時就遣賈婆來她這兒坐坐，這賈婆也是風月場的老手了，能說善道、穿針引線，說沒幾句，便有意無意地，提起那方過三十的黃衙內是多麼地玉樹臨風、抑或那新任的周守備正缺一門妾室……說著說著，便會意有所指道：「這人無千日好，花無百日紅。」這女人的青春便如桃灼芳菲般，若是韶華一過，便是秋扇見捐，任憑你雖未色衰，但郎心已逝，若想找一戶人家從良，就要趁著青春正好，莫要空等，辜負了大好青春……

任憑這賈婆如何似雎陸賈、勝魯仲連，但翠翹自始至終只是悶悶地不發一語，畢竟從以前，她就很擅長等待。

只見湘簾外，桃紅柳綠變為了十里荷花，而金風玉露又轉成了溶溶春水，最終又回到了那明媚的春日，簾外依舊是桃紅柳綠，鶯飛草長，但自己卻已虛度韶華了。

街道外人聲鼓沸，該是混雜了吹管、嗩吶還有多少的鑼鼓，依稀還夾雜了許多馬蹄聲響，但她卻連眼也懶得抬一眼，她正低頭手擒彤管，素練上正勾畫出一幅墨梅煙雨圖。她習慣對外界的喧囂置若罔聞，此刻她正沉緬於那一年，她還是王翠翹，還不是馬翹娘這花名，在盛開著爛漫桃花的梅軒內，她與金重私訂終身，那日金重欲與她行雲雨之事，但她卻道：冰在山則清，女在家則貞。因此金重以千萬朵桃花為誓，在下一輪桃花開放之際，必來迎娶她為妻。

但她終究是沒有守住自己的貞潔，為什麼會如此呢？即使她已經隨身攜帶小刀，若是真的逼姦未遂，就要

59　海月蛤，又名雲母蛤，貝殼近圓形，極扁平，一般殼長一〇〇—一一八毫米，高九十三—一一〇毫米。殼質脆薄而半透明，邊緣易破碎，江南殷實人家將海月蛤的殼切成適當形狀鑲嵌於竹片編成方格內的窗櫺間，被稱為蠡殼窗、蚌殼窗或是蠣殼窗，在紹興高級的烏篷船又被稱為明瓦船，亦是以海月蛤的殼鑲嵌於遮陽的木作格子間。

一死以留清淨無垢身，但千古艱難唯一死呀！真要臨死之際她卻哆嗦顫抖不已，當馬監生對她用強時，那一刻，她只能躺臥如屍身。

「娘子，娘子，你快往外頭看……」

「怎麼了？綠姝，莫不是有哪位達官貴人要來此尋花問柳，又帶了禮物來了吧！有什麼好大驚小怪的呢？」將頭髮纏結繚繞，她百無聊賴道。

「不是的，你瞧外頭，有數百棵盛開的桃花呢！」

這是不可能的，此刻時序早已入夏，那緋緋桃瓣早已零落成泥輾為塵，枝頭上早已長出濃密的綠葉和枝椏，半點落紅都見不著了，但不知怎麼，她還是情不自禁地起了身，往窗櫺靠近。

只見窗外紅花如霧，萬點灼灼芳菲如雨落下，她不禁摀住了嘴，這怎麼可能呢？卻見底下有著數十名身著彩衣之人手捧長長的桃瓣枝條，將整個牡丹樓都給團團圍住了。

緊接著炮響連天，遠遠的大道之外，數十道旌旗恍若白浪翻滾湧動，帶甲兵數千人立於四方，中軍杏黃旗展動，鼓樂喧天，熱鬧非凡，這陣勢，像哪個天兵天將下凡來迎娶仙女似的。

此刻數十名僕婦魚貫而上，低垂著頭手捧各式箱奩，打開一看，裡頭盡是彩綢、合浦珠、硨磲貝、珊瑚各式珍異，又有絲羅巾帕之物，光彩奪目，恍若天界。

為首一名女娘道：「大王請夫人更衣。」

不過一炷香的時間，此刻她穿了綠羅裙，上身雪絲交領繡芙蓉配銀紅比甲，頭上梳了個銀絲鬏髻，羅衣添香、顧盼有情，就在此時，她聽見了一陣低沉的腳步聲響，還未回頭，只聽見身後道：「翹娘，我遵守了約定，將滿山的紅豔，給帶來與你了。」

這是徐海的聲音嗎？一開始她還不敢確定，畢竟她已經等待了多年的花開花謝，輕回螓首，只見一名白浪般的男子熠熠立於身後，那原本就稜角分明的容顏，似乎讓海浪給削得更加銳利且剛硬了，他依稀是瘦了，但整個肩胛和身形卻更加魁梧不屈了，只見他身著黃金甲，腳踩雲紋牛皮皀靴，腰間繫著一柄綠皮鯊魚大太刀。

「東南之地有一處島嶼氣候溫暖、有沸泉環繞，因此谷地之內早有桃花盛開，為此，我特地派人砍下數十道枝椏以泉水養護，一路海船再加快馬急於星火，為的就是想親眼讓你看看，這是不是就是你朝思暮想的盛開的桃灼呢？」說罷遞來一柄桃枝，猶帶雨露。

她還未回答，徐海又道了：「我此次來，還帶了一禮與你，來人，將這兩名罪人帶進來，交與夫人發落。」

只見數名軍士手持利刃，拉扯著兩人魚貫而入，踉蹌下跪，兩人皆手足綑綁如同待宰牲口，頭上戴著黑布套，不斷簌簌發抖，待下跪後取下蒙面布，正是當初拐賣她至牡丹樓並奪去她貞潔的馬監生、誆她會救她出火坑卻又出賣她的楚卿，她險些要暈眩。

然而，此刻一雙大手卻扶住了她，在她耳畔道：「夫人，你放心，這些都是曾經屈辱過你的人，我今日將他們抓來，就是要你親手處置這些欺凌你的罪人。」

「夫人，小的有眼不識泰山，求你饒命了！」馬監生向前欲抱住她的大腿哀求，但徐海卻一腳踹在他的心窩狠狠道：「狗一樣的東西，夫人之名也是你的狗嘴膽敢玷汙的。」

翠翹一個哆嗦，步履險些不穩，徐海趕緊上前，扶住她道：「夫人，你放心，這些人我數日前便已抓獲，留著這些人狗命便是要你親手報仇。」

多少年來她一直想著快意恩仇的此刻，只見這兩人狀如牲口匍匐於前，不斷地口喊饒命，她輕啟朱唇：「爾等逼良為娼，有違天理，可知罪？」

「小人冒犯夫人天威，罪該萬死，求夫人大人大量既往不咎，小人此後必洗心革面，勿再做如此傷天害理之事了！」

「爾等非真心悔悟，不過是懾於兵刃，他日若我再度落於你們之手，恐怕更是生不如死，更何況爾等逼良為娼，不知多少年了，所做禍事罄竹難書，今日我取你們性命，也是天理昭彰。」

此刻徐海道：「來人呀！將這兩人等押下去砍了，用他們的鮮血去澆瀝桃花，為夫人報仇雪恨。」

告饒之聲不絕於耳，待處置了那幾人後，徐海又問：「這牡丹樓的鴇母馬婆可曾欺凌於你，你要如何發落？」

望了一眼不住哆嗦發抖的馬婆，翹娘道：「罷了，這段時間馬婆並未為難於我，就讓其離去吧！只是，萬花樓遭拐賣之良家子亦全部放歸，並請馬婆發與每人銀錢，使其重獲自由之身。」

待馬婆下去後，翹娘又道：「另外妾身淪落風塵，曾有一些人對妾好生照顧，大王若應允，妾身想要贈其金銀，以表恩德不忘。」

「這有何難，你儘管將姓名說來，我立即安排底下將士去辦。」

「招隱庵的覺緣師父對妾身照顧有加，另外，我初入青樓時，遭鴇母與楚卿設計欺騙，那楚卿佯裝要救我走，實則與鴇母合謀，待我被追回時，被毒打了近二百鞭，那時渾身是血，命懸一線，只能苦苦哀求饒我一命，馬婆要求底下姐妹得有人出來保我，方放我下來，那時，只有位淡仙姐姐為妾身擔保，此後在青樓裡，也多蒙這位姐姐照顧，我時時想之後若有奇緣，得向淡仙姐姐報恩方可。」

「這不難，只是不知這兩人此刻在何處，我立即派人尋了來，好了卻你一樁心事。」徐海道。

「招隱庵便在那臨淄，若到臨淄打聽一番，想必尋訪覺緣師父不難，只是淡仙姐姐之後卻不知被轉賣到何處。毫無消息，每思量至此，我都是內心有愧，不知如何是好。」

「夫人莫要急，我即刻派人前往臨淄，請師父來此與你一敘，以償你平生宿願，另外，你那位姐姐我也會派人查訪，相信若是蒼天有靈，必有善報。」

見徐海如此殷勤，翹娘的心一下子熱了起來，這麼多年來，她以為自己的心再也不會有溫度了，誰知徐海就像一團不講理的火焰，將她古井般的心，激起了連綿不絕的浪濤來，不知不覺，她眼角起霧了，見狀徐海連忙上前將她擁入懷中，暖聲道：「好好的怎麼又哭了。」

「我本名王翠翹，可憐命薄如紙，蒼天有眼，今日得遇一真心人，感君深情厚意，無以為報，妾身願與大王生生世世、白頭偕老。」

此刻內堂悄然無聲，窗外隱隱然可以聽見冰霜迸裂的聲響，今年的直隸雨雪來得密集，不過葭月，便已降下數場密雪，這幾天更是大雪盈尺，在以往，都只有臘月方如此嚴寒，整個直隸城飄起了鵝毛飛雪，風刀霜劍凍得人渾身難受。

「老爺，王世貞已經在宅邸之外跪了一個多時辰了，這……該如何是好？」總管向前稟報道。

羅龍文心念微動：此刻王世貞必然是為了他父親王忬來求情了吧！那日徐海闖入瀝港劫掠而去，此舉震驚朝野，原本在太原前線與蒙古作戰的王忬便被任命為巡撫，命湯克寬、俞大猷兩人為閩浙參將，三人訂下堅決剿匪的策略，此舉無異是徹底打破了汪直與地方暗中合作的協議，於是在一個薄暮的清晨，王忬遣俞大猷領著舟師數千人，戰艦千艘偷襲瀝港，彷彿數年前雙嶼的重現，焚毀商船與島上數百間寮屋店鋪，汪直因此發動壬子之亂，之後更是領著底下人返回五島，此後沿海陷入了長年兵燹。

嚴嵩緩緩道：「不見，你讓他回去吧！」

總管退下，但過了半炷香的時間，他又返回道：「老爺，我看這王才子也是名孝子，外頭風雪盈尺，他都這樣跪了一個多時辰了，他說若老爺不願見他，就求我帶個口信給您，但小人不知該說還不該說？」

「是說我陷害他父親，為王忬羅織罪狀，乃是因為嫉恨他為楊椒山[60]殯殮，是也不是？」

總管驚訝地抬頭，露出既驚且佩的神色答道：「意思差不多，王才子說：『他誤交佞友，為楊椒山辦理後事，如此忠奸不分，實屬糊塗之至，千錯萬錯求老爺殺他一人即可，但他父親王忬乃是含冤負罪，求老爺饒他爹一命。』」

「你下去吧！」嚴嵩道。

溫暖的內堂，中央擺放的炭爐熊熊燃燒著，他聽見一陣嗶啵的爆裂聲響，龍文彎身，取了一個鐵夾移動了一下木炭，就在此時，他聽見嚴嵩道：「你也覺得我殺楊繼盛，是出自私心洩憤嗎？」

此處無人，這句話應當是問自己吧！龍文起身回答道：「在下不敢妄自揣測，首輔大人行事必然有其道理，正如淨海王行事，都是以大局著想，自然無須事事向底下之人說明。」

「楊繼盛他上了一封〈請誅賊臣疏〉，裡頭歷數老夫五奸十大罪，其餘的也罷了，但他提及老夫專權，要知臥榻之旁豈容他人酣睡，陛下一生最容不下專權之人，那夏言就是個例子，我身為首輔，少不得殺伐決斷，專權那是不得已，此事只可意會，豈可戳破這一層窗戶紙呢！我曾私下請人送了一副蛇膽與他，勸說他莫要意氣用事，但他卻是個書生性子，逼不得已，我也只能讓楊繼盛赴黃泉了，否則以他的性子，說不準，更大的馬蜂窩都給捅了出來。」

「在下明白，首輔大人所言，便是開海一事吧！」

「沒錯，依楊繼盛的性子，若是再上一封直指老夫與倭寇勾結的奏疏，那可就數年的心血都付諸東流了，通倭乃是陛下的大忌，因此老夫不能不防。為保之後事情能順利，便授意趙文華以『欺誕不忠』的罪名，將總督張經、巡撫李天寵與參將湯克寬下獄，與楊繼盛同日棄市，只是如此一來，世人皆認為老夫殺害忠良，罪大惡極，權奸惡名，也只怕遺臭萬年了。」

最後幾個字說得極為悠長，一時之間，羅龍文竟不知該說什麼。想自己與青龍七宿底下眾人，寄居平戶，有家歸不得，在世人眼中乃是倭寇叛逆，侵害大明的罪人，想那楊繼盛等人雖然壯烈而死，但在史冊上卻熠熠輝光，反觀自己，稍一不慎，至死不就留下了個倭寇的惡名，永世不得超生了嗎？

「你害怕了嗎？羅龍文？」

沉思之際，嚴嵩突然道。

「稟首輔大人，我信徽王，徽王曾經說過，他這個王就如同海上之月，與紫禁城內的日遙遙相對，日月交替，方有光明。我相信總有一日徽王會領著我們等待朝廷開海的一日，日月凌空，為天下致太平。」

然而，眼前這名八旬老人卻沒有任何回應，龍文走向前一看，才發現他睡著了。

龍文走向旁，將門戶給掩上，轉身正要離去之際，突然總管又垂手而入，取了拜帖道：「啟稟老爺，胡宗憲大人已在外等候。」

此刻嚴嵩睜開濛昧的雙眼，緩緩道：「太好了，龍文，回去轉告你們徽王，他和我等的人，已經找到了，請他安心回寧波吧！」

60 楊繼盛（一五一六年—一五五五年），字仲芳，號椒山，直隸容城（今河北）人，嘉靖三十四年（一五五五年）十月初一，嚴嵩授意刑部尚書何鰲，將繼盛與閩浙總督張經、浙江巡撫李天寵、蘇松參將湯克寬等九人處決，棄屍於市。

23 願開海助黎民生計　桐鄉圍困十室九空

「啟稟徽王，弟兄們在海外攔截了數艘海船，聽他們的口音是浙江人，他們說，是來見你的。」午時，汪汝賢前來報道。

行走至松浦津外，只見港口處黑壓壓眾多百姓，他們看起來衣衫襤褸，有些可見在海上漂流了數月，方才到了此處，此刻因為語言不通，正是鬧哄哄的，讓松浦隆信底下的軍隊給包圍在一處，一名漢子道：「咱們要見徽王，有徽王，咱們才得生。」

「去他的嘉靖，根本就是『家淨』，若不是他沉迷修道，大興土木，咱們生活會如此苦嗎？天無二日，從此之後，我只認一個王，就是『淨海王』。」

「沒錯，嘉靖死守祖宗海禁，不讓咱們出海，明明海外就有金山銀山可致富，他下了死令逼得咱們只好鋌而走私，但海上倭寇橫行，別說風浪無眼，就算風調雨順，碰上倭寇搶劫，哪一次不是死裡逃生？若非徽王擊殺盧七、沈九還有陳思盼這幫殘酷的倭寇，咱們出海都得抱著與家人訣別之心了。」

「豈只出海心驚膽戰，這幫倭寇劫掠成性，即使在岸上，不知何時會遭其毒手。連年倭患，我們百姓命如草芥，生計讓餘姚謝氏這樣的世家大族給奪去，倭寇又連年干戈，動不動便是殺得十室九空，都不讓人活了。」

懇求徽王垂憐，拯救我們吧！」

「是呀！徽王，為什麼不讓我們跟著您呢？讓我跟著您一塊做生意吧！我那裡有上等的眼紋珠皮魟，每一顆鱗片都飽滿如眼球，若是讓餘姚商賈收購，不過一兩銀子的本金，但若是前往平戶、薩摩直接交易，可是獲利十倍呀！」

「你那區區鯊魚皮算什麼？我還有數百顆種珠[61]，我對種珠這門技術，可是熟門熟路了，前年我還成功地種出了佛像的馬貝珠，市價可達十金，但朝廷一個命令，卻要我以一兩銀子的賤價，將珍珠上貢與朝廷，豈非逼死百姓嗎？求徽王帶我們做生意，讓我把品質佳的馬貝珠順利賣出。」

「太好了，你有珠皮魟、他有馬貝珠，咱們正是一路，要知道這馬貝珠最適合鑲嵌於刀柄、馬鞍之上，你們的貨品要是能夠合作，再加上我的，一定可以製造出最精美的刀鞘、劍鞘、鞍韉……」

「你的貨品是？」

「鹿皮，我與友人日前因風浪漂流到高砂，在那裡看見了滿山的梅花鹿，隨意一些弓矢，便滿載而歸。我和你們一樣正思索該如何將之賣出，替換成白銀，正巧來求徽王，請徽王領咱們赴東西二洋，上平戶做生意。」

就在此時，有人遠遠地大喊道：「那莫不是徽王的五峰旗幟嗎？徽王就在那呀！」

「徽王，求您回浙江、回寧波吧！」人群中，有人下跪了。

一個又一個，接連不斷地下跪，起初只有細微的哭泣聲響，但緊接著這哭聲便如浪濤一般迢遞不絕，他聽見聲音道：「徽王呀！你莫要拋棄百姓，拋棄人民呀！」

61 明朝已掌握養珠的技術，依照明末清初聶璜《海錯圖》提到：「取大蚌房及荔枝蚌房之最厚者，剖而琢之，為半粒圓珠狀，啟閉口活蚌嵌入之，仍養於活水，日久，其所嵌假珠吸黏蚌房，逾一載，胎肉磨貼，儼然如生。」但由於技術問題，僅能種半圓珠，又稱馬貝珠。

人群裡不知誰先唱起了歌謠，那是他自小熟悉的歙縣歌謠，幾乎人人都能哼上一、兩句的，歌聲初不甚大，但緊接著一人、兩人、無數的人唱起歌謠來了。

前世不修，生在徽州。
十三、四歲，海道一丟。
跟著徽王，拚搏出頭。
發達成爺，落泊歙狗。

到最後，有些人也不唱了，乾脆打起了拍子，喊道：徽王出，救百姓、徽王出，救百姓、徽王、徽王……聲勢浩大，幾乎要動搖天聽。

「我決定回到寧波，去見一見胡宗憲總督。」待命人安頓好流離的百姓，返回水寨汪直便道。此刻他已收到羅龍文的密信，知曉此時王忬已經被調離，而後繼立下王江涇大捷的張經、李天寵二人也被羅織罪狀，此刻主導兩浙局面的，正是嚴首輔的門生胡宗憲。

「徽王，這樣是否太過犯險？咱們在五峰島內得領主松浦隆信之禮遇，又有數千百姓歸服，倘若回到寧波，我擔心，會有危險。」汪汝賢道。

「你說之事我也知道，大明嘉靖皇帝嚴守祖宗成法，但，海禁並非鐵板一塊，只要有機會，我都得想方設法，敲開海禁之門。當初劉邦赴鴻門，也是平安脫身，倘若天要亡我，避得了一時也避不了一世，但若天不亡我，開海就能成。」

「既然如此，義父，不如先讓我返回寧波吧！聽羅龍文所言，胡總督充滿誠意想要與我們共同開海，那就讓我私下前往，見機行事，若他真有誠意，我再修書一封，請義父親臨。」毛海峰道。

議事廳內，胡宗憲正端坐於中央的太師椅上，底下參軍把總總兵戚繼光、俞大猷、張四維、劉燾等人列坐其次。胡宗憲此刻神色肅殺，日前皂林大敗，派遣的士兵與增援部下復大敗，此刻底下的士兵對倭寇心生恐懼，尤其是陳東底下帶領的倭人軍隊，倭首頭戴頭盔上呈現金銀牛角之狀，左右各裝飾五色長絲，士兵傳言類同鬼神，隨著倭首摺扇一揮，倭人刀鋒朝上結成強大刀陣，耀眼白光下，官軍人頭落地。只因徐海率領著葉麻、陳東等人互為犄角，已經攻入乍浦。

「此刻倭寇的目標應當是要進襲蘇州、潮州兩府，再雙方合圍進逼南直隸，南直隸一旦陷落，恐怕會震驚朝廷。」聽聞完報告後，戚繼光憂心道。

「作戰部署最忌單兵作戰，即使勝了，但對大局無益，反倒徒增困擾。以我與海寇作戰之經驗，這些海寇極為狡獪，若官兵來勢洶洶便轉移閩粵、暫避其鋒，若官軍離去便捲土重來。若是之前，有人能以強大威望約束這些爪牙，豈會容許爾等鼠輩等人大掠沿海。」把總張四維嘆息道。

「姓張的你說的是什麼話，你說此言，莫不怪我當日襲擊瀝港，將那汪直給驅趕走嗎？你身為官軍竟然甘為奸民汪直臣僕，為其牛馬，居然還有顏面坐於此地，卻是羞也不羞。」俞大猷憤慨道，他與湯克寬為同僚，自從湯克寬因在王忬面前力主作戰，而被構陷下獄，與張經、李天寵同日遭刑戮，他便將這筆帳算到了汪直這些海寇的頭上，這些海寇的財帛不只滲入了浙江海道，居然還能左右朝中內閣，使忠良蒙冤，豈不叫人太息。

「姓俞的說話客氣點，雖說我乃把總而你位居參將，但要知此時你作戰不力，朝廷已褫奪了你的世襲百戶，你才有何顏面與我同僚呢？」

眼見此刻劍拔弩張，胡宗憲忍不住怒道：「此刻大敵當前，大家得同舟共濟才是，若論剿倭，你、我在座各位都脫離不了干係……今日召各位前來，實在是因為此事。」

胡宗憲命下人將一封書信給底下諸人傳閱後道：「此信乃桐鄉以八百里加急送來的書信，為提督阮鶚所書，此刻徐海、陳東與葉麻幾股倭寇，已經準備了大量的城櫓、撞桿，將桐鄉給團團包圍了。」

「什麼?他們行軍竟然如此快速。」俞大猷道：「既然如此，卑職願領命去剿滅倭寇。」

「且慢，阮鶚此刻也是求我出兵增援，只是此刻我軍兵力空虛，貿然出戰，恐怕非良策。」胡宗憲道，他心裡明白，皂林之戰大敗的結果，此刻士兵鳴鏑股戰、龜縮不已，要以這樣的軍隊去面對鋒頭正盛的倭寇，無異以卵擊石。但阮鶚的書信字字急切，若閉門不出，絕對落下縱容倭寇、見死不救的惡名。

正煩惱之際，竟然有人排闥而入，來者一身布衣，手中提著酒壺，一進來便毫不客氣道：「在座大家都在，我倒是來遲了，因何緣由大家都愁眉不展，恰似小寡婦哭墳。」

緊隨在後的衙役道：「啟稟總督大人，我方才已經阻攔，但此人說是您的貴客，硬要闖入。」

此人滿口紹興話叫人半懂半不懂，但見其神色狂傲，俞大猷皺眉，正想起身將此人給拽出，卻見胡宗憲斂衽起身，恭敬地下堂道：「諸位，這便是我近日聘來的師爺徐渭，此人乃是大大的才子，我可是三顧茅廬，方請得他出山，為我共商大計的。來，即刻為徐師爺備座。」

「抱歉，胡大人，我這酒還沒醒呀!不打攪你們了，只是不知道哪位把總或總兵打算出兵送死，有去無回，唉!可憐可憐。」

在座張四維等人略懂紹興話，忍不住面色一變，卻礙著胡宗憲面前不好發作，胡宗憲也正色道：「師爺何出此言?」

徐渭呼嚕呼嚕喝了一大口酒，接著環視眾人一圈，見狀，胡宗憲便道：「今日之會暫且先了結，爾等先退下吧！」

待眾人離去後，胡宗憲立即將徐渭迎至上座，拱手道：「我奉朝廷之命來此肅清倭亂，奈何兵源不足，先生有何良策？」

此刻徐渭正色道：「要平定倭亂，依在下所見，海上倭亂以那汪直為首，汪直此刻聯舫千艘成鐵鎖連江之勢，上頭皆配有佛郎機炮，海上相遇不可攖其鋒，只能誘之上岸，陸戰尚有三分勝算。我有三策，依序為上中下。」

「願聞其詳。」

「上策便是招安汪直，許以封侯俸祿，今東南沿海除汪直外尚有四大寇：徐海、葉麻、洪迪珍與陳東，這些人原本都是聽令於汪直的下屬，如今汪直遠渡日本，若能藉其勢力招安並要求其除四寇，則我軍不費一兵一卒便可弭平倭亂，此乃上策。

「至於中策則是先與汪直虛與委蛇，趁此期間建造封舟巨艦，為《孫子兵法》中『不動如山』；海上之戰無他，以大船克中船，中船勝小船，上頭再架設鐵炮，此乃『侵略如火』；並仿海寇建造蜈蚣船，便為『疾如風，徐如林』。中策在於戰場僅在海外，不至於損害我大明國土一尺一寸，村舍不會化為墟丘，百姓不致遭遇兵燹，此乃中策。

「至於下策，則是誘敵入內地。此些倭寇中，有不少人是來自於日本大名的浪人，善用武士刀，而我軍多是農民之兵，承平日久訓練不足，加以兵部所供給的鎧甲以棉紙濫竽充數，兩軍對峙，敵人如切西瓜，我軍一觸即潰，即使有一兩個武功蓋世之人，卻也不敵對方陣勢。若要陸戰則需訓練新兵，訂定陣型，此乃下策。」

胡宗憲眉毛微皺：「依我所見，卿之所言，上策乃為下策，下策方是上策。先生有所不知，一者：海禁乃是祖宗成法，我區區一總督無權改變；二者，自憲宗年間有太監勸皇上仿效永樂故事，再下西洋，卻遭內閣反對，車駕郎中劉大夏藏匿造船文件與海道針經後焚毀，並下旨關閉各地船廠，如今船廠廢弛老舊，船工流散，就算能夠糾集船工，但海軍職權指揮權究竟該歸於司禮監、內閣抑或兵部？如今主上疑忌甚重，我若上書請求開船廠，少不得遭言官彈劾，此處來看，只有下策可施行。」

「總督大人莫要著急，依我看，這上策仍有機會。我有八字箴言，您不妨先修一封密信給嚴首輔，陳述利害後，若其應允咱們的策略，便可施行。」

「哪八字呢？」

「先定大局，謀而後動。」

胡宗憲皺眉思索了一下後道：「多謝先生良策，但此刻有一事卻是箭在弦上，如今桐鄉被圍，阮鶚寫信求援，但我軍兵力不足，倉促出兵對抗徐海，恐難取勝。」

「這並不難，胡大人日前送了不少金銀禮物給徐海，徐海回贈了一封書信，您可還記得。」

「自是記得。」胡宗憲走上案牘，將一封書帖取來道：「師爺指的可是這封書。」

徐渭取來道：「這上頭的字跡娟秀，措辭典雅，絕非徐海這樣的麤魯之人寫得出來，依我猜測，這信應當是出自他的夫人：王翠翹。」

「願聽高見。」

「這王姑娘原本是臨淄名妓，輾轉來到本地，聽聞徐海對她十分寵愛，尊為夫人，甚至為了替她報仇，大掠山東斬殺仇頭而去。徐海此人心性無常，或許可以從這位王姑娘入手，若她能勸服徐海歸順，甚至是讓徐海轉戈對付葉麻、陳東，則我軍便可少費士卒，桐鄉之圍不攻自破。」

「甚好，如今下一步該如何操作，還請師爺明示。」

「將河朔一帶潰兵收編，於桐鄉縣外方圓十里處紮營，以四面包圍之勢，包圍倭寇。」

24 徐渭智取徐明山　殺人葉麻終伏誅

烏鎮水塘上，數艘橄欖核似的明瓦船於江面上緩慢地漂移著，此刻正是花朝節，江面兩岸栽花植柳，十里錦浪鶯飛草長，枝頭上綴滿了各色鮮妍的花草剪紙，與桃杏爭勝。

一艘四道明瓦窗的大船上，走出了一名粉妝麗人，醇醪似的眼波、桃腮櫻唇，身著藕絲對衿衫，下身綠紗挑線鑲邊裙，銀絲鬏髻，金鑲紫瑛墜子，娉婷裊娜的身姿，彷彿只要一眼，便能讓整個人都迷醉了。

見這明瓦船尚有些顛簸，身後一名英武的男子隨即扶住她道：「翠翹，你還好嗎？」

她輕搖螓首道：「不妨事的。」

徐海仍是憂心，這幾日，不知怎麼翠翹總是這樣愁眉不展的模樣，問了幾句卻也是低聲嘆氣，緊接著便不語了，徐海向來就是個直腸子，最不能理解女人的心思，但見翠翹如此煩惱，就不知該如何，正巧近日烏鎮香市，數十里外的男女老幼無不來此朝山進香，趕入迎神賽會，便決定帶著翠翹出門遊賞。

「看著岸上街肆如此熱鬧，不如我們就上去走走吧！」徐海道。

沿著岸邊走了數百步，陪著翠翹買了幾色繡線，此刻只在柳月橋邊，立著幾名卜卦先生，還有賣糖人的、糖葫蘆的，更有絲綢簪珥、糕點果品、香燭木耳各式小販好不熱鬧。

「先生，敢問您是摸骨、看手相、面相、還是測字？」徐海問道。

「我的占卜叫做鳥占。」一名相士指著金籠裡一隻黃羽翠眼的鳥道：「一切的相命方式皆有所因襲之物，既有所因襲，便有所力不可逮，因此老夫我純任天機，只須讓這神物去替我取個籤詩，其餘，你什麼都無須說，老夫自會娓娓道來。」

這名相士身著青色布袍，整個身子卻是枯瘦，恰似狼毫筆狠狠地皴過宣紙上的痕跡，一雙矍鑠的眼睛朝這裡望來。

徐海原本想要離去，但翠翹卻扯了一下他的衣袖，見此徐海便道：「好，那我就測一測，看這占卜準不準？」

「心在山東身在吳，飄蓬江海謾嗟吁。他時若遂凌雲志，敢笑黃巢不丈夫！[62]」此刻翠鳥自青花蓮足碗上叼起一個小卷，相士取出一銀挖耳將其展開後吟誦道。

「這是何意？」徐海心底想，原來自從汪直退回五島列島後，沿海便陷入了無主的時刻，自己拉了葉麻、陳東二人互為羽翼，又自薩摩島引領了數百名擅長陰流的浪人，戰場上殺人如切瓜，加以明軍多為世襲軍戶，腐敗久矣，所做弓箭如摧枯拉朽，受過訓練的浪人甚至可以空手接箭，為此明軍只要聽見倭寇一來便望風而逃。因此自己已經劫掠了許多財帛，只是他向來痛恨世家大族，凡是陸地劫掠只以世家大族為主，平民百姓自是勒令手下不可侵擾，但葉麻陳東二人卻非如此，因此所到之處，村舍多成丘墟，城邑大遭荼毒。

眼前自己馳騁海上，豈是飄蓬二字而已，但自己此刻聲勢已然超越當初的徽王，且前些日子胡宗憲竟然還送來了金銀禮物，眼下之意，應當是希望自己能如汪直一樣與之合作吧！但自己可不想成為官府的狗，如此一來，詩末是笑那徽王不如自己了，但隱隱約約對詩意卻又有不明瞭之感。

「天機不可洩漏，客官若想要再探詢天命，要請您前往小舍一坐。」那相士道。

「胡宗憲總督底下師爺徐渭徐文長，見過大王、夫人。」一進入廂房內，這名相士突然道。

徐海霍然抽出倭刀喝道：「你是如何知曉我身分的？速速說來，否則便取你性命。」

然而徐渭卻是淡然一笑道：「大王無須驚駭，聞大王英雄豪氣、識見非凡，今日一見氣度果然非常人所及。胡總督欣賞大王的文韜武略，卻緣慳一面，因此遣卑職前來，與大王相見。卑職內心有一句話，不知當說還是不當說。」

「如果是招安一類的狗話，莫要說出口，以免汙了爺的耳。」

「明山，你莫要如此衝動，這位徐文長可是紹興著名的才子，不宜如此無禮。」翠翹正色道。

此刻徐海突然有些明白了，他望向翠翹，但她沒有轉頭，只是以一雙楚楚的眼神望向他身後的遠方，如煙似霧，那一刻，她的眼瞳像是陰雨前的汪洋，憂傷且惆悵。

「大王，你也莫怪夫人，你是當世英雄，夫人又是如此紅顏，英雄美人自當建功立業拚個封侯蔭子，白頭偕老，何苦在這鹹水上過著刀頭舔血的日子？胡總督可是親口允諾，只要大王能同意招安，過往罪愆他可奏報朝廷將功抵罪，到時豈不兩全其美？」

「說的倒容易，我等本是良民，安生過日子，只因陸上維生不易，逼不得已成為海商，然而本地仕紳卻結合官府非要將我們逼上梁山，吞沒銀錢不給予我們貨品，這就是你們這些謹守儒教、成天空談心性的讀書人幹的好事：官逼民反，若非如此，我們豈會甘願成為海寇。」

62 出自《水滸傳》第三十九回有〈潯陽樓宋江吟反詩　梁山泊戴宗傳假信〉。

「大王暫且息怒，你所言之事，胡大人也是知曉的。前任力主海禁一派的王忬大人、以及張經、李天寵這幾位大人已經獲罪或正法，此時朝中上下一心，都願為開海而努力。而日前胡總督已經派遣蔣舟、陳可兩人出海，曉諭汪直，汪直也願意擇期返回定海關，歸順朝廷，這就是他派遣其義子毛海峰送來的書信。你若不相信，自可展信一探究竟。」

徐海一手提刃一手取信過來，翠翹於一旁將信紙抽出，徐海凝神一看道：「這是徽王筆跡沒錯，上還有淨海王三字朱印。」

見狀，徐渭繼續道：「只要大王願意接受招安，到時胡總督上報朝廷，連同開海之令一併進行，一方面可為國效力，另一方面又可經營海道，豈不甚好。」

「說得容易，朝廷視我們海商如寇讎，豈會如此容易接納我們，有何條件？說！」

「大王胸襟開闊，見識非凡，素聞大王底下原來有兩名虎將，一名陳東，一為葉麻，這兩人所到之處一向焚燒宮室、侵害婦女百姓，罪狀可說是罄竹難書，大王若願意親自領軍擊殺這兩名逆賊，到時胡總督必然上報朝廷，赦免你的罪責。」

見徐海不語，徐渭又道：「此刻汪直已經派遣其養子毛海峰率領艦隊巡弋海上，為我海上長城，素聞大王本為汪直舊部，兩人可謂唇齒相依，既然汪直都已歸順，那大王為何不依從大義呢！到時封侯蔭子，勝過刀頭舔血生活。」

「你說什麼？徽王真的歸順了？」徐海喃喃道。

沒有再多說任何一點言語，此刻徐渭明白，目的已然達成了，世人只知他熟讀經史、書畫精妙，卻不知他最擅長的乃是窺探人心，自幽微的起心動念下，埋下一根根離間的細針。由於兵源不足，以寡勝多最好的方式便是離間計，兵不厭詐，更何況他欺瞞的對象是進犯大明的罪人，對於這些人，背信棄義不害小節。

「另外為了表達誠意，胡總督送來了飛魚服、刀劍於此，望大王能審慎考慮，明智決斷，有朝一日同朝為官，報效朝廷，豈不甚好？而胡總督底下有俞龍、戚虎兩員悍將，可與大王裡應外合，共同清理門戶。」接著派遣一名男子上前道：「此人名夏正，表面的職業是布商，大王若有要事，可以與夏正交代，讓他來此地找我徐相士便可。」

「你是不是有什麼……想要對我說？」夜裡，徐海一人獨自飲了數十杯酒後，終於向翠翹問道。

悠悠地，低垂著那張鵝蛋般素雅的螓首，水珠子般細細的淚，自眼角流下，翠翹道：「我知道你一定怪我，為什麼要你招安……」

「不怪你，說吧！」

鮫人一般的淚滴，落入錦帕之上，翠翹道：「我怕，每一次你出海時，我總是莫名地心驚，我怕總有一日，我看著你出門，卻……」

徐海抬起了那張梨花般的臉，柔聲道：「你莫要這樣說，我答應過你的，我會好好地守護你，絕對不會比你先死的，不會再讓你一人流落在外，受盡苦楚……」

「但我害怕，只要你一出去，那人的眼神，就跟豺狼似的，就在上次，他竟然對我不軌……」

「你說什麼？」

半個時辰後，葉麻方才接到徐海的傳令，來到徐海的艨艟之上，一上甲板只見遠處漁火閃爍，但徐海卻沉著一張臉容冷然道：「葉麻，我待你不薄，你為何趁我不在船上之時，侵害了翠翹。」

葉麻望了一眼徐海身後船艙內燈火明滅處，道：「兄弟那時多喝了點酒，不知為何自她身上聞到了一股甜香，說也奇怪，原本不過三分醉意，突然就整個人有些意亂情迷起來，那日的確是衝動了，大哥你怪罪於我，我向你賠個不是便是。」

「有些事情，錯了就是錯了，豈能草草了事，你立即向翠翹下跪認錯，求她原諒你，另外你又是用哪隻手觸碰了她，說，我要將那隻手給砍了。」徐海冷然道。

葉麻的臉色變了，他道：「我們兄弟出生入死那麼多年，當初你離開徽王，我也毫無怨言地追隨著你，我們二人與陳東歃血為盟，約定生死禍福絕不背離，你今日竟然為了一個妓女要罰我？」

「不准用你的狗嘴開口吐出那個髒字，翠翹是我的夫人。」

「夫人？哼？妓女就是妓女，就算睡了她，也不妨事。」

「畜生，任何人都不准傷害她一絲一毫，更不准從你口中吐出那齷齪之字。」徐海掄起拳頭拳擊如風，一拳擊中葉麻面門，他踉蹌退了幾步，吐了一口血，兩顆門牙掉落，面色怔忡，一時之間仍不敢相信。

葉麻突然仰天長笑，過了半晌方停止，徐海冷冷道：「笑什麼？」

「我笑我蠢，竟然相信與你同生死、共富貴的誓言，既然你對我無情，我又何必對你有義！咱們自此割袍斷義。」他自腰間取出一柄匕首，刀刃一揮，一片袖袍隨著海風迅速飛舞，如同暗夜蝙蝠。

此刻徐海抽出腰間的鯊魚皮大太刀，而葉麻也兩手高舉腰間斬馬刀，做出斬擊的招式，海風呼嘯，當桅杆上的海鷗振翅飛起，發出車輪輾過似的呼嚕聲響，徐海大喝一聲向前奔去，刀刃相交，宛若火石撞擊。

此刻翠翹正憂心忡忡地在船艙內，凝望著眼前這一幕，她的男人正為了她與結義兄弟生死相搏，她是多麼地擔心。原本她不敢說出真相的，她害怕一說出口，徐海便會對她露出鄙視的雙眼，像其他的男人一樣。

但徐海卻不斷地逼問，此刻她身邊的侍女綠姝下跪說出了實情，只覺徐海的臉色逐漸變換，像是風雨欲來前那平靜的大海，她以為他會對她大怒，但徐海沒有，輕輕地將她拉起，摟在懷中。

刀風霍霍，此刻綠姝亦在翠翹身後，凝視著眼前的一切。半個月前徐渭派人找到了她，交與她一個包袱，打開一看，裡頭有著三雙染血的小靴和一套棉布衣裳，她忍不住痛哭失聲，這是她娘親還有稚子的遺物。

徐渭緩緩對她道：「徐海與陳東、葉麻諸人大掠百姓，城破之後便是燒殺擄掠，連幼童也不放過，甚者將殺人視為比賽，比賽誰刀口上沾染的性命多，甚至在孺子身上淋上草油，觀看其倉皇求生為戲……」

綠姝哭了幾個時辰，眼睛都哭成紅桃子了，她是嘉定縣人，生了孩子丈夫卻亡故，逼不得已只好將孩子交託給娘親，到妓院裡找了個生計，只盼著有一日自己可以脫離此地，早些和家人團聚。不料再次相見，卻是如此的生死相隔。

待她哭泣完畢後，徐渭睜著一雙海浪般深邃的雙眼對她道：「胡總督有心滅賊，無奈兵員不足，姑娘雖是平民，卻也可共效大業，到時殺賊立功，為百姓除害，便可為家人報仇了。」

「那我該怎麼做？」綠姝睜著眼睛緩緩道。

「那日，胡總督送了徐大王許多禮物，有三箱湘繡、二十斛明珠還有瑪瑙、翠玉、貓眼石若干，這些都是女人衣飾，你們大王向來寵愛夫人，必定將胡總督所贈全數轉給你家夫人，其中有一串紅麝珠，裡頭暗藏一種名為芙蓉淚的春藥，你找時機套在你夫人手腕之上，記得，一個時辰之內，讓她接近陳東或是葉麻。」

當彎月般的刀刃飛出，牢牢地插在桅杆之上，徐海手持大太刀指著葉麻的咽喉，下令道：「來人，將葉麻綑綁。」

此刻卻有數名手下上前，紛紛下跪道：「大王，葉麻是您的兄弟，即使衝撞了您或衝撞了夫人，也請看在往日的情分上寬恕了吧！更何況兄弟如手足，妻子如衣服……」

「你說什麼？」徐海一個暴怒，正要發作，卻見眼前的人約莫十來人，看起來都是支持葉麻的，若自己真的與之揮戈，沒準就落了下風。

思索了一番，徐海自腰間取來繩索道：「先將這廝綑綁起來，關入船艙之內，再做處置。」

夜半，徐海領了幾名親信駕著海滄船，來到了相會的地點，原來徐海夜裡聽了翠翹之言，料想萬一葉麻的部下趁著夜色來劫囚，將葉麻救走，此後便是金鯉入海，再也不受自己羈勒。今日兩人徹底撕破了面皮，若是葉麻一走，鐵定會去尋陳東，而自己與陳東有嫌隙，若兩人合作共同對抗自己，絕無勝算，於是便在船艙內先將葉麻灌了數十杯紹興，醉眼朦朧之際，將他拉扯上船。

柳月橋畔，此刻一抹桂魄恍若紙糊的燈籠似地，高懸在天際，正在焦急等待之際，卻見一名漢子領著一名七旬老者前來，手上拄著過頭拐杖，步履蹒跚。

「夏正，人我已經帶來了，徐師爺呢？」原來徐海為免夜長夢多，便遣夏正去尋徐渭，然而此地卻不見徐渭蹤影，正納悶之際，那名老者突然道：「徐渭見過大王。」

「你是？」月光清輝下，此刻徐海方才看清，眼前的這名老者嘴上掛著鬚髯，原來是徐渭易容的。

「此刻大王雖已棄暗投明，但礙於身分不便暴露，以免遭到其餘海盜的攻擊，為此我易容相見，方不至於洩漏彼此的行蹤。」接著轉頭問道：「這人就是葉麻嗎？」

「沒錯。」

徐渭的眼神射出一道刀鋒似的神采，但轉瞬便消逝了，他道：「太好了，大王肯迷途知返，值得讚許，我便將此人交由胡總督發落，下一步，應當就是陳東了。此人曾為薩摩島酋書記，嘉靖三十四年引倭寇五十三人入侵，四處流竄燒殺擄掠，殺害百姓四千餘人，害我一御史、一縣丞、一指揮和一把總，如此罪大惡極，豈能寬恕，此刻他正圍困桐鄉，提督阮鶚、縣令金燕正率領守城將士浴血奮戰。大王若有心，肯隨胡總督並肩作戰，到時胡總督必然將大王的功績向朝廷呈報。」

「此話莫再說，葉麻此人對我不義，因此我將他交給你們處置，但陳東我與他畢竟兄弟一場，要我與他作戰，是萬分做不到，告辭。」

「等等。」徐渭上前道：「大王視兄弟如手足，但弟兄卻未將大王視為腹心，前日俞大猷參將底下斥候攔截到書信一封，請大王過目。」

接過徐渭手上之信，一旁之人舉起火把，一展開信徐海不禁大驚，這竟是葉麻寫給陳東的書信。

「好你個狗賊，你竟然要陳東攻占桐鄉後來伏擊我，然後暗中率領部眾裡應外合將我擒殺，目的應然就是要強占翠翹，你還是個人嗎？呸……」徐海一邊怒道，一邊以腳踹向葉麻，饒是葉麻神智不清又口蒙麻布，想要大喊卻也只能發出嗚嗚的聲響。

徐渭的嘴角露出了一絲微笑，日前的確截獲了陳東底下的斥候送給徐海的書信，但卻是陳東要徐海合力攻打桐鄉。此刻桐鄉正是大敵壓境，提督阮鶚派遣死士八百里急報要請胡總督出兵救援，但徐渭卻要他按兵不動，只因為他擅長模仿筆跡，只消一眼，便能臨摹出一封一模一樣的書信，因此徐渭便假造了一封幾可亂真的書信，用以離間徐海。

踹了一陣，徐海臉上的怒氣逐漸平息道：「多謝徐師爺，否則我便吃了這廝的虧了，如今我將這廝交給你處置，今晚我便派遣兄弟退回海上，並將葉麻底下的部眾一百多人悉數擒獲，交給胡總督處置。但要與官軍共同抗敵，卻非徐海所為。此後我便率領弟兄退回海上，若朝廷有意願開海與我們做生意，再來談條件吧！」

「非也，胡總督已經派遣宣輔田九霄從嘉興進駐斗門，分守汪道昆督率知縣張冕率兵自湖州入駐烏鎮，參將丁儀率兵自海鹽縣入駐王店，指揮樂塤督率千戶羅天與率兵自崇德進駐石門，此刻兵分四路，桐鄉已成合圍之勢，大王想要孤身離去，恐怕插翅也難飛。」徐渭自懷中取出書信來與徐海道。

一見此信，見裡頭的兵力部署與合圍之勢，徐海不禁感受到一股強烈的恐懼，想逃又逃不了。桐鄉所在的烏青二鎮，所產輯里絲為上品，這也是他與陳東、葉麻不惜一切圍困此地的原因，但由於海禁再起，只能以武力搶掠，取得大量的輯里絲銷往日本薩摩。

雖然出兵合圍此事千真萬確，但此刻大軍卻駐紮在桐鄉數十里外按兵不動，只因此刻兵源雖多，但多數是羸弱無能之輩，或是潰散之卒，為此，胡宗憲僅要軍士就地駐紮，卻不敢輕易進擊。

但可笑的是雖然不過是紙老虎般的部署，但從徐海恐懼的神色上，已經可以看出其效果了。

接著徐渭又取出了一封書信道：「此乃淨海王汪直給胡大人的密信，此刻他的義子毛海峰，已經率領戰座船與舟師千人來此，協助胡總督共同抗敵了。」這是胡宗憲此刻最大的籌碼，汪直命毛海峰前來救援，憑藉著善戰強悍的毛海峰，桐鄉之圍方可解除。

「什麼?連毛海峰也來了。」此話如一道閃電平地劈來，令徐海眼前一片熾白，他吶吶道：「徽王對我有恩，我們曾結義為生死與共的兄弟，即使我背離了徽王，也絕不向他揮刀。」

「大王您自起兵以來屢屢干犯朝廷，罪不可赦，但你若可以趁此良機斬殺陳東，殺囚千人以上，胡大人願與其餘大人上疏，請朝廷赦免你往日罪愆。另外大王底下部眾遠道而來，胡總督請我備好湖絲十箱，棉布數十匹與永樂通寶三千緡，贈與大王與旗下的弟兄，另外還有簪珥璣翠一箱，贈與夫人。」

提督阮鶚與知縣金燕正站立於城垛之間，倭寇圍困至今，已經數十日了，今日清晨倭寇又發起猛烈的進攻，兩人連忙招募冶工煮沸鐵汁，澆灌而下，又準備飛石火炮諸多武器，方才阻止了第一波攻勢。此刻已經打到血濺殘陽，但倭寇攻勢卻如同潮水，綿綿不絕，怎麼不令他們心慌。

戰鬥了一整日，轟擊而來的炮火幾乎使得他的鬚眉焚燒，但比起身軀上的疲累，他更憤慨的是胡宗憲的閉門不出。他與胡宗憲為同年，兩人此刻又是唇齒相依，但胡宗憲的援兵卻採圍而不攻的策略，此刻城中流言四起，紛紛以為胡宗憲收受敵人的好處。

當城樓上的撞桿再次撞擊而來，那是今日的第十次攻擊了，猛烈的抨擊聲，整個城牆幾乎為之一震，牆壁也被震裂出一個巨大的窟窿，在此凌厲攻勢下，城牆即將崩毀，見狀，海寇們也發出勝利似的吶喊，眼見血戰即將結束，桐鄉縣即將被海寇給攻占。

但就在此時，數十列迅疾的馬匹以海馬的姿態洶湧而來，接著分裂成好幾道彎鉤，所到之處倭寇四散。連牆上的官軍，也感受到了這一股強大的兵力，數量雖少，但所到之處卻如同鯊口利刃，將倭寇化為齏粉。

此刻撞桿再度以雷霆萬鈞之勢突怒而來，正要撞上原先的窟窿之際，一人縱馬狂奔地一躍而上，順著繩索攀援而上，手提利刃左右一揮，將縛住撞桿的繩索給砍斷了。失去了憑依，撞桿迅速墜落且不受控制地滾至一旁，一時之間攻城的海寇閃避不及，成了撞桿下的亡魂。

「好身手！」此刻連守城的官軍也忍不住讚嘆道。

那人便是毛海峰，他返回寧波後得到胡宗憲的禮遇，在知曉了桐鄉圍困後，主動請纓求戰。畢竟若是此地的輯里絲盡數被徐海、陳東等劫掠而去，也會妨礙原本既定與松浦隆信的生絲貿易，這也不是汪直與青龍七宿樂見之事。

此刻底下的倭寇如同驚恐的魚群般，開始潰散逃亡。夕陽殘血，毛海峰率眾追擊了一番，斬殺數百人後方才返回寧波府。

逃了數十里後，陳東率領著殘部順著吳淞江，打算返回海上薩摩，但當船行至朱涇時，突然蒿矢、炮聲大作，原來夏正已經將陳東大敗的消息傳遞給了徐海，要他早作決斷，徐海接信時雖然猶豫再三，但想到葉麻已被擒獲，此刻自己孤掌難鳴，而陳東既然有害自己之心，若不早決斷，遲早為其所害，心一橫，便埋伏此處，待陳東倭人部隊一到便衝殺而出，一時屍橫水面、血濺波心，逃走、溺死之人不可勝數。

25 海中大酋血戰而亡　王翠翹苦遇斷腸劫

沈家莊內燈火熒煌，此處數年前遭海寇屠戮，夜間經過此地，不時可聽見一陣鬼夜嚎哭的嚶嚶聲響，即使是白日，青壯者也不敢一人獨行至此處，但此刻卻點燃了連綿不絕的火把，將這五里內照耀得如同白晝一般。

那日為了試探官府的招安之心，徐海特地比約定好的時日提早一日，挾強大兵力前去寧波府投誠。彼時總督胡宗憲、工部尚書趙文華、提督阮鶚三人皆在府內，還是總督胡宗憲首先挺身而出，當眾接見了他，並將他與部屬安頓於沈家莊內，在此地已經過了半個多月了。

而咫尺之外的東沈家莊，便是陳東率領部眾投誠後的駐紮所在。

子時，一雙仇恨的眼神如火炬，陰冷地注視著沈家莊，那是葉麻。

此刻葉麻的臉上布滿了大小不一的刀痕，有些是之前拚鬥中所傷，但更多的是被徐海送入牢獄之中遭到的鞭刑、炮烙，他原本以為自己應當會慘死在獄中吧！不料前晚紹興師爺徐渭來到獄中，私自放他出來並道：「總督准許你戴罪立功。目前徐海雖然歸附，但他不守約定時間刻意提早前來，又挾強大武力兵臨城下，此刻寧波城內的百姓非常恐懼，若你能斬殺徐海，總督可赦免你的罪責，並將王翠翹賞賜於你。」

一想到此，葉麻整個人都焚燒了起來，自從被徐海毆打後，他便日日夜夜想著如何報仇。握著手邊的稍，就在今日，他非得狠狠地將徐海的肉一寸寸地割下，再霸占王翠翹。

內室中，瑩白的蠟燭幽幽地燃著火光，上頭懸掛著一幅真容。徐海推門而入，只見王翠翹正低著頭虔誠地捻香三拜，便問道：「夫人，此是何人？你緣何要拜她。」

「這就是我說的淡仙姐姐，我一直想要與她相見，好向她道謝，但卻苦尋不到她的下落。既然如此，我想為她立個生祠，也算為這位姐姐祈福延壽。」

獨立於小溪畔，此溪狀若龍盤，兩岸花草舒紅，只見一棵盤曲的芙蓉老樹上頭正開放著豔麗如碗狀的烈焰，深樹上間關鶯語，薰風習習，行走在此處，不由得令人感到一股慵懶的醉意。

但不知怎麼，翠翹卻對此地有種似曾相似的感覺，究竟是何時？何地？她來過此地呢？

就在此時，卻見一女郎皓齒朱顏，臉若芙蓉娉婷而來，盈盈一拜。

翠翹忍不住驚道：「淡仙姐姐，我一直在尋你，卻怎麼也不見你的蹤影。想當日我被馬婆誑騙，是你為我做保，救我於難，又在我纏綿病榻時親自照料我，這恩情我是不會忘懷的。」

淡仙笑道：「我孽債已清，此刻返回太虛幻境了，只是念妹妹你塵緣未了，特啟稟斷腸教主容我再入人間。」

「姐姐，你說那斷腸教主在何處？又是何人？可領我前去參拜。」

「妹妹不必細問，他日自有相見之日，只是姐姐今日在斷腸會上宣及妹妹高才，眾仙聽見無不歡喜，因此教主特地要我前來，擬斷腸詩十首，送與妹妹題詠，並將此詩譜入斷腸冊內，這十題分別是：〈惜多才〉、〈憐薄命〉、〈悲歧路〉、〈憶故人〉、〈念奴嬌〉、〈哀青春〉、〈嗟蹇遇〉、〈苦零落〉、〈夢故園〉、〈哭相思〉。」

翠翹本是才思聰敏之人，細想自己前半生，這肝腸寸斷之事不知歷經了多少，隨即滴露研墨，揮毫書紙，裁為十首回文：

惜多才，鴛箋不忍裁。合歡年年為人譜，自身祇把相思捱。相思捱，惜多才。

憐薄命，夜夜成孤另。金屋常聞貯阿嬌，偏咱一面難僥倖。難僥倖，憐薄命。

悲歧路，羊腸苦難度。路艱未若奴心艱，一折差時千折誤。千折誤，悲歧路。

憶故人，眼見白頭新。何曾昔宿雲霄上，認得平生車笠真。車笠真，憶故人。

念奴嬌，對鏡頓魂消。我見猶然頻嘆息，怎教紅粉不相嘲。不相嘲，念奴嬌。

哀青春，嬌花似美人。正是上林春色好，願祈風雨潤花神。潤花神，哀青春。

嗟蹇遇，好夢都醒去。非是逢人便乞憐，祇因不識朱門路。朱門路，嗟蹇遇。

苦零落，一身無處著。落花辭樹自東西，孤燕失巢繞簾幙。繞簾幙，苦零落。

夢故園，歸魂誰肯援。松菊舊廬都不識，白雲芳草默無言。默無言，夢故園。

哭相思，哽咽已多時。心痛有聲吞不住，情深欲吐忽傷悲。忽傷悲，哭相思。

淡仙讀後道：「好詩，好詩，字字含心恨，聲聲損玉神，妹妹果然詠絮高才，此詩列入斷腸冊後定可拔得頭籌。另外再有一事特來相告，今日有大事將要發生，不論發生任何事，請妹妹切記保重玉體，待大事一了後妹妹便會重遇良人，此後花好月圓，一生無憂。」緊接著碎步離去，翠翹還待上前，卻彷彿碰觸到了紛飛的芙蓉柳絮，淡仙身姿轉瞬間消逝。

自玉枕清醒後，翠翹仍是有些怔忡的，方才的夢境如此真實，餘香在畔、淚痕未乾，腦中斷腸詩分明清晰，卻不似夢境一般。

她心中念想：方才姐姐離去之際，對我細語道：錢塘江上必然相會，不知是何意？而方才做斷腸詩回想起來仍是字字真切，只是每一首詩題串來卻似有未盡，莫非自己一生的斷腸之事還未到盡頭？

就在此刻，卻聽見外頭一陣金戈鐵馬的聲響，窗櫺外火光沖天，此刻她才發現，不知何時，原本還在枕畔的徐海，已經不在身邊了。

原本平靜的莊內，此刻卻湧入了數百名手持火銃、長槍之人。原來自從陳東知道徐海為了歸順朝廷埋伏擊殺自己的部眾，便與徐海結下了深仇，因此在徐渭的穿針引線下，決心趁徐海與軍士休憩毫無防備之際，陳東便率遣部下與葉麻合力，在這月黑雁飛的夜晚，向徐海尋仇了。地面上早已倒臥了數十具肚破腸流的屍體，看得出因為遭遇突襲，因此徐海麾下多數的士兵仍在睡夢中，紛紛成了刀下亡魂。

就在此刻，她看見了一個讓她心魂俱碎的景象。

葉麻那人不知為何竟然出現在此處，手中拿著長矟與徐海相鬥，刀刃相交，金光火石間轉眼已經鬥了數十回合，徐海雖未居下風，但身手移動卻逐漸緩慢。

烈焰火光照耀著那張布滿刀疤的神情，葉麻獰笑道：「此刻你已經手腳不靈便了吧！你知道為什麼爺不立即殺了你，給你一個痛快呢？你還記得以前咱們一起在海上狙擊跨鯊，所用的藥槍嗎？這矟上便塗了此藥，又淬了毒液，有促進活血、增強疼痛的效果，一旦進入經絡之中便會疼痛難耐，不到一時辰就會在地上翻滾發狂而死。你就一邊感受著毒發，一邊看爺怎麼享受你的女人吧！」說完，一把抓住王翠翹，那血汙的手在她臉上擰了一下。

「不要，明山，你快走！不要管我……」

然而徐海卻一個躍起，彷彿那渾身染血的跨鯊倏然捲起驚濤巨浪，一把將葉麻給向後撞，一直飛奔了數十步撞上後方石牆，像是投擲藥槍般，狠狠地將葉麻給插牢在石壁之上。

徐海頹軟地倒在地面之上，此刻大口的鮮血不斷自口中湧來，翠翹飛奔至他身旁，苦苦喊道：「明山，不要死呀！你死了我怎麼辦？官府竟然背信棄義，都是我負了你呀！」

「不要這樣說！」徐海道。

「你死，我跟你一起死。」翠翹滿臉淚痕道。

然而徐海卻道：「不要死，好好活下去。」轉瞬間閉上了雙眼。

拂曉時分，此地終於復歸於平靜，此處僅剩下身首異處的屍體，而官軍也停止了屠殺與射擊，沒有任何的殺伐與吶喊，彷彿都被集體割喉般，四周極為安靜，遠處那朦朧的天空，一點點熹微的日光。

此刻翠翹正愣愣抱著徐海的屍首，她不知道該怎麼做。昨日一下子發生得太多，使她幾乎以為那是一場幻夢，一場殘酷的夢。

但淡仙姐姐的身姿朦朧又清晰，人生什麼是真？什麼又是假呢？

不知何時出現的幾名軍士，粗暴地將她拉開，為首一人核對了徐海相貌道：「沒錯，這廝就是海寇徐海。」接著取出長刀，將他頭顱割下。

不要。鮮血濺到她的臉頰，她卻喊不出聲來。

「這婆娘就是王翠翹吧！胡大人說了，要捉活的，帶走。」

在人群俘虜中，翠翹用小腳走了數里路，此刻她感覺到一陣陣強烈的暈眩，幾乎快要昏死，卻又強自支持。隱隱約約，她聽見了潮浪的聲響，抬起螓首，此刻一輪白日正自右方的滔滔江面上潋灩出萬丈金輝，恍若千萬把銳利的寶劍。

此處正是錢塘江。

翠翹緩緩道：「錢塘江上相會，錢塘江……」她突然心有靈犀，奔跑至滾滾江面之上，只見江面風雲開闔、魚龍悲嘯，後方士卒追上，但王翠翹迅即轉身，冷冷道：「回去告訴胡梅林，殺降不祥，蒼天在上，必將有報。」轉瞬便跳入湯湯江水之中。

26 五峰入港鐵鎖連江　孤身入城鴻門赴會

是歲大澇，夏日連續十日的暴雨，淹沒村舍無數，到了冬日卻奇寒無比，凍餒者不可勝數[63]，但最可怕的則是疫病的傳播，整個寧波城都患上了高熱，得病者數日高燒不退，陷入寒顫與盜汗之中，數日後疼痛出血死去[64]。由於死亡與傳染快速，不過數月，寧波城裡城外四處倒臥著屍首，將死之人與屍體、病患為伍，棺槨供不應求，城中充滿死亡之瘴氣。

自從胡宗憲來到寧波城的第三年，便遇上了瘟疫橫行，他雖已上書請求內閣開倉賑災，並私信嚴首輔，但回信卻是此刻邊患告急，北方邊塞軍隊急需糧餉，且近日嘉靖沉迷修道，已然近一個月不見內閣。他心繫百姓想著該如何買糧賑災，無奈巧婦難為，左思右想，卻不知該如何是好。

苦思之際，探子來報：「大人，不好了，汪直率眾來襲。」

海門外巨艦百餘艘蔽海而來，鐵索聯繫艅艎，遠遠看去如海上長城，一隻飛鳥也難以凌越。

緊接著，他聽到了數聲平地驚雷的聲響，轟隆隆的鐵炮往天空射擊，每一聲射擊他都忍不住一陣顫抖。這就是狙殺陳思盼、擊敗大明海軍的艦隊吧！炮聲一聲又一聲，是在示威嗎？自從上回毛海峰到來後，自己一直好生禮遇，期間毛海峰還幫他解了桐鄉之圍，但為何此刻汪直竟然領著大軍直叩城門，要為徐海報仇？不，那徐海早已與他決裂，莫非要劫掠寧波？

「傳令下去，全軍戒備，令俞大猷與戚繼光速速從船廠調出船舶，各率三千名水軍戒備，再令一千名弓箭手，三千名官軍於城牆上待命。」

穿好絳色的錦雞補服，頭上方整好烏紗，聽見門外一陣叩門聲響，不出所料，徐渭已然來見。待一進門，他便道：「今日之事，生死存亡，在此一線了。」

然而，此刻徐渭的神情卻十分淡定，他徑直自桌上取一盞青花嬰戲僧帽壺，先滿斟一杯道：「這可是老君眉，泡了倒是許久，苦味太甚。」

胡宗憲原本還焦灼萬分，見狀，便道：「先生可有妙計，或有何見教，快說？」

「總督大人莫要著急，依我看，這汪直所來並非一戰，應當是挾其強大武力，打算與我們談論開海之事。」

胡宗憲眉頭微皺道：「你如何知曉？」

「我曾見過佛郎機人入港，會先以鐵炮對空鳴三響，汪直此舉應當也是相同目的；而之所以帶領大軍乃是展現其威勢，以武力恫嚇我軍莫要輕啟戰端。且我曾見過那汪直面相，此人面庭飽滿，非謀逆之相，若善加誘導，可為宋江。」

63 自明朝嘉靖二十九年至清朝乾隆三十五年（西元一五五〇年至西元一七七〇年），全球氣溫出現了一次明顯的下降過程，並一直延續到清朝道光、咸豐年間。這長達三百多年的寒冷期，中國的歷史學者常常稱之為「明清小冰期」，最大的影響便是氣候變異造成的水旱災頻繁、傳染病盛行，亦導致了明朝的覆亡。

64 瘧疾（malaria）是一種經由病媒蚊傳染的原蟲傳染病，主要症狀為週期性的寒顫、高燒、發汗，嚴重時可導致昏迷、多重器官衰竭及死亡。致病原為瘧原蟲屬（Plasmodium）原蟲，在人體發現的種別有四，分別為：惡性瘧（P. falciparum）、間日瘧（P. vivax）、三日瘧（P. malariae）與卵圓瘧（P. ovale）。

聞言，胡宗憲內心方吃下了一顆定心丸，就在此時，有人來報：「總督大人，師爺，那汪直派人送了一封書信，請胡總督過目。」

胡宗憲將信取來一看，原本嚴肅的神色逐漸緩和，但仍舊愁眉不展道：「先生果然妙算，汪直此信果然是請我開城門。」

遠方數千名海員同時大喊，那整齊一致的吶喊聲，恍若出自同一人的聲響，那氣勢幾乎海水也會為之沸騰，城垛也為之坍塌，自遠處大海邊傳來。

「請胡總督開城門。」

「我，淨海王汪直，今日來寧波，不為一戰，而為百姓。」

兩人極有默契地登上埤牆，自城垛間遠遠望去，只見白浪尖山上，那鐵鎖連江的船舶氣勢堅不可摧。

「文長兄，依你之見，咱們真要大開城門嗎？若是，若是……」

徐渭明白胡宗憲在害怕什麼。他喃喃道：「開城門吧！以目前汪直的兵力，他若要強攻，結果不都一樣嗎？不如，咱們反其道而行吧！」

駕著一葉海滄船，來到巨艦中心，這高聳、連綿不絕的海艦就像一座座高聳入雲的山巒，巨大的陰影完全將胡宗憲足下的海滄給遮蓋了，此刻他感覺他身著的補服、背心全讓汗水給濕透了。汪直此言究竟有幾分真實？他轉頭望向徐渭，這名與他同樣以詐術、離間而聞名的師爺，但此刻他的神情仍是那樣地淡定從容。此刻汪直就在高聳的船艦之上，彷彿身在高不可攀的雲霧中，他聽見聲音傳來道：「我聽聞瘟疫橫行，災民遍野，我特地帶來異域的祕魯膏，服用後數日可退燒，能救百姓於水火中，另外，尚帶來了白米千石，以賑濟百姓。」

「我已請城中郎中煎煮青蒿汁[65]與百姓，多謝徽王費心。」

「不費心，寧波府是我的故地，方圓百里內盡是我的鄉親，為了救他們，汪直願意傾盡所有。」

「胡某不才，乃安徽績溪人，據聞徽王乃安徽歙縣人，這樣看來，我與徽王還是同鄉。」見狀，胡宗憲趕緊道。

就在此時，自恍若迷宮的巨艦之間，一葦海滄以撥雲見日的方式，緩緩划出，只見船艄上站立著一人，年約四十，頭戴黑紗軟翅巾，身著黑青水緯羅直身，腰間繫了一柄長劍。他生得白淨面皮，但一雙眼睛卻如龍似虎、沉靜似海，一來到胡宗憲面前長揖道：「晚生汪直，拜見胡大人。」

初見此人，胡宗憲便已心知肚明了，此人氣宇不凡，必然是淨海王無疑了。

他趕緊道：「淨海王何必如此拘禮，我與大王乃是同鄉，我胡宗憲字汝貞，若淨海王不棄，稱我胡汝貞即可。」

「那既然如此，我字五峰，以後就請您稱我五峰島主，或是五峰也可。日前我的部將在東海之外尋到了數艘漂流的船舶，他們是從寧波府出海的，他們向我敘述了寧波因為疫癘與饑荒造成的慘狀，我聽了於心不忍，於是便率領船舶帶領諸多物資回來。聽聞城內死亡人數已高達上千，因棺槨不足到處盡是死去的屍體。救人如救火，還請胡總督大開城門。」

「好！五峰兄心懷百姓，這點我與你是一致的，我等等便命張四維把總來此，領你入城。」胡宗憲心知俞大猷向來與汪直不睦，也是因為他率眾偷襲瀝港造成汪直損傷，而張四維卻一心向著汪直，甚至甘為臣僕，為其經商貿易並共同剿滅陳思盼，其交情非一般。

65 東晉葛洪所著醫書《肘後備急方》中記錄了一個「治寒熱諸瘧」的藥方，「青蒿一握，以水二升漬，絞取汁，盡服之」。

「好，既然如此，那就多謝了。」

原本熙熙攘攘的街市，懸掛的店招酒旗花團錦簇，然而此刻卻是蕭條的景致，店鋪大門深鎖，街道上除卻餓死、病死的屍體外，不見活人。

「這景象，還真比咱們入寇、大殺四方時還來得慘烈呢！看來和倭寇相比，這瘟疫殺人才叫真正可怕。」眼見閭巷間如此蕭條，同為義子的王一枝忍不住說道。

「你哪壺不開提哪壺呢？此刻今非昔比，咱們可是和官府取得了協議。入寇那些事，此後也莫要再提了吧！」汪汝賢看了一眼汪直，他深知王子之亂乃是他的一塊心病，自是不願多提。

路旁停放的屍體有些已綑上白布、草蓆，興許是停放的時間太久了，有些屍體甚至發出令人作嘔的異味。汪汝賢道：「我聽聞寧波城內死亡人數已居數千人，此刻城內棺槨已然不足，這些路旁無人安葬之死者，多半都是全家陸續染疫，也無人出面安葬，才會如此曝屍荒野。」

「既然如此，咱們找一處設個義莊，將這些無主屍首殯殮，再尋個妥善的福地將其安葬。」汪直道。

然而就在此闃寂無人街道上，卻一名灰袍男子步履輕快，在夜空中宛若一隻展翅的仙鶴，他不斷地將牆面上的紙張給撕下。此刻一張破損的紙片飛至面前，汪直撿來一看，上頭印出一名手持拂塵、腳踩祥雲的仙人，手中捧著一個淨瓶，上頭寫道金丹護體，藥到病除。

數步間只見街巷轉彎處，一處道觀上頭懸掛著兩輪紅日似的紅燈籠，卻是門庭若市，近百人手中拿著亮晃晃的白銀與單子喊道：「求真人給我紅丸，賜我性命……」

「退下，真人正在煉丹，明日午時三刻，金丹紅丸便會出爐，此丹藥可是真人以神通飛至天界，採取千年靈芝所製，無病者吃了身強體健，有病者吃了更可延年續命，得服用三顆方有成效。一粒要價百金，若要取丹藥，就先將銀子交與我，明日來取丹。」

「滾開。」方才那名男子突然上前，憤怒大喊道：「什麼紅丸，這些都是方士誤國，染疫了就得好好休息，莫要輕舉妄動傷體內元氣，更何況官府已經準備了許多湯劑供百姓服用，你們不去服用這些方劑，反倒迷信食用紅丸，這些紅丸中都含有汞、砒霜種種毒素，服之對人無益且有害，莫要相信什麼紅丸可以藥到病除了，否則延誤治療，反倒病情加劇。」

「你胡說什麼呢？日前我家中稚子身患疫病，就是服用了紅丸突然身強體健、步履如飛，這清涼觀的張真人乃是當世活神仙，你莫要胡說，否則會遭五雷轟頂的。」

「各位鄉親不要驚慌，大家的心情我能明白，數十日城內瘟疫大興，甚者昨日一夜便有近百人病亡死去。我知道這疫病來勢洶洶，大家都極為害怕，但大家莫要驚慌，驚慌是對付不了任何疫氣的。此刻官府已經施藥，只要大家謹遵指示，莫要病急亂投醫，一定有機會能治癒瘟疫。且官府施藥價格低廉，一服青蒿汁湯劑只要銅錢一緡即可，請大家信我，和我一同去官府的藥莊吧！」

「這青蒿汁我們的確是有服用了，然而在咱們那個村舍，十人有六人服用了，還是死了。」一名臉上髒汙的男子道。

群眾眾口鑠金，眾人爭執不下，此刻汪直朗聲道：「各位，青蒿汁效用較慢，但此刻我已帶來祕魯膏，此藥治療疫病極為有效。眾人若不信，可隨我一同前往官府的藥莊。」

「你是何人，在此處大言不慚。」一名莽撞的漢子才要發作，但轉瞬間一個跌坐在地上，原來是一旁的毛海峰推了他一把。

此刻人群中有人認了出來，大喊道：「這是鼎鼎大名的淨海王汪直呀！為何會在此處呢？」

淨海王兵力強大，海上呼風喚雨，此刻挾武力兵臨城下，有人以為其不念舊惡專程返回救人，亦有人認為狼子野心，其心可議。此刻眾論滔滔，汪直也不願久留，見眾人已無暇注意金丹之事，並領著部眾迅速離去。方回到藥莊，卻又見方才那名男子不知何時也來此地，面色嚴肅地看著陶爐裡藥渣，一手抓取一撮，先嗅了一嗅，露出驚訝的神色，接著自懷中掏出紙筆，開始將其外形、氣味記錄下來。

「此乃祕魯膏，乃是用番地所產的一種名為金雞納的植物所萃取而來，治療瘧疾頗有藥效。另外這個粉末乃番紅花，可用於治孕婦小產，或產婦流血不止……」只見此人的眼神如燭光，煦煦地端詳眼前的林林總總藥材，汪汝賢便上前解釋道。

「還有這乃丁香，乃是產自於東洋萬老高[66]……」

「丁香？這太好了，此物只產於番土，有補腎益陽、治胃寒嘔吐之效，但由於中土十分稀缺，我一直想見此物，好將描摹手繪，方便醫者辨認，但數年尋訪都未能一見，不料今日能順利見到此藥，真是太令人欣喜了。要知這數十年來朝貢貿易斷絕，連我在宮中都未能一見。」

「您老若想見這藥材又有何難，這是我家船主派海舶沿東洋針路尋來的，你說需要多少，我稟告徽王一聲，自當送達。」

「多謝，我聽聞此地有許多中土少見的藥方，為此特地來此觀察，本地醫書由於年代久遠，傳抄過程中出現不少錯漏，且由番土傳來許多神妙的藥材多無紀錄，導致本地郎中識病不清，甚者開錯藥方。也是如此我自二十年前便立下宏願，希望能以十稔間上下求索，將各式藥材悉數記錄，如今我已完成十分之七、八了。」

「您就是李御醫吧！」此刻汪汝賢恭敬道：「數十年前先生尚未名滿天下，那時家中長老患病，先生曾經前來診治，汪汝賢有幸，那時曾與先生有過一面之緣。見先生醫術神奇救死扶傷，年幼時也曾經立下志願想要從醫，可惜我才疏學淺中路蹉跎……」

「御醫什麼的此後再也休提。我那時進入皇宮，原本只是想要親眼見識更多的藥材，畢竟宮中不比民間，各地進貢的珍稀藥材比如人蔘靈芝不可勝數……可惜聖上沉迷修仙，視醫者如無物。既然如此，我也不願隨那名利場，所以遠去，落得個清淨。如今因為寧波府此地疫癘大興，為此才不遠千里而來，希望為百姓盡一份心力。」

「既然如此，汪汝賢，你就跟隨在李先生身邊吧！他若需要什麼藥材，儘管開口，浙地多山，交通不便，但若以海運則數日可飛快送達，只要先生開口，所需藥材我一定盡快送達。」汪直上前道。

「多謝，有勞了。」

「此外，想請教先生，此書寫完後可是功在杏林，打算何時付梓呢？我也願購買百本，攜至五島列島，使我們中土的醫學可以在海外傳播。」

李時珍輕嘆一口氣道：「說來慚愧，由於我在此書中批評了方士煉丹，加以此書委實過於厚重，為此我雖然叩問數間書肆，但不是有所顧慮，就是希望我能修正裡頭對於丹藥誤人的評論。可憐我上窮碧落下黃泉，到頭來卻比不上這些方士迷惑人心。」

「李先生用心良苦，這點小事莫要著急，我即刻就找尋合適的刻工，務必不會將先生的心血付諸東流。另外，汪汝賢你來。」

「請徽王吩咐。」

「請你跟隨在李先生身旁，若他有任何醫療上需要，或是想看什麼藥材，你都務必給予最大的協助。」

「多謝，那就有勞了。」李時珍一長揖道，看著李時珍臉上那義無反顧的神情，不知怎麼，都令他想起了沙勿略。

66　摩鹿加群島中的特納特島，以盛產丁香聞名。

27 紅丸金丹趨之若鶩　醫者仁心嘗祕魯膏

「不好了，服用過祕魯膏的病人，渾身都起了高熱，且陷入了昏迷。」今日一早，汪汝賢便遣藥童來報知道。

「怎麼會這樣？」

汪直與眾人一同來到了屋舍，地面臥鋪處躺臥了數十人，有些人面色紫脹、呼吸急促，也有人渾身高熱抽搐不已。

「該如何是好呢？原本百姓對於祕魯膏此藥便很抗拒，自從聽見有人服用後昏迷不醒，更不願嘗試了。我今日前來見到清涼觀外頭早已烏壓壓地擠滿了人，求丹藥符水的，皆一擲千金、甚者賣兒鬻女，此刻紅丸價格已經飛漲數倍……」毛海鋒道。

「我還聽不少百姓都在罵咱們，說咱們倭寇就是狼子野心，意圖用國外的毒藥鴆害百姓，好兵不血刃攻下寧波……」王一枝也憤憤不平道。

「你別亂說。」汪汝賢知曉汪直的心病，隨即打斷話語道：「咱們要攻寧波可是易如反掌，哪需如此費力，況且咱們隨船還帶了數百斤的大米來此賑濟百姓，此行就是來救人的，此種子虛烏有豈能說出來，沒來由汙了徽王與兄弟的耳。」

但王一枝顯然沒有看出汪汝賢的臉色，他依舊不依不饒道：「就算咱們當自己是良民，但城內百姓還是視我們為倭寇，如今城內傳得如此難聽，百姓也不願意來此接受診療，咱們不如出海，省受此鳥氣。」

爭論之際，李時珍也來了，再詳細了解前因後果便道：「依在下所見，徽王這祕魯膏來自佛郎機人，以金雞納樹之皮精煉而成。我這幾夜研究了藥方，感覺此藥確有療效，問題在於用量。」

「怎麼說？」

「要知在明國醫理當中，用藥也分君臣，臣不可犯君，否則便會與人體產生衝撞。而這祕魯膏藥性顯然過猛，得要酌量減少，但該如何減少，還得親身試藥，方可知曉。」

「既然如此，那就由我來試藥吧！」汪直道。

「義父，不可。」

眾人也紛紛勸阻，就在此時，李時珍道：「不如就讓我來試吧！」

「李先生您是醫者，不可輕易犯險。」汪直道。

李時珍道：「就因為我是醫者，無人比我更了解藥物在人筋絡內產生的效用，更何況這幾天我渾身冷熱不定，今日為自己把脈，確認我也患了時疫了。若能以我老朽之軀，確認藥之療效，救民於水火，豈不甚好。」

見李時珍心意已定，汪直也只能道：「既然如此，汪直替兩浙百姓謝過先生了，但請先生務必要小心身子。」長長一揖後道：「汝賢，你隨侍在先生身邊，先生身子若有不適，你定要想方設法，不可有失。」

這幾日染疫人數不斷滋長，雖然極力約束底下弟兄不得鬧事，但依舊聽聞零星衝突。原來底下弟兄經過街肆時，不免聽聞百姓對自己或是海員的非議、詈罵，或是清涼觀道士之橫行與對祕魯膏之詆毀，如此種種，都令眾人憤然。

此刻汪直正於臥榻上閉目養神，雖然返回寧波，他便知曉會有什麼樣的事情得去承擔了，他也知道有些事情便是不得不，謀事在人成事還得靠天，此刻自己也只能靜觀其變了。

不由得，他又想起了和愁予的約定。

守護兩浙百姓，這是他答應過的事情，因此再怎麼艱難，還是得達成。

就在此時，有使者敲門道：「徽王，胡總督請您到廳前一敘。您請他找的人，已經駕臨此地了。」

一踏入廳堂，見滿頭皤髮的爹娘坐在椅子上，身著絳色錦袍，雖然身子有些瘦削，但臉頰上卻略顯豐潤。

「娘，孩兒不孝，不能在您身邊晨昏定省，害您老人家受累。」多年未見到母親了，汪直忍不住下跪道。

「你是真的不孝、不孝……」母親用力地搥打汪直好幾下，但沒多久，便抱著他一塊哭了起來。

「都別哭了，好不容易咱們一家人終於相聚了，怎麼又哭了呢！」此刻汪衛在一旁也勸解道。

「是胡總督放你們出來的嗎？」

「沒錯！直兒，這胡總督大人對咱們汪家，一直都很好的，很早便將我們自監牢裡放出後好生招待，雖不至錦衣玉食，卻也是生活優渥。這份恩情，你可知是為什麼？」

汪直自然知道，早在他遠遁平戶島時，他便時時擔心爹娘的安危，並私下派遣親信想要接爹娘離開。無奈娘親卻死活不肯，她總是嚷嚷著餓死事小失節事大，若真逼急了，就在使者面前一哭二鬧三上吊了，如此數回，汪直也沒有辦法，其實他也是深知娘脾氣的，娘的性格極重禮教倫常，對於他身為海寇一事深惡痛絕，而要隨著自己離開大明，更是不可能的。

「直兒，你目前手握重兵千萬，怎可縱容底下倭寇劫掠百姓呢！你可知道，外頭人都怎麼說你的？」母親眼眶泛紅道。

「娘，您說的都是從前之事了，如今兒子一心想要為朝廷效力，我這底下青龍七宿護衛沿海海防。其實之前兒子何嘗不是如此？若非官府襲擊我底下部眾，兒子氣不過，一時糊塗，哪會率眾來犯呢！但，那些都過去了，如今兒子一心就是想方設法守衛兩浙百姓，使海道清寧。」

「是呀！再怎麼樣這都是你的父母之邦，外頭人都說我兒成了漢奸、倭寇，娘每每聽了，內心都猶如刀割一般。娘真不明白為什麼會這樣，自幼我總是以論孟作為庭訓教導你，你可還記得？」

「是的，孩兒都記得。」有時他睡到半夜，母親總是會要他默背論孟四書，要是無一字齟齬，母親便會露出笑顏。或許也是如此，那些：「孔曰成仁孟云取義」的教條，至今他都牢牢記得。

「對了，爹，您近年可還有繼續為人寫話本維生的？」

一聽到此，汪衛的眼眸頓時亮了起來道：「爹前日遇見了一名書店主人，也因而結識幾名酷愛寫小說的同道，組了個文會，聯合創作了幾個話本，有那〈雙魚扇墜〉、〈珍珠衫記〉……等，再一陣子爹還打算寫個戲本給梨園，搬演上台，尤其就是爹之前跟你說那雙生雙旦的故事，我後來想了決定跳脫套路，寫一個千金小姐淪落為名妓的故事，但這位姑娘品行堅毅，歷盡艱險終究與那才子白首到老，只是我中間還得有些武場方才熱鬧。」

「這倒有趣，我之前有一名部將徐明山，的確是愛上了一位歌妓王翠翹，後來還聽說他為了替那位姑娘報恩報仇，因而大掠兩浙、山東、南直隸，也算是衝冠一怒為紅顏了。」

「太好了，你再跟爹多說說這些故事，爹要將這故事譜成話本。」

「你說什麼？你放著正經舉業不做，居然瞞著我，做這等偷偷摸摸之事。」此刻娘突然怒道。

只見汪衛的臉色一陣青白，吶吶道：「你莫要大動肝火，其實，其實……這幾年我也不過寫了幾部話本而已，其餘時間，我還是認真舉業的……」

就在此時刻，門外有人道：「胡總督大人求見。」

胡宗憲來得恰好，原本娘親嗔怒的蛾眉，瞬間和緩了下來。只見胡宗憲一個長揖道：「晚輩向汪太爺、太夫人問安。」

「總督大人，您是封疆大吏，我們兩老只是一介布衣，您如此大禮，豈非折煞了我們。」汪衛趕緊回禮道。

「非也，我與五峰兄乃是同鄉，他又率領部眾防衛沿海，護衛兩浙百姓，且此次他大張旗鼓而來，乃是賑濟我寧波府裡的災民，如此大義，我自然是非得行大禮的。」接著他又轉頭對汪直道：「五峰兄，我數日前便派人去接太爺與太夫人前來此地，卻不立即相告，畢竟路途遙遠，又舟車勞頓，因此希望先待兩老安定好後，才將此喜訊告知。您，不會怪我吧！」

「汝貞兄對我的家人如此厚愛，豈會相怪。」汪直道。

「太好了，我早已命人備下這美酒佳餚，就等您家中兩位長輩到來，如今酒宴已經準備好了，還請幾位移樽就坐。」

觥籌交錯，只見炊金饌玉一道道送來，胡宗憲殷勤把酒勸飲。酒是熱辣辣的紹興酒，菜亦是熟悉的寧波菜，每送上一道菜，都喚起一股濃濃的鄉愁感。

當侍女以淨白素手端來一白玉盤，只見上頭鋪著肉末，將魚斬成數塊，佐以一寸長的青蔥數條，隱隱約約聞到一股腥鹹的糟味，胡宗憲挽起袖子道：「這是咱們道地的寧波菜，五峰兄，您長年在海外，料必一定思鄉情切，為此，我今日特意從本地的醉仙樓找了廚子，要他燒一桌正宗的寧波菜與您嘗嘗，此菜便是其中翹楚，來，您嚐嚐。」

汪直夾了一筷子道：「這莫非是鰣鯗嗎？鹹得好，此魚當配白飯三大碗。」

「沒錯，這是單鮑鰣鯗，我幼年時我娘親最擅長做三鮑鰣鯗了，可惜後來娘親仙逝。想要吃到道地的三鮑鰣鯗，但由於作工繁瑣，我找了數家酒肆，都說不做此菜了，煞是可惜。」

「說也正巧，這三鮑鰣鯗正是我娘的拿手菜，若您不棄，待我娘親做好一罈後，再命人送去。區區微物，還請笑納。」

「既然如此，就有勞太夫人了。」胡宗憲起身一拜道，汪直等人也起身回禮。酒過三巡，見桌案上杯盤狼藉，汪直以玉箸夾了幾枚魚骨道：「我幼時愛嚐這鰣鯗，除了喜愛這滋味外，還有一事，便是這吃盡的魚骨可作為鯗鶴戲耍，我們海邊童子常常都會以此鯗鶴為戲，汝貞兄乃讀書人，對此玩意，應當不甚熟悉吧！」

「非也，我幼年常見家中子弟拼魚骨為戲，閒暇時也做過幾個。」說完不顧油膩，逕自將幾個魚骨取來，拼了幾下，只見鶴翅、鶴頸皆具雛形，只剩鶴吻未成。

「讓我來吧！」汪直伸手道。

遞過魚骨，胡宗憲道：「許久未做，看來我這手藝是生疏了。想來這鰣魚化鶴，就如同鯤化為鵬，要知這鰣魚上了岸便成了枯骨，只能任人宰割，但若朽骨能化為飛鶴，倒也能聊慰在天之靈了。」

聽見此語，汪直倒有些沉吟不語，原本雙手也停了下來，胡宗憲似乎也察覺了什麼，趕緊斟酒道：「來，咱們今日不醉不歸。」

就在此時，有人敲門道：「胡大人，在下徐渭有事相見。」

「快請進。」胡宗憲起身道：「這位徐文長先生，乃紹興有名的才子，被我聘來擔任師爺的職位。今日我正與五峰兄相聚，有何公務，暫且明日再說吧！我命人再送一份杯箸，文長兄也請入座，與我、徽王作陪吧！」

「非也，此事乃是大大的喜事，豈可等到明日。」
「喔！那是何事？」
「李時珍大夫清醒了。」
「真的嗎？」聽到此事汪直趕緊起身道：「那真是太好了，李大夫現在的身子可還好嗎？」
「徽王放心。」徐渭一個長揖道：「李大夫醒來後身子無恙，但此刻正在休養中，我想，明日再去探問或許比較適宜。另外其餘服用祕魯膏之人也陸續清醒，經過本地郎中把脈後發現他們此刻脈象平穩，顯然是恢復了健康。」
聽到此事，汪直內心的一顆大石終於放下了。原本日前李時珍試藥因而陷入反覆之高熱，這幾日令他寢食難安。
「五峰兄，看來您這佛郎機人所傳來的祕魯膏，果真有療效。」
「此藥乃是從東洋針路取道呂宋、月港，再至我瀝港的。醫方上寫到此症服用後會有耳鳴、盜汗、暈眩等症狀，通常數日後方能緩解，看來果然不虛。既然此藥確有療效，我隔日便命人將餘下藥物送至藥莊，好治療染疫之百姓。」
「徽王心懷百姓，我在此謝過了。」
「眼下藥物有限，但我聽聞染疫的民眾不斷增加。此藥產於番土，若要得到充足的祕魯膏，我還得派遣船舶前往呂宋，向佛郎機人購買方可。若要出發，得趁這幾月，此刻東北風盛行，當前往呂宋時便會轉為東風，可至爪哇、班達海海域。若是此時出航，不只可以購齊國內所需的祕魯膏，還可順道購足丁香、黑川這些國內稀缺的藥材，共同調理，更見療效。」
聽見此言，胡宗憲立即至門處屏卻其餘人等，接著又將四面八方的窗戶盡數開啟，確認無人後，方才至汪直面前低聲道：「徽王方才所言，句句在理，我已得到閣老的指令，此刻我朝堂需銀孔急，這部分多謝徽王襄助，另外，我知曉徽王所來，一心便是希望朝廷能夠開海，但此事真的急不得，還請徽王先自瀝港出海，我再命把總張四維隨行，聽您號令。至於開海之事，還請您稍安勿躁，靜待時機。」

汪直凝視著胡宗憲，打從第一眼看見他，他便感覺此人不似一般廟堂之上、滿口聖賢的腐儒，他的眼神矍鑠如將，甚者，更像是一名孤注一擲的海商，精明強悍，無所畏懼。初入寧波府時，身邊不少弟兄勸他莫要孤身行險，想那徐海的例子，投靠了朝廷後卻遭剿滅，兔死狗烹，如此行徑豈不背信棄義。

見他不語，胡宗憲又道：「要殺徐海，其實也並非我本意，只是那徐海作惡太多、殺戮太重，又反覆無常，我原本與他約定投降之日，他卻早一日來歸，並且大軍壓境，如此凶悍狡黠，若不將之剿滅，我豈能對朝廷交代？但徽王您在民間素有威望，又是閣老得力的助手，這點，我們也是看在眼底的，還請徽王耐心等待。」

沉吟了半晌後，汪直道：「汪某所求並非封侯蔭子，唯願開海，換取數萬黎民生計，為此我不惜一切，成仁取義，無所畏懼。」

「卿之所言，我全都明白。」胡宗憲道。

「我明日就命青龍心宿自瀝港出發，取道呂宋。」

「徽王大義，在下在此謝過了。」胡宗憲一揖道。

28 疫情退卻功在百姓　黃雀在後官府失信

沉香庭內，此刻正是蝶亂蜂喧的時間，石案上擺放著一盤西洋棋，下人劉五送來了茶水並杯盞，此人是胡宗憲安排在驛站，協助汪直生活飲食起居一切所資。胡宗憲斟茶道：「此茶乃初春採收的龍井，以虎跑泉所泡，五峰兄您嘗嘗。」

「多謝。弈棋了許久，的確有些乾渴。汝貞兄真是聰慧過人，不過學了幾回西洋棋，此刻竟然能攻城掠地。」

「哪裡。我向來喜愛象棋，只是不知這西洋棋當中原來有許多變化，與象棋有異曲同工之妙，現在才知道原來兩者師出同源，果然天下之大，任憑有萬般變化，卻也殊途同歸。」

「對了，目前城中疫情如何？可有消退了？」

「在李大夫和本地醫者的一番努力之下，疫情已經趨緩了，但是，目前祕魯膏方劑存量也青黃不接。李大夫認為此刻疫情的趨緩便非消退，只是暫時被祕魯膏所控制罷了。成年人治療疫病，至少得服用數十劑，但此刻方劑不足，最多僅能供應所有染疫者的前幾次方劑，若數天之內未有新藥來到，恐怕疫情即將再起。」

「我底下青龍心宿已經出發旬日，算算應當最快五日，便可到達瀝港。」

「還需要五日呀！」此刻胡宗憲額上不由得冒起了汗滴。五日之內，祕魯膏的用量能否足夠？

就在此時，劉五回報道：「稟大人，都督同知萬表求見。」

聽見此話，汪直起身正打算迴避，但劉五卻道：「萬都督是專程來見徽王的。」

數日前萬表便多次遞上拜帖，或親自來見，但底下弟兄氣憤他當初背信棄義，聯合王忬派遣湯克寬、俞大猷突擊瀝港，為此數次將使者轟走，因此汪直至今仍未見到萬表。看來這萬表是打探到自己與胡總督在此，料定自己應當會看在胡宗憲面皮上相見，因此才來此求見吧！

「來者是客，我願意見他。」

「都督同知萬表，見過淨海王。」一進入中庭，萬表立即一揖道。

「萬都督，您找汪某，究竟有何事呢？」

萬表此刻神色嚴肅，猶豫了片刻才道：「求淨海王賜我丁香、冰片與祕魯膏，救我家人。」

由於藥材有限，汪直將治病一事全權交由李時珍處置，此人天生良醫，以蒼生百姓為念，無論病者是縉紳士大夫、抑或百姓僕役，一律平等照看。此刻方劑不足，便依病症輕重與年齡長幼為順序，為此即使是官宦之家或是富戶，也未必能多得方劑。

汪直道：「萬都督，不是我不幫你，此間一事我已經全權由李大夫處理，他醫者仁心，我也不便干涉。」

一聽此言，萬表也不顧胡宗憲在場，雙膝下跪道：「徽王，當日偷襲瀝港，是我有眼無珠，妄下決斷，但此刻我家已經數人染疫，上至我八十老母，下至襁褓稚子，他們都是無辜的呀！求您賜藥，救救他們吧！只要您願意救他們，哪怕是要我當場自縊以向您死去的弟兄謝罪，我也甘願承受呀！」

汪直趕緊上前，想將萬表拉起，但萬表卻死活不肯道：「聞徽王大義，恩怨分明，您若不願意救我家人，我便不起來。」

汪直長嘆了一口氣，將藥分與萬表一家，便代表有一戶人家將無藥可醫了，但自己又能如何呢！

「好吧！萬都督，我將治療的藥給你，你快起來。」

聞言，萬表才起身。

「但萬都督，我方才才與胡總督商討，此刻庫房內方劑已然不足，得五日後我青龍心宿一脈到達瀝港，方能供給疫情所需之藥，希望萬大人在得到藥的同時，也能與胡大人共同上書，請朝廷開海，使更多的藥方快速到達寧波本地，如此才是解決疫情最快的方式。」

「我明白，此事自當效力，只是不知此藥何時送來？」

「我即刻並底下人前往藥莊，一個時辰後便將送達。」

待萬表離去後，汪直又對胡宗憲道：「這幾日我想前往杭州靈隱寺一趟，數日後便回。」

聽見此言，胡宗憲神色凝重道：「五峰兄，您可知道您一旦離了寧波府，若有任何閃失，在下……」

「我明白，此事我也未對任何人明言，只是我有一故人的靈柩還在靈隱寺，幾日後就是她的忌日，我想去參拜。」原來那日離開嘉定，汪直密遣屬下將愁予的屍體送至靈隱寺安葬並設置靈堂，多年來一直未能返回，因此想趁此機會前去上香。

「好，那還請五峰兄千萬小心，盡快返回。」

「這個自然。」

然而，兩人並不知道的是，就在談話的同時，一雙陰鷙的雙眼，正自大山玲瓏石間牢牢窺伺著。

燭火搖曳間，俞大猷正坐立於楠木雕花長桌上：「萬大人，今日此間大事成敗與否，全在你手上了。」

萬表蹙眉道：「不是我不願意寫信與浙江巡按王本固，實在是茲事體大，應當從長計議才是。」

「萬都督，不是我要逼迫於你。今日我收到密報，我有一名線人名劉五，王子之亂全家被倭寇所害，僅存一人苟活，但也瘸了一條腿無法做粗活。他冒死將此消息透露給我，目的便是要為死去家人、為兩浙百姓報仇。」

但萬表的神情依舊十分猶豫，俞大猷便道：「我知道你顧念那汪直施藥與你的恩情，但請恕我直言，此乃你一人之事，小恩小惠與家國大義在前，孰輕孰重，你應當明瞭才是，想那汪直此刻有胡宗憲為羽翼，只有那王本固身為巡按，方能以言官身分越級上書，而汪直人又在杭州，可即刻派遣錦衣衛將其抓獲，否則一旦返回寧波，上有胡總督壓陣，下可脫逃出海，遲了就來不及了。」

俞大猷的眼神中閃耀著復仇的火焰，當初他的好友湯克寬便是力主剿倭，因此人構陷，落得斬首東市的下場。他知道這都是因為汪直以金銀密賄內閣的結果，他一直在等待，等待能一擊必殺的復仇機會。

萬表思索許久，最終閉上了眼睛，點頭。

「你說什麼？王本固這個捏子[67]竟然將汪直關押入了大牢，此事可千真萬確？」一早徐渭便接到下人傳報，要來與胡宗憲洽談，才一進門，便聽到這樣令他驚駭的消息。

「沒錯，我聽探子來報，就在昨日未時，汪直方從靈隱寺離去之際，數百名錦衣衛一擁而上，他身邊毛海峰、汪汝賢兩人突圍而出，但其餘人等皆被擒獲。據悉因為汪直並未太大抵抗，因此只是被關押在牢房之中，

67 浙江話，罵人蠢蛋之意。

但那王本固依舊不依不饒，上書要求處置汪直以儆效尤，咱們現在該怎麼辦？」

「沒有辦法了，此刻僅存下策一戰。」徐渭道。

他看著徐渭的雙眼，此刻，在這位以機智、狡詐聞名的師爺身上，他看到的幾乎是一模一樣的東西，無盡的恐懼與不知所措。

胡宗憲瞬間渾身冷顫，雖然此刻正是炙熱的六月天，日光明媚，十二曲欄杆外便是無窮碧的接天荷葉。他從來沒有這樣害怕過，哪怕是初次對決倭寇後竟然大敗，自己奔逃不及時遭箭矢所傷，也沒有那麼地渾身股戰，他吶吶道：「該怎麼辦？」

王本固身為浙江巡按御史，對於這個職位，胡宗憲可以說是一點都不陌生，當初張經擔任右僉都御史兼管浙江總督時，自己便是擔任七品浙江巡按御史一職。此官可監督總督，並可直接上奏朝廷，不過數年，自己便從七品小官轉任封疆大吏，但轉瞬之間翻雲覆雨，不禁令他感受到命運的相似與恐怖。

但說也奇怪，汪直前往杭州，他連徐渭或親近之人也未告知，此事隱藏的嚴絲合縫，那王本固究竟是如何知曉的？一想到此，他身子不禁又冒出了另一股強烈的寒顫。

「我要上書給聖上，再私信一封密函給嚴閣老，你即刻為我起草，另外我立即派人去尋王本固，要他放人……」

當胡宗憲捲起袖袍正要取筆之際，徐渭卻攔住了他道：「大人，你的心情我全都明瞭，但是此時上書一事萬萬不可，你莫忘了，你與那汪直是同鄉，你若上疏為他辯解，言官唾沫滔滔，又該如何自處？而那王本固乃是清流黨之人，你若是逼他放人，豈不落了話柄……」

聽聞此語，胡宗憲更是一陣冷汗直流，緩緩道：「所以我便得做那背信棄義之人不成？當初殺徐海，我也知殺降不祥，但為了天下大局違背良心，此生唾沫我也背了。但今日若殺汪直，他底下舟師百萬雄踞海上，若無他約束到時率眾來犯，我軍豈有足夠的兵力抵擋？到時血水青山、白骨堆疊，你我豈不成了天下罪人……」

聞言，徐渭用力地一拍腦袋道：「大人所言，我豈會不知呢！只是依我所見，此事恐怕只會江河日下，縱有通天本領，恐怕也難以回天。」

「縱使難以回天，我也要勉力一試……」胡宗憲道。

自大寐中甦醒，方才，他在臥榻上睡著了，那該是個悠長的眠夢吧！琉璃窗外，一株粗大的槐樹迎風抖落一地沁涼的陰影，這槐樹已然有許多年歲了吧！依稀記得，那是他方進入內閣時的一棵樹，那時的樹莖不過只有巴掌大小，但此時卻已大十圍，看來樹猶如此，人何以堪呢！

此刻，他不禁想起了那個老敵手：夏言。

作為前任首輔，彼時的夏言還是一名給事中，卻大膽上書：奏請關閉寧波市舶司，恢復太祖時期的海禁。那時的嚴嵩尚只是翰林院編修，聞言不禁一驚：他祖籍福建，在浙江分宜出生，無論生在閩抑或生在贛，他都清楚，此地多山，得出海通商方能互通有無，而寧波市舶司若是關閉，也代表海外貿易的斷絕。

因與夏言作為同鄉，那日，他曾夜晚來到夏言家門，與他申述開海之優點與閉海之弊病，但夏言卻口談天理去人欲，談到最後，夏言甚至問自己：豈可為了金錢，而蒙昧了良知。

此後他再也閉口不談開海了，至少，在夏言面前不會再談了。

但其實他心底對夏言，還是很佩服的。夏言即使後來遭到嘉靖的疑忌獲罪抄家，斬首東市，但夏言仍舊是夏言，他一生清廉謹守為官之道，兩袖清風，至死都家無餘財。

而他嚴嵩呢？世人都說他害死了夏言，這也算是吧！的確，當夏言獲罪處斬時，自己並未上書為他辯解、求情，甚至更早一些，他就看清嘉靖的性子了，他知曉嘉靖的性子容不得專權，他遲早要對這名聰明絕頂又大權獨攬的首輔下死手的。但世人皆不知的，卻是夏言不是他的寇讎，而是他的榜樣，有夏言之死在前，他一直告誡自己，總有一日，自己也將不免走向夏言的下場。

此時下人回報道：「閣老，胡都堂大人已經在外頭等您許久了，我說閣老正在小憩，請他晚點再來，但他說不礙事，自己在外頭等您起身便可，敢問閣老，小人此刻應當如何回話？」

坐在前廳之內，此刻胡宗憲已然等了兩、三個時辰吧！就在昨日，他緊急快馬加鞭北上直隸，果然如徐渭所言，不過半個月間，言官眾口鑠金，除了攻擊身為封疆大吏與汪直的同鄉關係，王本固更是上書指出他私下收受數十萬兩白銀的鉅額費用，議論洶洶，此刻他也只能隨波逐流。

但他此刻心底還是存了一個指望。

「胡大人，您這茶都涼了，我替您再注壺熱水吧！」

「不妨事的。」

「胡大人，閣老已然起身，他說稍待片刻，他換上衣裳便與您相見。」

「是嗎？」這幾日他幾乎滴水未進、粒米未入口，一聽見此言急忙將茶湯恍若甘露一飲而盡。

「啟稟閣老，您當初交與我的銅錢一百萬緡與生絲十斤已經交與汪直，而他已經如約將白銀五十萬兩交託給我，這銀兩，應當足以彌補國內財政上的缺損了吧！」胡宗憲道。

「很好，汝貞，你辦得很好，這一路上辛苦了。」

接著他自懷中取出一份文稿道：「這是汪直的〈自明疏〉，還請閣老幫忙遞給聖上一看。」

但嚴嵩只消看了一眼，便遞還道：「汝貞，你可是胡塗了，要汪直協助捍邊，如此有損國體，聖上豈能容忍。」

見狀，胡宗憲只能道：「但屬下有一事，千萬求閣老向聖上進言。」

「你說的是開海，還是釋放汪直？」

「都是。」

嚴嵩深深地吸了一口氣，當獸爐裡的水沉香緩緩地吸納在胸口之時：「就我所知，對聖上而言，要開海，只有兩個條件，要兩個人死，日月同沉。」

胡宗憲皺了眉頭，這話聽起來像個八十多歲老人的夢寐了，但他又清清楚楚地知曉這其中的意旨。他還想要說什麼，但他知曉，此刻再怎麼上奏，恐怕也難以抵擋王本固之流的唾沫了吧！最終他只能緩緩一揖道：「我會將此話轉給那人的，閣老大人，晚生告退了。」

29 舌戰群儒不卑不亢　血染法場東海之殤

「徽王，時辰到了。」劉五解開門鎖道。

「是嗎？那我們可以走了。」自從一個月前祭拜完愁予後，方一走出寺門便被錦衣衛給團團包圍，危急間汪汝賢與毛海峰突圍而去，但自己卻被擒獲，之後便被幽禁在官府衙舍裡。這幾日雖然三飽鯽羹、酒糟鰣魚、清蒸蝤蛑各式時令佳餚輪番呈入，此地並非牢獄，但卻不得自由出入，此刻他心底也雪白通透起來，自己千算萬算，到底還是入君彀中了。

「徽王，前往巡撫大堂之前，胡總督有一事相告，他請徽王在公堂上，莫要……」

「放心，此事汪某知曉，以大局為重，公堂上不會牽連他人。」汪直輕握著懷中的〈自明疏〉道。

巡撫官衙外圍觀的群眾如蜂聚蟻附，密匝匝地圍了好幾圈。早從卯時，整個杭州府乃至毗鄰的松江、蘇州、寧波的大小仕紳百姓便前往來此，不為其他，原來今日未時，便是這大名鼎鼎的淨海王汪直的受審之日，百姓之中有親族被殺恨不得食肉寢皮者，也有暗通倭寇者，更有不少早聞淨海王之名卻一直未曾得見，因此不遠千里一看熱鬧者，眼看聚集有數千人之多，即使出動衛所的官軍，卻依舊壓制不了這股黑壓壓的陣勢。

「你說這淨海王雄踞海上，為何會孤身一人前往杭州呢？」

「你不知道，那是受了胡總督大人的誘騙，因而上岸。」

「官府行事以信義為先，居然以誘騙欺瞞百姓，要如何平得了悠悠海商眾口呢！」

「你胡說什麼？俗話說兵不厭詐，官府為了保衛百姓免受倭寇欺凌，才施以這反間之計，不然徐海陳東那些萬惡的倭首如何輕易就範，這可是胡都堂與其師爺徐渭有手段。這樣大逆不道之語豈可隨意說出口，小心被抓入大牢內。」

「可是我聽聞那汪直底下尚有雄兵百萬在海上，萬一他們要為淨海王報仇，到時候又進犯，該如何是好？」

「沒錯，我們雄兵百萬據守岑港，若官府言而無信，我們必要血洗杭州，為徽王報仇。」一陣大喝，只見此人赤髯猿目，頸脖肩胛處紋著海馬，金光瀲灩下彷彿鬚眉都要燃燒起來，這幾人嚇得連忙逃竄。

「算了，海峰，別忘了我們來此的目的。」一旁的汪汝賢道。

未時即將到來，然而此刻卻見一名五旬長者，不顧一切向前擠去道：「讓我進去聽審，我有話說。」

「上面有命，此次會審非同一般，除了此次大理寺、刑部聯合擬定一同參與會審的官員及其僚屬外，一般監生、秀才、舉人都不可入內聽審，你還是速速離去。」

「這是我的拜帖，這位小哥請你行個方便向裡頭通報一聲。」

「去去去，莫要在此胡鬧，小心我拿繩子把你抓進大牢。」

「休得無禮，你們這些不長眼的東西，可知道來者是誰？可是聲名鼎鼎的崑山歸震川呀！」說話之人正是胡宗憲門下謀士鄭若曾[68]，原來他與歸有光乃同窗好友，見到衙門口外喧鬧不已因而出門查看，這才見到被拒

68 鄭若曾，自伯魯，號開陽，江蘇崑山人，與歸有光為同窗，生於明弘治十六年，卒於隆慶四年，嘉靖十五年以貢生覃恩貢入京師，喜好言兵，眼見嘉靖三十一年壬子之變，官兵應對倭寇無招架之力，完成十二幅沿海圖使官兵有所依據，之後受聘為胡宗憲幕僚，將抗倭經驗著為《籌海圖編》。

於門外的歸有光，一旁學子知曉歸有光身分後亦驚訝不已，要知這歸有光講學於太倉間，雖僅是一舉人，未登龍門，但其學識與文章卻名滿天下。

「伯魯兄，方才真是多謝你了，自從聽到那汪直被擒後，我便星夜兼程自崑山趕來此，為的便是親手將這份〈御倭議〉交給胡都堂大人。猶記嘉靖三十三年，沿海烽燧大起，倭寇屠戮南直隸嘉定、崑山、太倉，眼見百姓遭受兵燹，我當時在城牆之上冒風雨、蒙矢石，歷經四十晝夜方保住城中百姓，不受倭寇屠戮，但當我一離開崑山城，卻見城外無辜的稚子肚破腸流、樹梢間懸掛著抵死不從的貞節婦女，瘡痍滿目，怎麼不讓我為此痛哭數日呢！為此當我一聽見汪直被擒獲的消息便星夜兼程來此，將崑山抗倭種種寫成〈御倭議〉一文，求胡都堂與台上袞袞諸公能一觀芻蕘，此行便不枉了。」

興許是歸有光的遭遇喚起了其餘遭逢戰亂之人的苦痛，周遭百姓無不低首垂淚。毛海峰聽了卻憤恨不已，要知三十三年的倭亂乃是徐海與麾下陳東勾結薩摩浪人來此，目的是為了搶奪松江的丁娘子布。此布以蠶絲為經，綿紗為緯織成，光潔如銀。由於日本不產綿，徐海諸人便以綿布為餌，勾結薩摩浪人來此劫掠，之後轉相攻伐流竄，與徽王和青龍七宿並無半點干係。但在歸有光這一類儒生眼中，自己與那些倭寇卻是蛇鼠一窩，不，何止是士大夫眼中而已，在百姓眼中，不管再怎麼守衛沿海安寧，始終都是進犯大明的罪人。

毛海峰的掌心擰得幾乎要滴出血來了，汪汝賢見狀卻也不知該說什麼，所幸在此時官府前敲響了梆子，未時已到，鄭若曾便拉著歸有光一同入內了。

公堂之上，數名朝廷要員、封疆大吏列坐其次，有身著錦雞、喜鵲補服，腰繫犀牛、玉帶者，就在數日前接到內閣的命令，原來自從王本固上書並擒獲汪直後，該如何審理變成了內閣揮之不去的背癰，若原本隱藏起來祕密找郎中治療，還可以留點臉面，一旦扯開了衣裳，光天化日之下，可就爛肉傷口全讓人給看光了。為此內閣首輔嚴嵩與次輔徐階二人商議後，便決議由大理寺與刑部共同審理，並票擬了一份審案名單，加之此案轟動朝野，更有不少官吏上書自願觀審，名單近百人。歷經幾番商榷後，以有抗倭經歷的兵部主事唐順之為主審，巡按王本固為陪審，其餘大小官職共計三十員一同聽審，而為防有變，周圍更是身穿飛魚服的錦衣衛提刀站立。此刻只見一錦衣儒冠者緩步入內，眉宇清奇、神色自若，正是淨海王汪直。

「大膽，歙縣奸民汪直，見滿朝官吏在前，還不速速下跪。」見汪直手腳並無手鍊腳銬，也未穿上囚服，王本固不顧這唐順之才是主審，直接怒起道。

「我，徽王，一生只拜天地父母、媽祖娘娘。」

王本固一拍驚堂木道：「此乃公堂，豈能容你放肆，來人呀！快將這廝綁縛起來。」然而話說完，左右卻竟無人敢上前動手，王本固驚愕地看著周圍，此刻他感受到一強大卻無言的力量，以及不寒而慄的恐怖。

「敢問唐兵部，汪某是站著受審，還是坐著呢？」

唐順之略加一思索，看了左右大臣後道：「賜座。」

「多謝，請問袞袞諸公，有誰想要先審訊的。」汪直坐定後，啜飲一盞碧螺春後淡然道。

「諸位大人，請容我先陳述。汪直，要知本朝自洪武以來，便修其德、嚴華夏之防，為此太祖聖明，施行海禁，然而永樂年間卻派遣太監出航，種下了夷人來犯的遠因，此後無籍之徒如爾等勾引倭子來犯，大掠兩浙，使多少百姓流離失所，你可知罪？」說此話者正是歸有光，想到與倭寇的深仇，便不顧諸多大臣在上，越級言事。

見汪直閉目不語，唐順之便道：「汪直，你為何不置辯，莫非你知曉罪證確切，因此無話可說嗎？」

「兵部大人，汪某不回答，是因為不知該如何向震川先生置辯，震川先生所言乃是倒果為因，因此無從置辯。」

唐順之道：「本官要你陳述。」

「敢問震川先生與諸位大人，兩浙向來崎嶇多山，百姓以海為田乃是生計所需，加以不少百姓田產多被世家大戶給兼併，無以維生，若不販海，豈有生理？」

「程夫子有言：餓死事小，失節事大。汪直，你休想以邪說誘惑百姓。」王本固道。

「非也，倉廩實方能知禮節，遠方自有我大明國缺乏的異物珍奇，比如說這治療時疫的祕魯膏，我在〈自明疏〉中有提到，此藥得李時珍大夫親證對治療疫病確有療效，此外還有丁香、蘇木、胡椒這些日用之物，全不產於明國，海道通暢便可換來明國稀缺的白銀，互通有無，如此百姓生計無虞，朝廷也可得到稅收，豈不兩全？」

「海道暢通自有朝廷市舶司處理。此案一了，我自會上書請朝廷重開寧波市舶司，重啟朝貢貿易，如此一來海外諸國便可按期來朝，所攜帶貨物或白銀也可一併貿易。只是你勾結倭人殘殺百姓，卻是難逃罪責。」唐順之道。

「稟兵部大人，卑職曾經招募鄉勇，與倭寇周旋死戰，八閩與浙江都是多山少田，以海為業，若是只開設市舶司，這筆賦稅納入司禮監後進入內庫之中，對於一般百姓的生計恐怕幫益不大。卑職以為，還應當容許捕魚業者得以在近海活動，只須查驗是否有番貨便可，魚蝦則不在此驗。」說話之人乃右僉都御史兼任福建巡撫譚綸。

「兩位大人所言在理，若能開放部分海禁，著實對漁民有利。但以汪某所見，卻仍有未竟之處，想那倭人佛郎機人遠道而來，便是為了獲取明國的貨品，若只有數年一次的朝貢貿易，遠遠無法達成貿易需求，我便是為此領著諸多海商出海。想那海道上早有倭人、佛郎機人、穆斯林商人船舶往來，既利之所趨，必會吸引眾多競逐者。為此汪某率領青龍七宿與民同利，為國捍邊，親身於箭雨中率軍擊殺陳思盼、蕭顯諸多海上盜賊，保衛沿海百姓不受戰火牽連，如此看來，汪某有何罪？諸位大人請聽我一言：海市若通，寇則轉為商；海市一禁，商便轉為寇。」

「非也，若非浙江本地世家爭奪利益，豈會引來倭子？我大明朝物產豐厚自給自足，若真如你所言，那我太祖洪武年間早就施行片板不可下水，為何倭子不連年來犯？若非你們這些利益薰心者不顧海上禁令強行出海，引盜入室，豈會連年兵燹？一旦如你所言開海通商，倭子必定年年來犯。」王本固道。

刑部主事唐樞起身道：「其實汪直所言，在下十分認同，王大人，各位大人，太祖年間貿易尚未成形，然而這數十年間商船貿易已然快速滋長。想我中國與夷各擅土產，利之所趨貿易必難絕，尤其這幾十年來多少良田遭世家大戶侵占，無田可耕只能逃荒，有些人便以海為生。一旦斷然禁絕海上貿易，必然會使這些海商驟失生活所依，只能轉為盜賊，而若要剿滅賊勢必增兵加餉，豈不是苦了兩浙百姓？」

隱隱然，汪直突然有了一種知己的感動，望向唐樞。他與唐樞素昧平生，然而，幾日前徐渭私下對他說了，刑部主事唐樞一聽見自己被擒獲的消息，便不遠千里親身與胡宗憲商議，詳細說明招撫的利弊，這不就是自己要的嗎？當初不顧徐詮與毛海峰的勸阻，一意孤行前往浙江，為的就是要廟堂上諸多君子傾聽自己所言，哪怕最後身死人手。他朗聲道：「待罪犯人汪直草擬一份〈自明疏〉，請各位大人容我將此疏上呈天子。」

「各位大人，莫要被騙了。汪直，你休要在此邪說惑眾，要知你已經上了岸了，此處並無你的爪牙，魚離了水便只能在涸轍間掙扎，鯤鮣再大，不過是個水底波臣。你既然已被擒獲，休想逃出生天。」

「非也，汝不知鰤魚化鶴嗎？本地五尺童子都知曉這則故實，鰤魚游於長江，其魚骨可製為仙鶴，又安知平平水物有一天不會如魚躍龍門，飛升上天？」

「哼，那你就和那鰤魚一般，等著被他人給吞食到僅存枯骨吧！」

「大丈夫一生若能濟蒼生，安百姓，那又死有何憾呢？」

「哼！唐兵部大人，汪直罪證確鑿，你千萬不可輕易縱放了他，否則魚入大海，到時必定又是連年倭患呀！」王本固大喊。

「據我所知，汪直此刻的部下雄踞岑港，我擔心汪直一死無人可約束他們，反倒引發倭寇的報復，到時沿海峰燧大起，百姓十室九空，各位可要審慎思考呀！莫要輕下決斷。」唐樞道。

此刻唐順之也陷入了極大的猶疑。雖然他連年抗倭，手中染上了不少倭寇的鮮血，但他深切地了解，這些所謂的「倭寇」其實都是中國人，而方才汪直所言，無一不是句句在理。他望了一眼從方才到現在，自始至終都不發一言的胡宗憲，道：「胡都堂大人，你與在下共同審理汪直一案，不知你對方才汪直與其餘大人所言，有何見解，還請賜教。」

胡宗憲緩緩地睜開了雙眼，打從汪直一進來，他幾乎都是閉上眼睛的，然而汪直所說的每句話卻一字一句清清楚楚地進入他耳輪裡，無所遁逃。聽到唐順之的問話，他道：「唐兵部您乃是主審，此案如何審理，您逕自依大明律判決即可。」

「非也，胡都堂，您奉聖上與閣老的任命來此抗倭，勞苦功高，若非您的出謀畫策，安能擒獲汪直呢？因此此案該如何了結，也請您務必陳述意見，條列於奏疏，上呈給陛下御覽。」

「依在下所見，兩浙倭患，這汪直確實是禍首，罪在不赦，請廟堂處分，在下必定率領部下殲滅餘黨。」半晌後胡宗憲艱難地說道。

法場外屠刀霍霍，父親汪衛哀傷地立於一旁，那原本斑白的白髮，幾乎是轉瞬皆白了。

「娘呢？她因何緣由不來見我，莫非她覺得孩兒此生罪大惡極，有辱門風……」當汪直來到刑場，卻只見到父親一人，艱難地問出那心中害怕的答案。

「直兒，你聽了莫要太過悲傷，你娘她因為覺得對不住你，因而……上吊自盡了。」

「什麼？」聽聞此語汪直瞬間恍若五雷轟頂，喃喃道：「你說娘她？」

「直兒，都是爹和娘誤了你呀！你爹這輩子，肯定就是失敗透頂了，科場功名無望。原本想將希望寄託在你身上，誰知官府竟背信棄義……」父親的髮鬚瞬間白了，在法場上哭天搶地地哭喊，但汪直此刻反倒平靜了起來，問道：「爹，你的話本寫完了嗎？」

汪衛有些愕然，抬起頭來呆了半晌道：「寫完了，只是沒賣出去。爹真是失敗，腐儒哪得賓客賀，歸對妻孥愧亦羞，連話本小說，也寫不出名堂來。」

「放心吧！其實，孩兒已經找了一間書肆，將爹爹的書稿給付梓了，只是此事想給爹一個驚喜，因此偷偷瞞著爹。兒死後，將這故事拿來弔祭我吧！這故事裡有明山、翠翹姑娘，還有好多人，都是孩兒認識的，這故事，就叫《斷腸新聲》吧！」

汪衛還想要說什麼？但緊接著一旁的錦衣衛上前，將他給連拖帶拽地拉走了，只聽監斬官喊道：「時辰已到，行刑！」

一陣火銃聲響傳來，百姓逃逸四竄，隱匿人群中的毛海峰手揮流星銃以迅疾之勢劈死了數名錦衣衛，王一枝也在此時手持苗刀四處砍殺，轉瞬間法場血紅一片。

解決數人後毛海峰一個快步來到汪直身邊，斬殺了身旁的侍衛，接著取出懷中小刀為汪直解開索縛，但汪直卻大喊：「快走，不要過來！」

然而就在此刻，汪直身邊那華麗的轎輦便轟然炸裂，原來在轎輦軟墊之下藏有數十斤火藥，正等待汪直底下所有黨羽前來營救的一刻點燃引信，一網打盡。

只覺一陣強烈的衝擊與火焚的氣息撲面而來，此刻耳殼疼痛不已，一點聲音也聽不著，感覺頸邊、胸口處鮮血汩汩流出，一睜眼，卻見海峰渾身壓覆在自己身上，原來方才的爆炸海峰全以肉身為自己給擋下了，而眼下這所有的鮮血，都是海峰身上流出的。

「住手，你為什麼要這樣做？」汪直痛苦道。

一口滿滿的鮮血自海峰口中吐出，他道：「義父，是我識人不明，誤信胡宗憲那些人，死我一人不足惜，但竟然累著您了，今日我以命相陪，不求您原諒，只求殺身成仁……」

一陣熱血湧上心頭，他不是沒有想過這樣的下場，他聰明一世，處處布局，耗盡多年心血，這是他與底下兄弟最大的願望，天地可鑑、日月可證，他的赤心就是希望能開放海禁，光明正大地做生意如此而已。

一口甜血湧出，見狀，海峰驚訝道：「義父，你怎麼了，是不是我沒用，沒護著你害你受傷了。」

「不是……」汪直內心一陣苦澀，此刻他心底清楚，是毒藥發作了。這牽機藥數時辰後方會發作，又數時辰後方會痙攣身亡，此刻他幾乎不能控制自己的肢體，開始一陣抽搐。

「義父，你怎麼了，你受傷了，我背著你，我救你離開……」小山一樣的肩胛，熊一樣的腰身，但此刻，汪直意識卻越來越不清了，感覺一陣重摔於地，一顆方在冒煙的火銃射中了海峰的身軀，幾乎就在同時，他看見數十支箭同時射向王一枝的軀體，他仍想揮舞流星銃一戰，卻舉不起手臂。

望向周匝死去的、倒臥的、那些為救他一人而身亡的弟兄們，他用盡最後一絲力氣，踉蹌地起身，大喊：「快走！」即將倒地前，望向無盡的蒼天，喃喃道：「求仁得仁，我死了，不要為我報仇。」

他感覺渾身的筋骨一寸寸地在撕裂，就像那死去的鰣魚終究化成了黃鶴，展開垂天之翼，以身為天梯，杳入了清空宕冥裡。

30 扶桑此日騎鯨歸去　華表何年化鶴來兮

行至九江，胡宗憲正於明瓦船上小憩，此刻船家取了一只貯滿虎跑泉的鐵壺來，茶鐺旋煮，撒下一小撮碧油油的龍井茶，卻在此刻聞到了一股難言的臭腐味。

取了三秋杯，踱步至船艙外，只見不遠處便是漕運的官船，上頭掛著官家的旗幟，卻見數名船夫不住下跪磕頭，那令人作嘔的氣息便是從那裡發出的。

「大膽，你們竟然連這保存鰣魚的冰塊也敢貪墨，使這鰣魚臭腐不堪，要知道，這可是鰣貢，要先上呈太廟，待祭祀過上天後，再由皇上領著三宮六院一同享用的。汝等卻如此大膽，該當何罪？」為首的一人口蒙白布，正氣呼呼地大罵。

「大人，要知道咱們也是無辜的。鰣貢原本是由各河道衙門負責運送，但這幾年衙門為了省事，將冰塊折抵銀兩，我們又能如何呢？」

「該死，你們還敢推託責任？」

聽聞至此，胡宗憲的內心豁然雪亮，由於白銀短缺，薪餉無以為繼，這幾年來各地官員更是貪墨成風，早有聽聞連鰣貢之冰也不能倖免，不料今日一見，果然如此。

見對方尚未消怒，正要掄袖動手之際，他上前道：「且慢。」

「恩師？怎麼會在這裡遇見你？」

「你是？」

對方隨即一把扯下面上白布，露出臉道：「恩師，我乃李政道，您在山東青州府擔任縣令時，我曾向您問學呀！後來蒙您教導，我去年考上了生員，外派到此地擔任主簿，今日隨同知縣大人一同來此押送鰣貢，卻不料見到這些水夫竟對上貢的鰣魚如此怠慢，弄得此處好似鮑魚之肆，這樣豈不是本縣受到大大的責罰嗎？」

為首水夫喊冤道：「大人，咱們這鰣貢年年都送，也未曾被責罰過呀！要知道這鰣魚有酒糟之法，我聽聞宮中廚子說道，他們取來這鰣魚後先洗刷乾淨，再加入滷糟中醃漬一日，之後佐以金華火腿與筍片高湯，再充當御食的。」

胡宗憲淡低聲道：「他們所言不虛，你也別為難他們了。」

「但如此腐臭之物，要如何上貢給朝廷呢？這可是欺君呀！我輩讀書人是萬萬不可做此事的。恩師，我可是記得您的教誨，可恨這鰣魚如此嬌貴，出水即死，我總得設法運送新鮮鰣魚方可。明日我就親自南下，儘管用盡俸祿，也要買幾擔新鮮鰣魚上來，方不負皇恩浩蕩。」李政道道。

「大人，鰣貢是五月出發，六月末旬就得到直隸，要是誤了期程，咱們可要受罰的。」

「既然如此，我派遣底下官兵購買幾擔新鮮鰣魚，快馬加鞭送來此，如此便不耽誤這鰣貢，你說可好？」

「這可甚好，我聽聞恩師高升浙江總督，剿滅了沿海倭寇，前日子還讓那漢奸汪直伏法了。聽聞此事無不叫人大快人心，我常時時告誡自己要以恩師為榜樣，剿滅那些罪大惡極的倭子，為朝廷效力。」

然而，胡宗憲卻只是露出了難以察覺的苦笑道：「莫要這麼說，咱們同是為大明效力，朝廷之事不分彼此，你莫要著急，明日這鮮魚必然送達。」

當鰣貢的船舶順著漕運進入了直隸，由司禮監取來，祭過太廟後，便送入了大內御廚中，為夜晚的盛筵做準備。

酉時，新修好的乾清宮內正是燈火明亮，數十支一人高的巨燭聳立著，巍峨的殿宇內，梁柱以安南所產的柚木建造，薰以美洛居盛產的水沉香，四角處裝飾有胭脂色的珊瑚高一丈有餘。此時嚴嵩領著閣臣們分批入內，坐定後一道道龍肝鳳髓呈上，首先是玉米麵裹玫瑰餡兒餅、佐以黑川、丁香醃漬燒烤的羊肉……舉起玳瑁鑲嵌的筷箸，胡宗憲發現，幾乎宮殿內十之七八，都是由東西二洋透過海道，輾轉來此的。

不，豈止這些表面之物呢！他心底雪亮，連整個大明的薪俸，這雪亮亮的白銀，亦是來自北洋針路的吧！

當宮女伸出藕白的皓腕送來鰣魚時，沒有預想的臭腐，只見上頭蓋著金華火腿與筍片，兩道青蔥恍若荳蔻少女的指尖般碧綠勻稱。胡宗憲伸直了筷子，不一會兒，便將整條鰣魚給吃乾抹淨。

將細碎的魚骨自湯汁中取出排列，他開始拼起魚骨來。魚骨每一處自有細小的天然孔洞，正巧方便將魚骨插入，只需置於陰涼處風乾後，便可作為童玩。他也常見鄰里間孩童以此相鬥為戲，以鬥百草的方式互相拉扯，一群人在旁吆喝好不熱鬧。

他倒是許久沒拼了，這麼多年習慣了書牘奏章、四書舉業，手也不靈巧了，但不知怎麼，只要閉上眼睛，他眼前就會出現那白鶴的形貌。

碟中枯骨逐漸拼出鶱鶴的形貌，尖銳的副蝶骨形成了鶴嘴，前頜骨是鶴身，而魚口附近的齒骨則形成了一對雙翅，當拼湊完畢後，自懷中取出一根細竹枝，插在上頭，一只展翅欲飛升的白鶴便頭角崢嶸地立於眼前。

起身緩步而出，只見月魄疏漏間，淡淡的清輝灑在這隻鶱鶴之上，彷彿就要張開銀白翅翼，飛升而去。

他喃喃道：「扶桑此日騎鯨去，華表何年化鶴來。」

31 尾聲：碩鼠

睽違數年再度踏入水寨，此刻葉宗滿有種陌生的感覺。

數年前他潛入陳思盼水寨受傷落水，為沿岸漁人所救，但因為傷勢過重，清醒後記憶全無，因此便與這些漁人們一同捕魚。他們多數是閩地遷移到東海處一座島嶼：大員的漢人們。由於此地地勢溫暖，且冬日時北方會洄游大量的鯔魚，或許是血液裡湧動的海水記憶，因此，阿滿便一直與漁人前去合力圍捕鯔魚，一直到前幾日，他才重新找回失去的過往，回想自己的名姓，和等待自己的人。

眼前一名五尺童子正發出嬉鬧的聲響，跨坐在一白髮皤皤的老者身上，嘴上還不斷叫著：「快！快！」

向元無奈道：「好孩子，爺爺真的累了，讓爺爺休息一下吧！」

「我才不要，我要騎鯨魚，爺爺你快一點。」

此時那孩子也看到了自己，一時認生，突然嚎啕大哭起來。

「怎麼了，小滿，你莫又是對著爺爺胡鬧了。」廳堂內走出一名女子，黝黑臉皮，荊釵布裙，便是鐵兒。

就在這一刻，鐵兒也認出他了，她以幾乎不可置信的口吻喃喃道：「你是阿滿，你沒死？」

夫妻兩人對抱哭泣，互訴了近況後，葉宗滿又道：「徽王還有其餘兄弟呢？我想去見見。」

「阿滿你聽了莫要傷悲，徽王他……」

汪汝賢領著葉宗滿前往汪直靈堂，上了三炷香後，葉宗滿問道：「今後，我們青龍七宿該怎麼辦？」

汪汝賢道：「徽王罹難後，毛海峰已經率了數千名弟兄劫法場，卻遭到官府的伏擊。如今餘下之人退守岑港，與官軍殊死搏鬥，我原本也想前去，但想到當初離去之前，我與徽王定下三策：上策便是與嚴首輔、胡宗憲總督合作，共同開海；中策則是繼續與地方官府合作，與本地世家大族私下通商；下策則是另覓一海島，在此開枝散葉，但至今仍在尋訪中。」

「既然如此，此刻僅存下策，等順風之際，我們即刻出發，前往大員。」

太初鴻濛的清晨，數艘船自瀝港啟程，亞三攙扶著已經有身孕的蕾莉婭，葉宗滿也帶著鐵兒一家四口，汪汝賢領船前進。

晨光熹微間，亞三突然問道：「你們明國好像有一首詩，是什麼大老鼠？反抗暴政的嗎？」

汪汝賢年輕時也曾經攻讀經史，此刻便朗誦道：「碩鼠碩鼠，無食我黍……」待吟誦道：「逝將去女，適彼樂土。樂土樂土，爰得我所。」此刻一陣飽滿的風吹來，將帆撐起如新月的形狀，穩穩地，航向那黎明之所。

九 歌 文 庫 1 3 9 5

海東清夷：海道．海盜系列 2

國家圖書館出版品預行編目（CIP）資料

海東清夷：海道．海盜系列 2/ 曾昭榕著 . -- 初版 . --
臺北市 : 九歌出版社有限公司 , 2022.12
面 ; 公分 . -- (九歌文庫 ; 1395)
ISBN 978-986-450-509-8 (平裝)

863.57 111017991

作　　者——曾昭榕
責任編輯——李心柔
創 辦 人——蔡文甫
發 行 人——蔡澤玉
出版發行——九歌出版社有限公司
臺北市八德路 3 段 12 巷 57 弄 40 號
電話 / 25776564 傳真 / 25789205
郵政劃撥 / 0112295-1

九歌文學網 www.chiuko.com.tw

印　　刷——晨捷印製股份有限公司
法律顧問——龍躍天律師．蕭雄淋律師．董安丹律師
初　　版——2022 年 12 月

定　　價——360 元
書　　號——F1395
I S B N——978-986-450-509-8
9789864505104（PDF）

本書榮獲 NCAF 財團法人國家文化藝術基金會 National Culture and Arts Foundation 出版補助
本作品由公益信託星雲大師教育基金及佛光文化事業有限公司授權